생명의 시인
윤동주

다고 기치로 지음 | 이은정 옮김

모든 죽어가는 것이 시가 되기까지

Inochi no Shijin Yun Dongju

"Sora to Kaze to Hoshi to shi" Tanjo no Hiseki

Copyright: Tago Kichiro, 2017

Original publisher: Kageshobo Publishing Co., Japan.

Korean language edition copyright: HanulMplus, 2018

이 도서의 국립중앙도서관 출판예정도서목록(CIP)은 서지정보유통지원시스템 홈페이지(http://seoji.nl.go.kr)와 국가자료공동목록시스템(http://www.nl.go.kr/kolisnet)에서 이용하실 수 있습니다.

CIP제어번호: CIP2018007989(양장), CIP2018007990(반양장)

일러두기

_ 윤동주 시 전문을 인용할 때 윤동주가 자필 원고에서 한자로 쓴 부분은 그대로 한자로 표기하고 필요시 따로 독음을 달았습니다. 또한 원문의 뜻과 어조를 해치지 않는 범위 내에서 현행 표기법에 맞게 표기를 다듬었습니다.

_ 단행본과 시집 제목은 『 』로 표기했으며, 시와 단편소설, 논문과 보고서 제목은 「 」로 표기했습니다. 문예지 등 잡지와 신문 제목은 ≪ ≫를, 방송 프로그램과 곡 제목은 〈 〉를 사용해 표기했습니다.

죽는 날까지 하늘을 우르러
한 점 부끄럼이 없기를,
잎새에 이는 바람에도
나는 괴로워했다.
별을 노래하는 마음으로
모든 죽어가는 것을 사랑해야지
그리고 나안테 주어진 길을
거러가야겠다.

오늘밤에도 별이 바람에 스치운다.

1941. 11. 20.

序詩

逝く日（ゆ）まで空を仰ぎ
一点の恥のないことを
葉合いに起こる風にも
わたしは心傷んだ
星を歌う心で
すべて逝く身なる生命（いのち）を愛さなければ
そして　わたしに与えられた道を歩み行くのだ
今宵も　星が　風に瞬（またた）いている

(다고 기치로 옮김)

차례

한국어판 서문

이번에 졸저 『생명의 시인 윤동주』를 한국에서도 번역·출판하게 되었습니다. 윤동주를 사랑하고 그 시의 힘으로 살아온 제게 큰 기쁨입니다.

이 책은 한 일본인이 윤동주의 발자취와 시 세계를 연구한 결과물입니다. 일본에 유학하고 안타깝게도 그 땅에서 숨을 거둔 윤동주 시인과 일본의 관계를 중심으로 정리되어 있습니다. 지금껏 한국에 알려지지 않은 정보와 사실도 많이 포함되어 있으므로, 윤동주를 좋아하고 잘 알고 계시는 분들께도 분명 새로운 발견을 전해 드릴 수 있으리라 믿습니다.

그 정보와 사실은 30년이 넘는 세월 동안 쌓아온 조사로 얻은 것입니다. 이를 시인의 탄생 100년이라는 분기점이 되는 해를 보내며 시인의 조국인 한국의 독자들께 한국어로 제공할 수 있게 된 것이 무엇보다 기쁩니다. 한글로 시 쓰기를 고집한 윤동주에게 영혼의 '조국'이 한국임은 말할 나위도 없습니다. 이 책에 엮은 시인의 발자취와 소중한 삶의 일부를, 말하자면 귀향을 하듯이, 영혼의 고향에 돌려드리고자 합니다. 그런 의미에서 발간의 기쁨은 엄숙함과 동시에 신성한 기분에 감싸여 있습니다.

원래 NHK의 PD였던 필자가 윤동주에 관해 본격적으로 조사하기 시작한 것은 한국방송공사(KBS)와 공동으로 제작한 특별 프로그램 취재 때문이었습니다. 이 책에 담긴 정보 중에는 그때 KBS 측 담당자였던 이규환 당시 PD와 스태프들이 모은 것도 포함되어 있습니다. 지금 이렇게 한국어판 출판에 즈음해 그리운 '옛 친구'들에 대한 고마움을 새삼 떠올립니다.

이번에 번역을 맡아주신 이은정 씨는 단지 우수한 번역자이자 통역자일 뿐 아니라 2012년에 윤동주의 전체 시를 일본어로 번역해 『새로운 길: 윤동주 일어대역시집』이라는 책을 한국에서 낸 분이기도 합니다. 매년 2월에 도쿄의 릿쿄대학에서 열리는 윤동주 추모식에도 매번 참석하고 있으며, 필자가 지우(知遇)를 입은 것도 도쿄에서 열린 추모식에서였습니다. 분량으로 보나 내용으로 보나 번역하기에 결코 쉽지 않을 이 책의 번역을 기꺼이 맡아주시고 동시에 참으로 정성껏 일해주신 것에 대해 진심으로 감사하다는 말씀을 드리고 싶습니다.

일본어판의 졸저를 한국의 출판사에 연결해주신 것은 윤동주의 조카인 오인경 씨와 강석찬 목사님 부부로, 두 분의 뜻을 받아 김철훈 씨가 한울엠플러스에 소개해주셨습니다. 감사드립니다. 또한 한국어판 편집에는 한울엠플러스의 임정수 씨와 최규선 씨가 수고해주셨습니다. 거듭 감사드립니다.

글을 시작하면서 말씀드린 바와 같이 이 책은 한 일본인의 윤동주 연구를 정리한 것입니다. 그러나 동시에 윤동주를 그리워하며 그 시와 삶을 인생의 지침으로서 소중히 하는 한 인간이 쓴 책이기도 합니다. 그런 차원에서 말한다면, 필자는 한국인도 일본인도 아니라고 믿어 의심치 않습니다.

끝으로, 이 책을 손에 들고 읽어주실 한국의 독자들께 진심으로 감사를 전하고 싶습니다. 윤동주 사랑을 한국인 독자들과 나눌 수 있는 기쁨을, 지난날 시인이 그랬듯, 하늘을 우러러보면서 깊이 새기고 있습니다.

2017년 윤동주 탄생 100주년의 해 가을에

다고 기치로

머리말

2017년은 시인 윤동주가 태어난 지 100년이 되는 해다.

태어나고 자란 곳은 한반도의 죽지에 해당하는 '만주' 북간도이며, 지금은 중국 연변조선족자치주라고 불리는 지역이다.

조국 조선은 시인이 태어나기 7년 전부터 일본의 식민 통치하에 있었다. 윤동주는 평양의 숭실중학교에 반년 동안 다닌 것을 제외하고는 북간도에서 성장했는데, 이후 서울(당시 '경성')로 나와 지금의 연세대학 전신인 연희전문학교에서 배웠다.

북간도에 있을 때부터 시집을 엮었다. 시국 탓에 출판은 할 수 없었지만, 조선어로 쓴 그 시들은 맑고 지순해 시대와 국경을 넘어 지금까지도 사람들의 마음을 울리고 있다.

세상을 떠난 것은 1945년 2월 16일. 1942년 봄부터 도쿄의 릿쿄대학에서 배우고 그해 가을에 교토의 도시샤대학으로 옮긴 윤동주는 10개월 후 치안유지법 위반 혐의로 체포되어 징역 2년 판결을 받고 후쿠오카 형무소에 수감되었다.

모든 것이 '대일본제국'이 수행하는 전쟁에 총동원되어 조선의 문학자들 중 적지 않은 사람들이 일본어로 시국영합적인 작품에 손을 대게 된 이 시기에 조선어만의 시를 끝까지 써온 윤동주는 한국

　　　　　　　　　　　　생명의 시인 윤동주

문학의 암흑기에 찬란하게 빛나는 소중한 민족 시인으로서 칭송받고 있다.

이웃나라 한국에서는 모르는 사람이 없는 국민 시인이지만, 유학지이기도 하고 생의 마지막을 보낸 곳이기도 한 일본에서는 오랫동안 그 이름이 전무하다 할 정도로 알려지지 않았었다. 그러나 1984년에 가게쇼보(影書房)에서 이부키 고(伊吹鄉)가 번역한 『하늘과 바람과 별과 시: 윤동주 전시집(空と風と星と詩─尹東柱全詩集)』이 출판되었고, 이후 일본에서도 점차 그 시가 알려져 사랑받게 되었다.

나 역시 이 번역 시집으로 윤동주의 매력에 눈을 떴고, 그 생애와 사람됨에 대해서도 알게 되었다. 윤동주의 시를 원어로 읽고 싶다는 바람에 한국어 학습도 계속했다.

그런 흐름 가운데, 윤동주가 숨을 거두고 전쟁이 끝난 지 50년이 되던 1995년, 당시 NHK 디렉터였던 나는 KBS와 공동으로 윤동주의 다큐멘터리를 제작했다. NHK라는 조직 안에서는 수차례 제안서를 내기만 하면 기각되어버리는 쓰라린 경험도 맛보았지만, 결국 KBS와 공동 제작이라는 형태로 어렵게 빛을 본 것이었다.

프로그램은 〈하늘과 바람과 별과 시: 윤동주, 일본 통치하의 청춘과 죽음〉이라는 제목으로 NHK 스페셜 형식으로 방송되었으나, 시청률도 낮고 그다지 주목도 받지 못했다. 그런데 흥미롭게도 최근 들어 시청을 원하는 사람이 계속 늘어 20년이 지난 지금도 개인적인 경로로 필자에게까지 연락이 오기도 한다.

매년 2월 16일 시인의 기일을 전후해서는 도쿄, 교토, 우지, 후쿠오카 등 윤동주와 인연이 있는 곳에서 추모 행사가 열린다. 이런 행사는 한국보다 일본에서 더 왕성하다고 할 정도여서, 한국 언론이 그 점에 주목해 취재하기도 한다.

생전에 한 권의 시집도 내지 못한 윤동주는 1948년에 한국에서 첫 시집이 출판되어 시인으로서 '부활'했다. 이제는 일본에서도 시인 윤동주는 많은 사람의 마음을 사로잡으며 매료시키고 있다.

한편 프로그램이 끝난 뒤에도 나는 윤동주에게 계속해서 이끌렸다. 1999년부터 영국에 파견되고 3년 후에 귀국 발령을 받은 것을 계기로 NHK를 퇴사해 영국에 머무르며 문필의 길로 나아가기는 했지만, 서양 문명의 요새와도 같은 땅에 살면서도 먼 항해를 이끌어주는 나침반이나 등대 불빛처럼 윤동주를 가슴 한구석에 계속 안고 있었다.

오히려 지구 반대편 타향에서 개인적인 시간을 보내는 가운데 윤동주는 나를 순수하게 해주었고, 21세기를 살아가는 내게 삶의 양식과도 같은, 인생의 참으로 소중한 보물이 되었다.

영국에서 생활한 지 10년이 지난 2009년에 일본으로 돌아와 윤동주에 대한 연구와 조사를 본격적으로 다시 추진하게 되었다. 서거 50주기 때 프로그램 취재에서 얻은 방대한 정보를 새로 재검토하고, 거기에 접목되도록 관련 자료와 증언을 찾아 새로운 사실의 발굴과 시구 시문의 새로운 해석을 더듬었다. 그렇게 함으로써 볼 수 있게 된 것은 일본과의 관계에 대한 중요성이었다.

윤동주는 국경을 넘은 사람이었다. 태어난 고향 북간도에서 조선으로, 그리고 일본으로. 짧은 생애 동안 거치게 된 지역은 지금의 나라로 구분하면 중국, 북한, 대한민국, 일본 4개국에 이른다.

한국이 자랑하는 민족 시인임은 너무나도 분명한 사실이지만, 한국만으로 끝나는 것이 아니라 넓은 시야로 그 사람과 시에 다가가는 것이 윤동주의 사람됨과 문학을 입체적으로 이해할 수 있도록 이끌어준다고 믿는다.

그중에서도 특히 일본과의 관계는 중요하다. 윤동주의 유품으로 전해지는 소장 도서는 42권에 이르는데, 그중 27권이 일본어로 된 책이다. 그중에는 시 「별 헤는 밤」에도 등장하는 프랑시스 잠, 라이너 마리아 릴케, 그리고 폴 발레리와 제임스 조이스 등 일본어로 번역된 서양 문학자의 책도 있다.

그 어느 누구보다 조선어로 시를 쓰기를 고집한 윤동주였으나, 한편으로는 번역서를 포함한 일본어 서적을 통해 엄청난 공부를 거듭했던 것이다. 그런 마음이 있었기에 창씨개명의 굴욕을 견디면서까지 일본에 유학을 한 것이었다.

나는 일찍이 도시샤대학에 일본에서 처음으로 윤동주 시비를 세운 윤동주시비건립위원회에서 엮은 『별을 노래하는 시인 윤동주의 시와 연구』(三五館, 1996)라는 책에 「윤동주, 사후 50주기의 취재 보고: 일본에서의 행적을 중심으로」라는 글을 발표한 바 있다. 프로그램 제작 과정에서 알게 된 정보를, 방송에서는 극히 일부밖에 소개하지 못한 아쉬움을 담아 기록으로 남긴 것이었다. 그리고 20년 후 여기에 한 권의 책으로 엮은 것은 사후 70주기 취재 및 연구 보고이자, 일본이라는 프리즘을 통해서 본 윤동주의 사람됨, 시와 문학에 대한 새로운 조명이다.

연희전문학교 졸업 시에 엮은 시집 『하늘과 바람과 별과 시』의 완성, 그리고 다시 원고 집필, 일본인 시우(詩友)와의 교제, 일본 유학과 치안유지법 위반으로 체포, 후쿠오카 형무소에서의 죽음, 그 위에 남겨진 장서에 이르기까지 주로 시인의 만년에 초점을 맞췄다. 윤동주를 친숙하게 여기는 사람들이라 하더라도, 그동안 전혀 들어보지 못한 새로운 정보도 많을 것이다. 한국에서 들어오던 기존의 윤동주 상에 또 하나의 새로운 이미지가 더해질 것이다.

암흑의 시대에도 지순함을 잃지 않으려 했던 젊은 시인이 겪은 영혼의 방황도 부각될 것이다. 작은 생명의 숨결에 한없이 공감을 표현한 시인의 사랑의 깊이에도 닿게 될 것이다. 시 작품이 남겨지지 않은 일본에서의 마지막 나날, 일본의 패전과 그 전에 올 조선의 해방을 예견한 조선인 지식인으로서 윤동주가 품었을 생각도 어렴하게나마 볼 수 있을 것이다. 그리고 수수께끼에 싸인 후쿠오카 형무소에서의 죽음에도 가능한 한 다가가고 싶다.

20대 중반을 넘겨 윤동주의 시를 처음 만난 이후 30년이 넘는 세월이 흘렀다. 그동안 윤동주의 시를 인생의 동반자처럼 애독하면서 기회가 될 때마다 조사와 연구를 거듭해왔다. 그 원동력이 된 것은 무엇보다 윤동주 시의 매력이다. 인생의 심연을 비추는 주옥의 말과 어둠 속에서도 진실의 빛을 갈구하는 삶의 태도에 나는 격려를 받고 수많은 어려움 속에서도 마음을 든든하게 하는 이정표를 얻는다는 생각이 들었다.

「서시」의 1행이 가슴에 메아리친다.

"그리고 나한테 주어진 길을 걸어가야겠다."

이 저작 역시 그 결과일 뿐이다.

자그마한 이 책이 윤동주를 더욱 깊이 이해하는 데 조금이나마 도움이 되고, 시인과 시 세계에 대한 사랑을 많은 이와 함께 나누는 계기가 되기를 바라 마지않는다.

또한 본문에 등장하는 윤동주의 시도 있지만, 좀 더 전체적으로 윤동주의 시 세계의 바람이 불기를 바라는 마음으로 장마다 끝부분에 그 장에 어울리는 시를 실어두었다. 조사 보고와 그것에 근거한 논고가 서로 메아리치듯이, 윤동주 시의 향기가 피어올라 독자들의 가슴에 깊은 감명을 주리라 믿는다.

제1장

'병원'에서 '하늘과 바람과 별과 시'로

시인 탄생의 숨은 자취에 관한 일본어 메모

미(美)를 구하면 구할수록 생명이 하나의 가치임을 인정한다. 왜냐하면 미를 인정하는 것은 생명에 대한 참여를 기꺼이 승인하고 생명에 참가하는 것과 다름없기 때문이다.

윤동주가 월도 프랭크(Waldo Frank)의 글에서 일본어로 인용한 문장

1. 시집의 원래 제목은 『병원』

1941년 11월 20일, 그날의 한 장면에서 시작하자.

그는 자작 시집의 정서(淨書)용으로 준비해둔 원고지를 새로 한 장 꺼냈다. 좌하단 모서리에 '고쿠요 표준규격 A4(コクヨ 標準規格 A4)'라고 인쇄된, 고쿠요사(社)에서 만든 400자 원고지였다. 이미 18편의 시가 26매 원고지에 정서되어 있었다. 조선은 31년 전부터 일본의 식민 통치하에 있었다. 일본의 문구사에서 만든 원고지가 조선에서도 유통되어 일반적으로 사용되고 있었다. 만년필을 손에 쥔 그는 완전한 새 원고지에 새로운 시 한 편을 쓰기 시작했다. 기존 18편의 시는 모두 각각 제목을 붙여 그 제목을 첫머리 세 칸을 비워두고 썼고, 시의 본문은 원고지의 첫머리부터 사용하는 형태로 정서했다.

하지만 이 새로운 시를, 그는 제목도 달지 않은 채, 그것도 원고지의 첫머리 한 칸을 비워두고 쓰기 시작했다. 분명히 그 전까지의 시 18편과는 다른 의식으로 써내려간 것이다.

400자 원고지는 한 행이 20자이고 20행이 한 페이지가 되는데, 반 페이지인 10행에서 접을 수 있도록 중앙에 한 행 크기의 간격이 있다. 새로운 시는 반 페이지 분량으로, 10행을 사용하고 가운데를 접어서 철할 때 보기 좋게 페이지 안에 들어가도록 세심하게 신경을 썼다. 내용과 형식 모두 시집의 첫머리를 장식하려는 명백한 의도로 쓴 시였다. 시를 다 쓰고 그는 마지막으로 시의 종결부 아래에 가로쓰기 아라비아숫자로 '1941.11.20.'이라고 그날의 연월일을 써넣은 후 만년필을 놓았다.

윤동주가 심혈을 기울여온 시집 『하늘과 바람과 별과 시』가 완성된 순간이었다. 권두에 실린 새로운 시란, 지금은 「서시」로 불리며 널리 애창되는 시다. 「서시」를 포함해 모두 19편의 시가 최종적으로 『하늘과 바람과 별과 시』의 완성판으로 정리가 된 것이다.

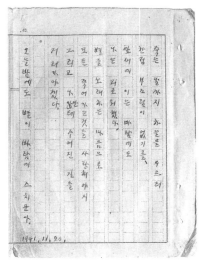

「서시」

이후 윤동주는 다른 한 장, 정서용 원고지를 꺼내 표지를 작성했다. 중간을 접어 철한 뒤표지 오른쪽 절반의 중앙에 '하늘과 바람과 별과 詩'라는 시집 제목을, 한자를 섞어 한글로 썼다. 계속해서 그 아래에 '童舟(동주)'라는 작가명을 썼다. '童舟'는 음독하면 '東柱(동주)'와 같은 음이 되므로 주로 동시를 쓸 때 필명으로 사용되었다. 그리고 마지막으로 표지 뒷면 왼쪽 절반에는 '鄭炳昱 兄(정병욱 형) 앞에'라고 헌정하는 대상의 이름을 적고, 그 왼쪽 하단에 '尹東柱 呈('드린다'는 뜻의 '정')'이라고 본인의 이름을 적었다. 그렇게 작업은 끝났다.

윤동주의 마음은 복잡했을 것이다. 자비출판을 해서라도 시집을 내기 원했지만, 시국 탓에 실현할 수 없었다. 시의 내용 중 당국의

생명의 시인 윤동주

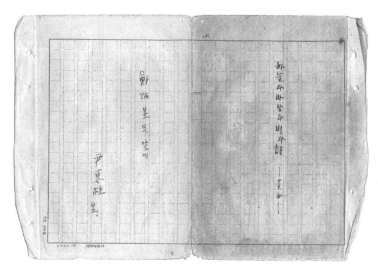

윤동주가 정서한 『하늘과 바람과 별과 시』의 표지

눈에 불온하다고 보일 수 있는 부분이 있었기 때문이다. 원고지에 손으로 정서해 끈으로 철할 수밖에 없는 시집이었다. 그래도 여전히, 시인으로서 설득력 있는 시집을 어렵게 엮을 수 있었다는 만족감도 윤동주의 가슴을 뜨겁게 했을 것이다.

친구 정병욱에게 건넨 이 시집 『하늘과 바람과 별과 시』는 관헌의 눈을 피하기 위해 마루 밑 항아리 속에 숨겨져 간직되었다가 시인의 사후, 조국 해방 후에 드디어 빛을 보게 된다.

윤동주가 한국에서 국민적 시인으로 사랑받고 지금은 일본에도 적지 않은 팬이 존재하는 것 역시 이 고쿠요 원고지에 정서된 『하늘과 바람과 별과 시』가 남겨졌기 때문이다.

필자가 윤동주라는 시인을 알고 그 시와 친숙해진 것은 지금으로

윤동주와 정병욱

부터 30여 년 전인 20대 후반부터다. 1984년에 이부키 고(伊吹鄕)
의 번역본이 출간되어 일본어로 모든 시를 읽을 수 있게 된 것이 만
남의 결정적 계기가 되었다. 그 후 한국에 갈 때마다 한국어 윤동주
시집과 낭독 테이프, 관련 서적 등을 구입하고 한국어 학습을 거듭
하면서 윤동주에 대한 이해와 애정이 깊어졌다. 1994년에 『하늘과
바람과 별과 시』의 자필 원고 원본을 눈으로 직접 접할 기회를 얻
게 된 것은 잊을 수 없는 큰 기쁨이었다.

　NHK 디렉터로서 1995년 시인의 50주기(일본에서는 종전, 한국에
서는 광복 50년이기도 했다)를 계기로 KBS와의 공동 제작으로 윤동
주의 다큐멘터리를 제작하게 되었는데, 그 과정에서 윤동주 시인의

생명의 시인 윤동주

조카인 윤인석 댁에서 자필 시집 원본을 촬영하게 된 것이다. 귀중한 유품이 조명 등으로 손상되지 않도록 세심한 주의를 기울이고, 원고를 만져야 할 때는 반드시 윤인석의 손을 거치는 방법으로 촬영을 진행해 세세한 곳까지 상세히 관찰할 수는 없었지만, 눈앞에 펼쳐진 원고지를 메운 한글의 행간에서

'病院'이라고 썼다가 지운 흔적이 남아 있다.

윤동주 바로 그 사람의 마음이 피어오르는 것만 같았다. 그 시고(詩稿)가 지켜진 기적과도 같은 과정을 알게 되니 더욱 감동이 밀려들어 가슴이 뜨거워졌다.

표지를 촬영하면서 깨달은 것이 있었다. 그것은 시집 표지 중앙에 만년필로 '하늘과 바람과 별과 詩'라고 적힌 곳 왼쪽 옆에 연필로 '病院(병원)'이라고 한자로 썼다가 지운 흔적이 뚜렷이 남아 있는 것이었다. 윤인석은 윤동주가 정병욱에게 자필 시집을 헌정할 때 시집의 제목이 원래 『병원』이었다는 것을 밝히며 연필로 썼다가 지운 것이라고 알려주었다.

윤익석의 아버지는 윤동주의 동생 윤일주이고, 어머니는 정병욱의 여동생 정덕희다. 윤동주 본인의 마음에, 시집을 잘 간직해낸 온 가족들의 마음까지 더해져 시집은 사념(思念)을 겹겹이 묶어서 전해주는 바가 있었다. 반세기가 넘는 세월을 거치며 지워지지 않은

필적이 무언가를 호소하는 듯한 느낌도 들었다. 『병원』에서 『하늘과 바람과 별과 시』로 제목이 바뀐 데에는 무언가 매우 중요한 사연이 감춰져 있으며, 그 중요성을 소리 없는 소리로 윤동주 자신이 말하고 있는 것처럼 느껴졌다.

프로그램이 방송된 지 4년 뒤인 1999년부터 나는 런던에서 근무하게 되었고, 2002년에는 독립해 영국에 머물면서 문필의 길에 들어섰지만, 지구 반대편에서의 삶이 거듭되어도 윤동주에 대한 생각을 잊는 일은 없었다. 영국의 문학, 문화와 친밀해지는 과정에서 윤동주에 관해 영감을 얻기도 하고, 멀리 돌아가는 길을 더듬어가며 언젠가 다시 찾아올 해후의 시기가 무르익기를 기다리는 느낌도 들었다.

그러고 나서 윤동주에 대한 이해가 크게 비약한 것은 2009년에 영국에서 일본으로 돌아왔을 무렵 『윤동주 자필 시고전집(사진판)』 (민음사, 1999)을 어떤 분께 받고 나서였다. 오랜만에 자필 원고 『하늘과 바람과 별과 시』와 대면했다. 제목 옆에 적힌 '병원'이라는 글자의 흔적은 사진판에서도 또렷하게 확인할 수 있었다. 다시금 윤동주의 목소리가 들리는 듯했다.

나는 윤동주를 사랑하는 사람이다. 젊은 날에는 그 시를 통해 이웃 나라의 아픔을 알 수 있겠다는 이유로 다가가 배웠는데, 머지않아 그런 차원을 넘어 나 자신의 삶 근본에 그 시가 깊이 머물게 되었다. 살아가기 힘든 어둠 속에 빛을 주고 삶을 이끌어주는 정신적 지주와 같은 존재가 된 것이다.

세월이 지남에 따라 나 자신의 사물을 보는 안목이 깊어진 것도 있다. 윤동주라는 사람과 시 세계에 관해 젊은 시절에는 깨닫지 못해 궁금하지도 않았던 부분이 여러 면에서 보이게 되었다. 시인의 27년 생애에서 나를 다시 사로잡은 부분은 『병원』에서 『하늘과 바람과 별과 시』에 이르는 시인의 내면 변화다. 그것은 한 청년이 불멸의 시인으로 성장한 농밀한 시간 드라마이자, 윤동주라는 시인의 특질을 가장 집약적이고 상징적으로 나타내는 핵심 부분이라고도 할 수 있다. 단순한 제목 변경으로 끝날 만한 사소한 문제가 결코 아니다. "죽는 날까지 하늘을 우러러……"의 「서시」가 완성된 동시에 행해진 이 변경은 시집 전체, 더 나아가 윤동주라는 시인의 생명에 결정적인 차이를 가져왔다고 생각된다. 암흑의 시대에 신음하며 고통의 늪 속에서 시를 잉태시키고 시어를 자아낸 청년은, 이 변경을 경험했기에, 시대적 어둠 속으로 사라진다거나 '병원'에 갇힌 사람처럼 움츠리는 일 없이, 시대와 나라, 민족을 넘어 빛나는 영원한 시인으로 승화한 것이다.

지금 남겨진 형태로 시집이 완성될 때까지 윤동주 내면에 어떤 변화가 있었는지, 한 청년이 시인으로 성장한 농밀한 시간은 어떤 극적인 전개를 보여주었는지, 시인 탄생의 숨은 자취와 관련된 영혼의 성장이 태평양 전쟁 개전(1941년 12월 8일)을 앞둔 시점에 비약적으로 진전된 배경에는 과연 어떤 일이 있었는지…….

그동안 잘 돌아보지 못한 여러 국면에 담긴 이 시인 탄생의 숨은 자취의 드라마에 빛을 비춰보고자 한다.

2. 영국에서 만난 'mortal'과 「서시」의 참뜻

나는 1999년부터 10년 동안 영국에서 살았다. 현지에서 영어와 친숙해지면서 그동안 고교와 대학에서 배워온 영어와는 다른 어휘와 표현이 있음을 알았다. 영국에서 생활한 지 5년 정도 지났을 무렵, 이미 NHK를 떠나 문필 생활에 들어가 3년째를 맞았을 때 나는 영어를 통해 윤동주에 대한 이해를 도약시킬 어떤 만남을 경험하게 된다. 이하, 잠시 다른 이야기를 하는 듯 보일 수 있겠지만, 윤동주에게로 꼭 돌아올 것이니 잠시 견뎌주기를 바란다.

안데르센의 동화 '인어공주' 이야기와 이것과 유사한 드보르작의 오페라 〈루살카〉의 해설을 라디오에서 들은 것이 계기였다. 물속에 사는 인어 아가씨(〈루살카〉에서는 물의 요정)는 인간인 왕자를 사랑한 나머지 자신도 사람이 되기를 원하는데, 이때 인어 아가씨가 하는 말이 영어로는 "반드시 'mortal'이 되고 싶다"라고 표현된다. 'human being'이 되고 싶다는 식의 표현이 사용되지 않고, 항상 'mortal'이라는 말이 선택되는 것이다.

대학 입시를 위해 배운 영어 지식에 따르면, 'mortal'이란 '죽음에 이르는, 치명적인'을 의미한다. 'mortal wound(죽음에 이르는 상처, 즉 치명상)'와 같은 용법이라면 영국에 살기 전부터 알고 있었다. 어원을 살펴보면, 라틴어 'mors(죽음)'에서 파생된 단어다. 그러나 인어공주의 말은 죽고 싶다는 것이 아니라 왕자와의 사랑을 성취하기 위해 인간이 되고 싶다는 의미다. 'mortal'이라는 단어의 의외의 쓰임새에 처음에는 무척 당혹스러웠다.

                                       생명의 시인 윤동주

곧 'mortal'이라는 말의 참뜻은 그 반의어인 'immortal(불사의, 영원한)'과 대비해봐야 이해할 수 있다는 것을 깨달았다. 인어공주는 인어로 물속에 사는 한, 신과 마찬가지로 불로불사, 즉 'immortal'이다. 그러나 왕자를 사랑해 애태운 나머지, 불로불사하지 않아도 상관없다, 언젠가는 죽을 수밖에 없는 유한한 생명이어도 상관없다고 여기며 왕자와 같은 육체를 가진 인간이 되고자 'mortal'이기를 바라는 것이다.

같은 이치로 'the mortal'이라고 하면 '인간'을 의미하기도 한다. '유한한 생명을 사는 몸'이기 때문이다. 특별히 거의 죽을 지경의 중상을 입거나 삶이 얼마 남지 않은 중병을 앓지 않는다 해도 우리는 'mortal'로 산다. 다시 말하면, 꽃이 한창 피는 청춘의 절정을 사는 젊은이일지라도 마찬가지로 모두 'mortal'이라는 것이다.

그 후 스코틀랜드의 국민적 시인 로버트 번스(Robert Burns)의 시에 사용된 'mortal'과 만나면서 이 말의 깊이에 눈이 열리는 느낌이 들었다. 농민 시인이기도 한 번스가 밭을 갈자 가래를 댄 땅에서 들쥐가 뛰쳐나왔다. 놀라서 공포에 떨던 얼굴. 그는 작은 생명을 위협한 일을 사죄하고, 들쥐에게 부드럽게 호소한다. "fellow-mortal!(유한한 생명을 함께 사는 동료여!)" 번스의 시는 「To a Mouse(생쥐에게)」라는 제목의 시인데 그 해당 부분을 인용한다.

I'm truly sorry man's dominion,

Has broken Nature's social union,

An'justifies that ill opinion,

Which makes thee startle

At me, thy poor, earth-born companion,

An'fellow-mortal!

진심으로 미안하구나. 인간의 교만은,

자연의 사회조화를 파괴하고도

그 부당한 의견을 시치미를 떼고 정당화하니까

나를 보고 네가 깜짝 놀랄 수밖에

가난하게 이 세상에 생을 받은 동지여

그리고 유한한 생명을 함께 사는 동료여!

　유한한 생명을 함께 사는 동료, 어쩌다 세상에 태어나 죽음을 맞는 그날까지 하늘로부터 주어진 생명을 필사적으로 사는 동료. 작은 생명을 향한 얼마나 깊은 사랑인가. 생명에 대한 깊은 공감이며, 자애의 극치를 보여주는 사랑이다. 그리고 놀랍게도 본래는 '죽음'을 의미하는 'mortal'이 여기에서는 삶을 칭송하는 높은 곳으로까지 승화되어 생명이 있는 것에 대한 사랑을 이야기하고 있다.

　그때 섬광처럼 스쳐 지나가는 것이 있었다. 지구 반대편에서 갑자기 얻게 된 윤동주에 대한 새로운 빛이었다. 『하늘과 바람과 별과 시』의 첫머리를 장식하는 「서시」에서 두 번 등장하는 '죽다'는 바로 이 'mortal'이라는 개념으로 해석해야만 비로소 이해할 수 있는 것이 아닌가. 「서시」의 원문을 보자

죽는 날까지 하늘을 우러러

한 점 부끄럼이 없기를,

잎새에 이는 바람에도

나는 괴로워했다.

별을 노래하는 마음으로

모든 죽어가는 것을 사랑해야지

그리고 나한테 주어진 길을

걸어가야겠다.

오늘 밤에도 별이 바람에 스치운다.

이 시에는 '죽다'라는 말이 두 번 사용된다. 먼저 시 도입부의 "죽는 날까지"에서 이 말이 사용된다. 그리고 6행 "모든 죽어가는 것을 사랑해야지"에서 '죽다'가 한 번 더 등장한다.

이 두 번째 등장하는 '죽다'를 어떻게 해석하면 좋을지, '사랑해야지'라는 시인의 마음에 다짐하는 '죽어가는 것'이란 어떤 의미인지, 이 점이 「서시」를 이해하는 데 최대의 난관이 된다. 1984년 일본에서 처음으로 윤동주의 시를 일본어로 번역해 전시집을 출판한 이부키 고는 이 "모든 죽어가는 것을 사랑해야지"를 "生きとし生けるものをいとおしまねば"라고 번역했다. 이 일본어를 문자 그대로 한국어로 옮기면 "모든 살아 있는 것을 사랑해야지"가 된다. 이처럼 죽음을 삶으로 역전시킨 듯한 이부키 고의 대담한 번역을 놓고 민족주의적 이해를 우선하는 입장에서 비판이 일었다.

즉, 극단적인 황민화 정책이 강행되어 조선의 민족문화가 말살되어가던 당시, 민족 시인인 윤동주가 그것을 너무나 한탄하고 안타까워했기 때문에 '죽음'을 떠나서는 시의 본질에서 벗어나버린다는 비판이었다. 강도 높은 비판은 '오역'이라는 비난이 되고, 심한 경우에는 '왜곡'이라고 비판받기도 했다.

이부키 고는 번역 시집을 출간하기에 앞서 윤동주의 동생인 윤일주에게 자세히 확인을 구해, 말하자면 '보증'을 받은 형태로 세상에 내놓았다. 윤동주의 시 세계를 누구보다 잘 아는 사람이자 자신 또한 시를 쓴 윤일주가 인정한 이부키 고의 번역인 것이다. '죽다'의 번역을 둘러싼 비판은 그렇다 해도 '왜곡'과 같은 선입견을 가진 표현에는 좋지 않은 의도가 느껴진다. 그러한 행위 자체가 윤동주의 시 정신과는 아주 먼 것이라고 여겨진다.

그렇다 해도 나는 이부키 고의 번역이 지닌 일본어의 아름다운 울림의 이미지에 매료되면서도 한편으로는 '죽음'에서 떨어지는 것에 대한 불안함을 계속 놓지 못하고 있었다. 대단한 명시이고 너무나도 윤동주다운 시라는 것은 명백하지만, 오랫동안 격화소양(隔靴騷痒)이라고 할까, 무언가 깊은 곳에 도달하지 못하는 답답함을 안고 있었던 것이다. 그것이 영국에서 'mortal'이라는 말과 만나 그 심오한 쓰임새를 깨달음으로써 불현듯 「서시」의 핵심 부분으로 인도되는 느낌이 든 것이다. 지금까지 애매함을 불식시키지 못했던 시가 'mortal'이라는 개념으로 완전히 풀리는 느낌이 들었다.

"죽는 날까지"라는 시 첫 부분은 영어로 하면 'Until the end of my mortal life'나 'Until the day my mortal life will cease'가 될

생명의 시인 윤동주

것이다. 그리고 "모든 죽어가는 것을 사랑해야지"는 'I should love all the mortals' 또는 'I must love all the mortal lives'라는 영어 번역으로 생각함으로써 윤동주의 가슴에 넘치게 채워진 바다 같은 깊은 사랑에 닿을 수 있지 않겠는가. 결국 그것은 죽음을 이야기하면서도 지극히 높은 철학적·종교적 차원에서 생명으로 승화하는 고귀한 빛을 내포하고 있는 것이다.

잠시 떨림이 멈추지 않았다. 뜨거운 눈물이 뺨을 타고 흘러내렸다. 「서시」는 윤동주 작품 중에서도 가장 먼저 친숙해진 사랑하는 시였다. 그럼에도 불구하고 줄곧 안정감을 잃은 애매함을 품고 온 까닭은 민족문화가 말살되어가는 광기의 시대에 일체의 '죽음'으로 향하는 것을 안타까워하던 시인의 의도를 이해하면서도 '죽음'에 들어가지 않는 저편에서 빛나는 생명의 빛을 느낄 수밖에 없었기 때문이다. 그것이 'mortal'과의 만남, 이 말을 핵심으로 시를 바라봄으로써 오랫동안 품어왔던 애매함이 한꺼번에 눈 녹듯 사라졌다. 의문이 풀린 것만이 아니다. 너무나 사랑하는 이 시를 훨씬 크고 높은 좌표축에 서서 절절한 감동과 함께 맛볼 수 있게 된 것이다.

3. 성경 속의 'mortal'

윤동주가 필자처럼 'mortal'이라는 영어 단어와 특별한 만남을 경험했는지는 알 수 없다. 번스의 시집은 윤동주의 장서 목록에도 없고, 「To a Mouse」라는 시는 몰랐을 가능성이 크다. 그러나 그것

윤동주 유품 중 영어판 『신약성서』

은 그리 문제가 되지 않는다. 번스가 'mortal'에 담은 사랑의 배경에는 분명 기독교 정신이 있다. 이 땅을 살아가는 사람, 유한한 생명을 사는 사람은 모두 'mortal'이며, 반대로 영원한 생명에 감싸인 하나님의 세계는 'immortal'인 것이다.

윤동주는 기독교 이해와 신앙을 통해 'mortal'과 'immortal'의 본질에 대해 이해하게 되었을 것이다. 더욱이 윤동주는 성경을 영어 번역으로 읽었다. 연희전문학교 3학년이었던 1940년에는 이화여자전문학교 내 협성교회에서 케이블 부인이 지도하는 영어 성서반에 다니기도 했다. 유품으로 남은 소장 도서 중에는 1936년에 영국 옥스퍼드대학 출판부에서 출판된 영어판 『신약성서』가 포함되어 있다.

'mortal'이라는 말을 윤동주는 영어 성경 속에서 반드시 만났을 것이다. 그러나 물론 단순히 영어 단어와의 만남 이상으로 기독교에서 말하는 'mortal', 'immortal'이라는 개념의 본질을 분별하는 계기가 되었다는 사실이 중요하다.

동양인에게는 이해하기 어려운 'mortal', 'immortal'의 개념을 단적으로 말한 성경의 한 예를 윤동주의 유품이었던 옥스퍼드판에서 영어 그대로 가져와 이곳에 인용해본다. 헨델의 오라토리오 〈메시아〉에서도 사용된, 성경 가운데서도 아주 유명한 구절이다.

생명의 시인 윤동주

Listen to this secret truth: we shall not all die, but when the last trumpet sounds, we shall all be changed in an instant, as quickly as the blinking of an eye. For when the trumpet sounds, the dead will be raised, never to die again, and we shall all be changed.

For what is mortal must be changed into what is immortal; what will die must be changed into what cannot die.

So when this takes place, and the mortal has been changed into the immortal, then the scripture will come true: "Death is destroyed; victory is complete!"

(1 Corinthians 15. 51~54)

보십시오, 심오한 진리를 보이겠습니다. 우리는 다 죽지 아니합니다. 우리는 변화될 것입니다. 마지막 나팔소리가 울려 퍼짐과 함께 순식간에 정말로 눈 깜박할 사이에 말입니다. 마지막 나팔이 울려 퍼지면 죽었던 자들이 썩지 아니할 것으로 다시 살아나고 우리도 변화되는 것입니다.

즉, 썩을 몸이었던 자는 썩지 아니할 몸이 되고, 유한한 생명을 사는 몸(mortal)이었던 자는 영원한 생명(immortality)을 얻는 것입니다. 그러므로 이 썩을 몸이 영원히 사는 몸이 되었을 때 'mortal'인 인간은 'immortality'를 몸에 입고, 또한 "승리가 사망을 삼키리라"라고 기록된 말씀이 이루어지는 것입니다.

(고린도전서 15장 51~54절)

고린도전서 제1장 일부

영어 성경의 번역은 필자가 직접 한 것인데(필자가 한 번역을 우리말로 옮김—옮긴이), 후반부의 'mortal', 'immortality'는 일부러 영어로 두었다. 그 편이 'mortal'과 'immortal'의 대비를 이해하기가 더 쉬울 것이라 생각했기 때문이다.

보통 시중에 나와 있는 번역판 성경에서는 'immortal'을 '영원한'이나 '불멸의', '불후의'라는 표현으로 번역했는데, 이는 번역어로도 이해하기 쉽다. 문제는 'mortal'이 내가 아는 한, '죽을 몸의', '썩어질 몸의' 등으로 번역된 경우가 많다는 점이다. 그냥 이대로는 'mortal'이라는 단어에 담긴, 유한한 생명으로 이 세상을 살아간다는 뉘앙스에는 완전히 미치지는 못한다는 생각이 든다. '생(生)'이라는 부분이 쏙 빠져버리기 때문이다. 'mortal'과 'immortal'의 대비 축은 어디까지나 현생, 지상에서 유한한 생명을 살아가는 우리 인간(생물)과 천상에 있는 영원한 생명(하나님)인 것이다.

윤동주가 성경의 이 구절을 숙지했다는 증거는 그의 시에서 발견할 수 있다. 시집 『하늘과 바람과 별과 시』에 수록된 「새벽이 올 때까지」(1945년 5월 작)라는 시의 마지막이 다음과 같이 끝을 맺고 있기 때문이다.

　　이제 새벽이 오면 나팔소리 들려올 게외다

　　　　　　　　생명의 시인 윤동주

4. 'immortal'로 덧붙여진 「별 헤는 밤」

내가 더욱 'mortal'에 집착해 윤동주의 「서시」와 관련지어 생각하는 것은 제목이 『병원』에서 『하늘과 바람과 별과 시』로 바뀌는 과정에서 이 'mortal', 'immortal'이 매우 큰 역할을 했다고 생각하기 때문이다.

앞서, 자필 원고를 처음 접했을 때의 인상으로 표지에 남은 '병원'의 흔적에 관해 썼는데, 그 뒤 『윤동주 자필 시고전집(사진판)』을 상세히 살펴보던 중에 외관상으로도 매우 마음이 쓰인 『하늘과 바람과 별과 시』에 또 다른 한 곳의 뚜렷한 '상처'(수술 자국)가 있음을 깨달았다. 그것은 시집의 마지막에 실린 「별 헤는 밤」이 현재 알려진 마지막 4행 앞에서 일단 완성되어 완성 날짜인 1941년 11월 5일이라는 날짜까지 적혀 있는데도 그 후에 원고지 여백에 끼워 맞추는 식으로 4행이 추가된 점이다. 즉, 시집 『하늘과 바람과 별과 시』 중 굴지의 명시인 「별 헤는 밤」은 원래는 지금 알려진 형태가 아니라 마지막 4행이 없는 형태로 준비되었던 셈이다. 다음 2행은 그 11월 5일 시점의 시 끝부분이다.

  따은 밤을 새워 우는 벌레는
  부끄러운 이름을 슬퍼하는 까닭입니다.

아마 이것은 『병원』이라는 제목에 맞춰 구상된 시집의 마지막 부분일 것이다. 세상이 모두 병들어 앓고 있는 가운데 자신 또한 내

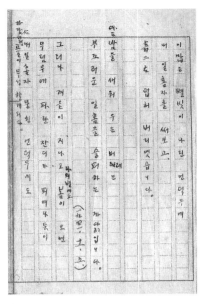

「별 헤는 밤」의 마지막 부분

면의 뜻을 펼치지도 못한 채 '환자'로서의 나날을 거듭할 수밖에 없는 상실 감이나 답답함은 『병원』이라는 시집의 주제였을 것이고, 광기의 시대에 청춘을 살 수밖에 없었던 풍부한 감성을 지닌 젊은 시인이 시를 싹 틔운 토양이 된 것이다.

물론 그것은 그 자체로 귀중한 일이다. 시집 『병원』에 실린 시 중에도 기라성처럼 빛나는 멋진 시는 여럿 있다. 하지만 그대로는 역시 결정적인 무언가가 다르다. 그것만으로는 『하늘과 바람과 별과 시』가 되지 않는다. 그 모습 그대로는 윤동주는 '윤동주'가 되지 않는다.

추가된 4행, 즉 현재 우리가 알고 있는 「별 헤는 밤」의 마지막(시집 전체의 마지막이기도 하다)을 보자.

그러나 겨울이 지나고 나의 별에도 봄이 오면

무덤 위에 파란 잔디가 피어나듯이

내 이름자 묻힌 언덕 위에도

자랑처럼 풀이 무성할 게외다.

생명의 시인 윤동주

이는 마치 예수 그리스도의 최후처럼 죽음에서 부활을 예상하고 다시 사는 운명을 드높이 선언하는 듯한 시구다. 혹은 앞서 고린도 전서에서 인용한, 승리가 죽음을 삼키고 영원한 생명으로 되살아날 것을 확인하는 것처럼 보인다. 그때까지 '병원'에 갇힐 수밖에 없었던 정신의 어둠을 뚫고 빛의 세계에 들어서는 해방감이 넘친다. 죽음을 이기는 생을 자랑스럽게 칭송하며 예언자적 확신으로 영원한 생명이 드높여지고 있는 것이다.

결국 윤동주가 시집의 마지막에서 다다른 곳은 'immortal'의 지고한 절대성이었다. 저편의 빛을 바라보고 그 높은 곳까지 올라간 까닭에 시집은 '하늘과 바람과 별과 시'로 승화되어 암흑의 시대에 빛나는 불멸의 금자탑으로서 확고한 진실의 결정(結晶)에 이른 것이다.

그렇다고는 하나, 이 4행의 추가는 어쩔 수 없는 힘에 이끌려 상당히 무리수를 둔 것으로 보인다. 이는 자필 원고를 보면 분명한데, '상처'라고 할 수 있을 정도로 '수술' 흔적이 확연해 외관상·형식상의 부작용을 빚고 있다. 마지막 4행째에 이르러서는 원고지 네모 칸에 써넣는 것조차 어려워져 접히는 부분의 공백에 공간적으로는 상당히 무리해서 써넣었다. 다음 행으로 넘어가면 접을 때 뒷면까지 돌아가게 되어 시집의 권말에 무지의 뒤표지를 붙일 수 없게 되기 때문이다.

즉, 이것은 일단 4행 앞 날짜를 기입한 부분까지를 정서해서 의심 없이 완성으로 여겨졌던 것이 그 뒤에 무슨 사정이 생겨서 일정 기간을 거쳐 새로운 각오로 형식상의 아름다움을 훼손해서라도 덧붙여야 했음을 보여주는 것이다. 표지에 남겨진 '병원'의 필적이 시집 성립의 숨은 사정을 말해주는 것과 마찬가지로, 이 권말의 '상처' 역시 시집『하늘과 바람과 별과 시』탄생에 이르는 어떤 비밀을 말해주고 있는 것이 분명하다.

시집 완성의 최종 단계에서 윤동주에게 과연 어떤 사정이 생겼던 것일까. 시집 첫머리에 새로운 시(「서시」)를 추가로 삽입한 것과 끝머리에 놓인 시의 최종 부분을 보완한 것, 그리고 그 변화를 아우르는 제목의 변경은 어떤 연계성 속에서 행해진 것일까. 그리고 젊은 시인의 마음속에서 전개된 변화의 드라마에 'mortal'과 'immortal'은 어떻게 관여하게 된 것일까……

5. 시집『하늘과 바람과 별과 시』의 탄생

『병원』은 원래 윤동주가 연희전문학교 졸업을 계기로 출판을 바라며 준비해온 시집이었다. 실린 시 중에서 가장 빠른 시기에 쓴 것은 1938년 5월 10일의「새로운 길」로서 연희전문학교 입학 직후의 산뜻한 기분이 넘치는 시이며, 시집 출판이 졸업 기념으로 계획되었기 때문에 시집에는 모두 연희전문학교에 재학한 4년 동안에 쓴 것들이 실려 있다. 그 시집의 마지막에 놓인「별 헤는 밤」(초고판)이 집필 순서대로 해도 마지막 작품인 셈인데, 기입된 날짜인 11월 5일에 일단 완성을 봤다고 볼 수 있다.

그리고 어떤 이유에서인지 처음으로 되돌아와「서시」로 알려진 새로운 권두의 시가 완성된 것이 11월 20일. "죽는 날까지"로 시작하는 권두의 시에 '하늘', '바람', '별'이 상징적으로 사용된 것으로 미루어 11월 20일에『하늘과 바람과 별과 시』라는 시집이 새로 완성되었다고 봐도 좋을 것이다. 그 기간은 대략 2주.

「별 헤는 밤」의 종결부가 추가된 것은 11월 20일과 같은 날이거나 그날과 아주 가까운 날이었을 것이다. 「별 헤는 밤」의 최종적인 보완, 「서시」의 완성, 『병원』이었을 시집이 『하늘과 바람과 별과 시』로 거듭난 것, 이것들은 모두 하나의 흐름 속에서 집약적으로 이루어졌을 것이다. 「별 헤는 밤」에 덧붙여진 부분과 「서시」가 서로 대비되는 세계를 이루고 있기 때문이다.

「별 헤는 밤」의 마지막은 'immortal'을 노래한 것이다. 그에 반해 "죽는 날까지"로 시작하는 「서시」는 'mortal'로서의 삶의 각오, 다짐을 선언한 내용이다. 앞에서 인용한 고린도전서가 대비를 이루며 그린 양자의 세계를 두 시가 훌륭하게 답습하고 있는 것이다. 더욱이 그 둘은 서로 대립하거나 반목하지 않는다. 조화 속에 호흡을 하나로 모으며 큰 생명체를 이룬다.

'하늘', '바람', '별' 모두 'immortal'인 천상계에서 'mortal'인 지상의 세계로 보낸 메시지다. 하늘의 뜻을 받은 사자라고도 할 수 있겠다. 'immortal'과 'mortal' 사이에 놓인 다리이자 둘을 이어주는 매개 역할을 하는 것이다. 중요한 것은 '시'가 그것들과 동격으로 쓰였다는 점이다. 즉, 시는 'mortal'인 인간(시인)에 의해 생겨났으나, 그 시어는 육신의 몸을 입은 시인의 유한한 생명을 넘어 'immortal'로 비상하는 생명을 가지고 있는 것이다. 그렇게 해석해야 「서시」

의 세계와 서로 어우러지며 시집을 아우르는 「별 헤는 밤」의 종결부가 영원불멸의 생명을 칭송한 그 진정한 의미를 이해할 수 있다.

마지막 4행이 없는 「별 헤는 밤」이 완성된 11월 5일부터 「서시」를 완성한 11월 20일까지 'mortal', 'immortal'이라는 개념을 축으로 윤동주의 마음속에는 단기간에 무르익은 것이 있었으리라. 솟구치는 힘에 의해 밀려오는 듯한 사상, 시상이 극에 이르고, 그 결과로 시집이 현존하는 형태로 완결된 것이다.

원래는 『병원』이라는 제목으로 사회와 시대의 음화(陰畵: 네거티브)로 구성된 시집이, 이 마지막 단계에서 극적으로 비약해 『하늘과 바람과 별과 시』로서 우주로 통하는 맑은 빛 속으로 자유로워졌다. 조선의 민족문화를 말살하려 하고 모든 것이 멸망으로 향하는 것만 같던 암흑의 시대에 모든 죽어가는 것, 유한한 생명을 사는 것, 살아 있는 모든 것을 향한 사랑을, 윤동주는 자신에게 주어진 사명으로 여긴 것이다.

시집 『하늘과 바람과 별과 시』의 성립 과정과 관련해 윤동주가 마음속에 품고 있던 생각을 엿볼 수 있는 흥미로운 증언이 있다. 윤동주의 연희전문학교 동창이자 친구였던 유영. 나는 KBS와의 프로그램 공동 제작 과정에서 1994년에 그를 직접 취재했었다. 그때 그의 술회에 따르면, 졸업반 당시 윤동주는 영문학 담당 교수이자 자신의 저서도 있는 이양하 선생에게 시를 보여드렸다. 이 선생은 교실에서 학생들을 앞에 두고 다음과 같이 말했다.

"윤동주 군, 시를 읽어보았네. 아주 좋더군. 그래서 내가 어딘가 주선을 해주면 좋겠지만, 이 내용으로는 출판이 어려울 것 같네."

　　　　　　　　　　　　　　　　　生命의 시인 윤동주

비분강개나 떠들썩한 정치적 주장과는 거리가 먼 평온한 시이지만, 시국에 비추어 시는 내용상으로 불온하다고 간주될 염려가 있었던 것이다.

이양하 선생과 윤동주의 관계에서 항상 나오는 이야기는 윤동주가 연희전문학교를 졸업할 즈음에 시집 출판을 추진했지만 그 뜻을 이루지 못하고 시집 『하늘과 바람과 별과 시』 세 부를 만들어 한 부는 이양하 선생에게, 다른 한 부는 친구인 정병욱에게 주었다는 것이다. 자신을 위해서 작성한 나머지 한 부는 후에 교토에서 윤동주가 체포되었을 때 경찰에 압수되어 돌아오지 않았다. 정병욱에게 건넨 시집이 그가 징집되었을 때 고향의 가족에게 맡겨졌고 관헌의 눈을 피하기 위해 마루 밑 항아리에 간직되면서 시집 『하늘과 바람과 별과 시』는 세상에 남겨지게 되었다.

처음부터 『하늘과 바람과 별과 시』라는 완성된 시집이 있어서 그것을 이양하 선생에게 헌정도 하고 출판 상담도 했으리라 생각하기 쉽겠지만, 지난날 유영이 말한 사실은 그것과 뉘앙스가 다소 다르다. 즉, 시집 출판의 꿈을 단념할 수 없었던 윤동주가 최종적으로 시집 세 부를 만들기 이전에 이양하 선생에게 보이고 평가를 구한 자필 원고 시집이 존재했다는 것이다. 프로그램 촬영 당시 유영은 일찍이 윤동주와 배웠던 교실에서 이양하 선생이 언급한 "출판이 어려울 것 같다"라는 공적인 '평가'에 대해 분명히 말했다. 같은 장소에 몸을 두고 이루어진 증언에서는 마치 바로 며칠 전 같은 현장감이 느껴졌다.

윤동주가 최종적으로 『하늘과 바람과 별과 시』의 자필 시집을 이양하 선생에게 헌정한 것은 사실이겠으나, 출판을 기해 스승에게 보여준 시는 최종 완성본이 아니라 그 전 단계의 것일 가능성이 크다. 그렇다면 그것은 『병원』이라는 제목으로 엮은 시집의 작품들이었다는 말이 된다. 교실에서 이양하 선생이 '잘 썼네만, 출판은 어렵겠네'라고 윤동주에게 말한 것은 시집 『병원』에 관한 언급이었을 것이다.

윤동주는 졸업 기념으로 엮은 시집 『병원』의 출판을 단념할 수밖에 없었다. 너무나 존경하는 스승이자 출판을 준비하며 의지하던 이양하 선생에게 부정적인 말을 들은 것이다. 작품의 내용은 높이 사지만 시국에 맞지 않는다는 이유로……

물론 윤동주로서는 큰 타격이었을 것이다. 비탄에 잠겨 한동안 괴로워했음이 분명하다. 모든 것이 미쳐 있었다. 앞이 캄캄했다. 이미 수렁에 빠진 중국 전선에 이어 미국과의 전쟁도 다가오고 있었다. 온 세계에 폭력과 파시즘의 바람이 세차게 불어 사납게 날뛸 뿐이었다. 와르르 세상이 소리를 지르며 무너지는 듯한 느낌이 들었을 것이다.

하지만 윤동주가 상심과 고통에 짓눌려 스스로 무너지는 일은 없었다. 그 가슴은 한없이 고독하고 절망에 잠겨 있었을 것이다. 하지만 좌절을 딛고 일어서듯 윤동주는 눈을 바로 뜨고 마음을 가라앉혔다. 광기의 시대에 오히려 더욱더 우주의 신비와 진실을 보려고 했다.

죽음이 강하게 의식되었다. 시와 함께 살아온 청년에게 시집 단념은 '죽음'을 의미했다. 물론 민족 전체가 죽음의 수렁에 빠져 있었다. 생명이 그토록 경시되던 악덕의 시대도 없었다. 하지만 죽음의 짙은 냄새를 맡으며 윤동주는 더욱 높은 차원에 있는 다른 진실을 붙잡으려 했다. 죽음은 삶으로 이어졌다. 암흑의 어둠이 땅을 뒤덮는 가운데에서도 불결을 모르는 하늘에는 아직도 영원한 생명이 넘치고 있었다. 낮에는 맑디맑은 파란 하늘에 바람이 불고, 밤에는 별들이 청렬한 빛에 반짝반짝 빛나고 있었다……

11월 5일에 마지막 4행이 없는 「별 헤는 밤」(『병원』판)을 쓰고 나서 11월 20일 「서시」를 쓰기까지 2주 사이에 이런 일들이 집약적으로 윤동주를 덮친 것이다. 시대의 먹구름은 시집 출판의 꿈을 꺾어놓았다. 하지만 윤동주는 역으로 사상의 깊이를 더해갔고 지조를 닦아 땅을 덮는 암운을 털어버리는 깊은 진실에 도달했다. 윤동주는 벽을 넘어섰다. 어둠을 뚫고 말았다. 'mortal', 'immortal'이 그의 가슴에 메아리쳤다. 넘치는 빛 가운데 '마지막 나팔'을 들은 것이다. 시집은 다시 살아나 지극히 높은 무대에서 새롭게 태어났다. 그 자신 또한 '유한한' 생명을 열심히 살 각오를 했다.

시집 『하늘과 별과 바람과 시』는 이런 고뇌와 극복을 거쳐 탄생한 것이다.

6. 메아리치는 '생명'

11월 5일부터 20일까지 윤동주의 가슴속에서 매우 집약적으로 변화의 드라마가 전개되었다. 하지만 그 바탕이 된 의식은 좀 더 이

전부터 서서히 키워졌을 것이리라. 맑은 물처럼 솟구쳐 모호하던 것이 마침내 열매를 맺어 성숙해가기를 마음속에 품고 있었던 것이다. 그것을 방증하는 윤동주의 육필 메모가 남아 있다. 그 내용을 살펴보기 전에 먼저 메모가 적힌 곳, 즉 윤동주가 쓴 원고지에 주목해 논하고자 한다. 현존하는 자필 시집 『하늘과 바람과 별과 시』가 고쿠요사에서 발행한 '고쿠요 표준규격 A4'라고 인쇄된 원고지에 정서된 것에 관해서는 앞서 썼다. 일본에서 고쿠요사는 당시나 지금이나 원고지를 발행하는 대표적인 회사이며, 다양한 종류의 원고지를 만들어왔다. 중요한 점은 A4판 400자 원고지 중에서도 윤동주에게 '고쿠요 표준규격 A4'가 매우 특별한 원고지였다는 것이다. 윤동주의 모든 작품 중 『하늘과 바람과 별과 시』 이외에는 사용된 예가 없다. 즉, 이 원고지는 졸업 기념 시집을 정리해 정서하려고 구입해서 일정 기간에만 사용한 원고지였던 것이다.

그럼 언제부터 이 원고지를 이용해 정서하기 시작한 것일까. 주의해야 할 점은 각각의 시 끝에 붙은 일자는 원래 시가 완성된 날짜이며 정서가 끝난 시기를 나타내는 것은 아니라는 점이다.

『하늘과 바람과 별과 시』에 실린 시 중 가장 먼저 쓰인 「새로운 길」을 보자.

내를 건너서 숲으로
고개를 넘어서 마을로

어제도 가고 오늘도 갈

나의 길 새로운 길

민들레가 피고 까치가 날고
아가씨가 지나고 바람이 일고

나의 길은 언제나 새로운 길
오늘도…… 내일도……

『하늘과 바람과 별과 시』의 자필 시집에는 이 「새로운 길」의 완성일이 1938년 5월 10일로 적혀 있다. 그러나 그렇다고 해서 시집 완성에서 3년 반 정도를 거슬러 올라가는 그날에 이 시를 '고쿠요 표준규격 A4' 원고지에 쓴 것은 아니다. 이 시는 처음에 '창(窓)'이라는 제목의 습작 기록용 원고 노트에 기록되었다가 그 뒤 시의 일부 변경('종달이 날고'가 '까치가 날고'로 변경되었다)을 거쳐 최종적으로 졸업 기념 시집용 원고지에 정서된 것이다.

아마 새로 산 원고지 '고쿠요 표준규격 A4'를 사용해서 정서가 시작된 것은 1941년 여름도 끝나고 가을이 되던 무렵이었을 것으로 생각된다. 한 가지 정황증거가 되는 것이 『하늘과 바람과 별과 시』에는 수록되지 않은 산문시 「종시(終始)」다. 이 시는 내용에서 알 수 있듯이 분명히 윤동주가 누상동에 있었던 작가 김송의 집에 하숙하던 당시(1941년 5~9월)에 쓰였지만, 이 시를 쓴 원고지는 '고쿠요 165'로 인쇄된 것이며, '고쿠요 표준규격 A4'가 아니다. 누상동 하숙을 나온 윤동주는 북아현동의 하숙으로 옮기는데, 계절도 가을

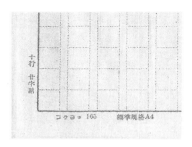

『하늘과 바람과 별과 시』 정서에 사용한
원고지의 일부분

이 되고 졸업이 그야말로 '사
정거리' 안에 보일 즈음이 되
어 기념 시집 출판을 준비하
기 시작했을 것이다. 그 정서
용으로 사둔 원고지가 '고쿠
요 표준규격 A4'였던 것이다.

실은 『하늘과 바람과 별과
시』 이외에 '고쿠요 표준규격
A4' 원고지가 사용된 것은 윤동주의 유고 중에 단 한 장 분량만 남
아 있다. A4 용지 중간에 접히는 부분을 반으로 잘라 각각을 가로
가 긴 직사각형으로 놓고 사용해, 원래 원고지로는 한 장인데 유고
의 편수는 두 편이다.

원고지를 자른 오른쪽 절반을 사용한 한 편은 「흐르는 거리」라
는 제목의 시를 퇴고한 초고다. 시 본문 1행에 "돌아와 보는 밤"이
라는 시구가 등장하는데, 사실 이 시는 이후 「흐르는 거리」라는 제
목을 버리고 「돌아와 보는 밤」이라는 제목의 산문시로 거듭나 『하
늘과 바람과 별과 시』에 실렸다. "이제, 사상(思想)이 능금처럼 저
절로 익어 가옵니다"라는 최종부가 마음에 남는 작품이다.

시집 『하늘과 바람과 별과 시』에 실린 「돌아와 보는 밤」에 기록
된 일자는 '1941.6'이다. 애초에 「흐르는 거리」로 구상되어 1941년
6월에 일단 형태를 갖춘 이 시는 원고지 반쪽에 남겨진 교정의 흔
적을 볼 때 원래는 산문시적인 스타일이 없는 보통 시로 구성되었
으나, 마지막 정서 단계에서 윤동주는 심사숙고해 교정을 거듭한

것이다. 결국 현재의 『하늘과 바람과 별과 시』에서 네 번째로 등장하는 산문시로 완성되었지만, 정서용 원고지를 반으로 잘라서까지 시의 교정을 거듭한 시기는 1941년 6월과 같은 이른 시기가 아니라 틀림없이 정서 작업에 힘을 쏟은 그해 가을이었을 것이다.

그럼 '고쿠요 표준규격 A4'의 원고지를 반으로 자른 다른 한쪽, 왼쪽 절반에는 무엇이 쓰여 있을까. 거기에는 우선 제목을 포함한 5행의 시가 적혀 있다.

못 자는 밤

하나, 둘, 셋, 넷
················
밤은
많기도 하다.

약간 동시와 같은 분위기를 지닌 시인데, 이 시의 집필 시기가 정음사에서 윤동주의 시집이 나온 이후 자주 1941년 6월로 추정되는 것은 '고쿠요 표준규격 A4'라는 특별한 원고지의 의미를 고려하지 않은 것인 듯하다. 그날로 추정되던 근거는 양분된 원고지의 나머지 한쪽에 「돌아와 보는 밤」의 시 교정 메모가 있고 그 시가 『하늘과 바람과 별과 시』에 수록되면서 '1941.6'이라고 집필 시기가 명시되었기 때문이겠지만, 정서용으로 준비된 원고지에서 퇴고가 되거나 메모가 기록될 가능성이 있는 것은 어디까지나 1941년 가을

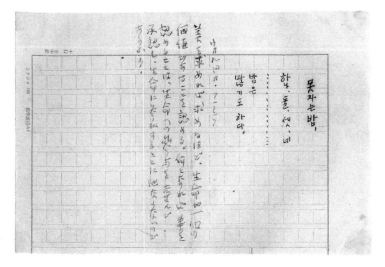

「못 자는 밤」을 쓴 반절의 원고지. 윤동주가 직접 쓴 일본어 인용문이 있다.

의 이야기인 것이다.

자, 이제부터가 가장 중요한 점이다. 원고지 왼쪽 절반의 「못 자는 밤」의 5행을 쓰고 난 여백에는 윤동주 자신의 손으로 쓴 6행의 일본어 인용문이 기록되어 있다.

ウォルドオ・フランク
美を求めれば求めるほど，生命が一個の価値であることを認める．何となれば美を認めることは，生命への参与を喜んで承認し，生命に参加することに他ならないのであるから．

월도 프랭크

미(美)를 구하면 구할수록 생명이 하나의 가치임을 인정한다. 왜냐하면 미를 인정하는 것은 생명에 대한 참여를 기꺼이 승인하고 생명에 참가하는 것과 다름없기 때문이다.

월도 프랭크(Waldo Frank, 1889~1967)는 미국의 작가로, 특히 라틴아메리카에 관한 조예가 깊어 북미와 남미 사이의 문학적 가교 역할을 한 사람으로 알려져 있다. 행동파 작가로, 1935년에는 미국 작가회의의 의장을 맡았으며, 파리에서 열린 반파시즘 국제문학회의 '문화옹호 국제작가회의'에도 참석했다.

윤동주가 인용한 문구의 출전이 어디인지 오랫동안 알려지지 않았는데, 단국대학 왕신영 교수의 노력으로 확인되었다. 왕 교수는 윤동주와 관련이 깊은 도쿄 릿쿄대학의 도서관에서 일주일에 걸쳐 조사를 거듭한 끝에 어렵게 이 문장의 출처를 찾아냈다고 한다. 그것은 고마쓰 기요시(小松清)가 편역한 『문화의 옹호(文化の擁護)』(第一書房, 1935.11)라는 책에 수록된 「작가의 본분(作家の本分)」이라는 글 속에 있었다. 고마쓰의 책은 1935년 6월에 파리에서 열린 '문화옹호 국제작가회의'의 보고서로, 말로와 지드 등 프랑스 작가는 물론 영국의 헉슬리와 소련의 파스테르나크 등 38개국 250명의 작가가 참가한 이 회의에서 공개된 월도 프랭크의 연설문이 실렸다. 윤동주가 인용한 글은 그 첫 구절이다.

윤동주가 이 『문화의 옹호』라는 책을 어떻게 접하게 되었는지 자세한 것은 알 수 없지만, 현재 전해지는 윤동주의 장서 속에 이 책은 포함되어 있지 않으므로 아마도 송몽규 등 옛 친구에게서 빌려 읽은 것으로 보인다. 그리고 월도 프랭크의 이 글을 접했을 때 윤동주는 그냥 읽어 넘기지 않고 적어둘 필요를 느낀 것이다. 더구나 수첩이나 강의노트 등이 아니라 졸업 시집 정서용 원고지에 기록한 것이다. 윤동주의 감동, 공감이 강렬했던 것은 물론이고, 자신의 시 세계에 미친 중요한 말이라고 여겼던 것이리라.

흥미로운 것은 윤동주가 반파시즘 문학전선의 국제회의 보고서와 같은 책 속에서 정치적 주장이 강한 부분이 아니라 미와 생명의 일체감을 말한 대목을 선택한 점이다. 짧은 인용문 중에 '생명'이라는 단어가 세 차례나 등장한다. 윤동주가 '생명'에 이끌려 메모를 남긴 것은 틀림없을 것이다. 그것이야말로 『병원』이라는 제목으로 시집을 계획하고 정서를 추진하던 윤동주가 운명적 만남을 통해 감격한 까닭일 것이다. '생명'이라는 말이 그의 뇌리에 하늘의 계시처럼 쐐기를 박았다. 모든 것이 '죽어가는' 듯이 시대가 비탈길을 굴러 떨어지고 있는 가운데 윤동주의 가슴에는 '죽음'과 '병'의 이미지와 동시에 '생명'이 강하게 의식되었던 것이다.

이는 'mortal', 'immortal'에 의해 시집이 최종 단계에서 혁명적인 변화를 이루기 전부터 윤동주의 내면에서 무언가가 서서히 솟구치고 있었음을 보여준다. 그것은 바로 '생명'에 대한 공감이었다. 『병원』이라는 제목으로 예정된 시집이 이윽고 보완되어 『하늘과 바람과 별과 시』로 변모하게 되는 것도 그 끝의 비약은 자못 선명하지만, 그것에 이르기까지의 전주는 계절의 깊어짐과 함께 고요히 진행되고 있었던 것이다.

　　　　　　　　　　　　　　　　　　　　　생명의 시인 윤동주

정서의 시기가 가을이었던 것도 무언가 영향을 미쳤을 것이다. 단풍이 드디어 색을 더하며 황량해지는 겨울이 오기 전에 마지막 생명을 불태우던 시기다. 죽음을 앞두고 생명이 유난히 빛나는 계절이다. 동장군의 도래로 나무들이 잉태한 생명은 일단은 죽지만 머지않아 봄기운과 함께 다시 선명한 새잎을 틔운다. 바로 'mortal'과 'immortal'의 연결고리가 구성하는 우주를 사계절의 순환으로도 실감한 것이었으리라.

시대의 어둠이 점점 짙게, 그리고 무겁게 사회를 뒤덮는 가운데 그 아픔을 남달리 강하게 느끼면서도 윤동주의 가슴에는 '생명'이 메아리쳤던 것이다. 『하늘과 바람과 별과 시』라는 시집의 성격을 생각할 때, 이 사실이 시사하는 바는 아주 크다.

「못 자는 밤」이라는 시의 메모에 관해서도 지금 언급해두겠다. 이 메모는 시로서 완성된 것이 아니라 시집 편찬을 위해 정서하던 중에 영감을 얻어 원고지 반절에 적은 것이었겠으나, 11월이 되어 쓴 「별 헤는 밤」이라는 작품의 발상에 토대가 된 것은 아니었을까. 밤중에 하나, 둘 수를 세는 것이 닮은 것처럼 느껴진다. 마지막의 "밤은 많기도 하다"가 주는 깊은 감동은 별 하나씩 추억과 사랑, 고향에 대한 회상과 어머니를 불러본 「별 헤는 밤」으로 시가 잘 익어가는 이정표였던 것만 같다.

그렇다면 「못 자는 밤」이 '생명'의 메모와 같은 곳에 쓰인 의미는 더욱더 깊다. '생명'에 대한 강한 의식이 유인제처럼 작용해 「별 헤는 밤」이라는 명시를 낳고, 게다가 최종적으로 죽음을 이기고 영원한 생명으로 부활시킨 4행을 덧붙이도록 뒷받침하게 된 것이므로……. 졸업 기념으로 기획된 시집의 정서용으로 특별히 다뤄진 원고지에 윤동주 자신이 직접 쓴 일본어 메모가 남아 있다는 것. 그 뿐 아니라 그것이 윤동주의 시 정신을 크게 비약시켜 지금 우리가 아는 시인 윤동주를 탄생시킨 숨은 자취와 관계된다는 것.

지금껏 민족주의적 해석이 지나쳐온 이런 사실은 윤동주라는, 유례가 드문 시인의 자질과 『하늘과 바람과 별과 시』를 이해하는 데 실로 아무리 강조해도 부족할 정도로 중요한 것이다.

7. 영원한 시인

1941년 11월 20일, 「서시」를 새로 씀으로써 시집 『하늘과 바람과 별과 시』는 완성되었다. 만년필을 놓은 윤동주의 가슴에는 깊은 감회가 있었으리라. 출판의 꿈이 좌절된 이후 'mortal', 'immortal'이 불현듯 떠올라 단기간에 사상을 심화·성장시키게 되었다. 죽음을 생각하게 하는 막다른 상황 속에서 영원한 삶에 대한 확신을 품게 된 것이다.

그 성장을 재촉한 가장 근본이 되는 것은 물론 신앙이었을 것이다. 'mortal', 'immortal'이 기독교에서 나온 것이 분명하듯이 윤동주는 어디까지나 기독교인이다. 기독교적인 문맥을 떠나서는 윤동주는 잠시도 성립될 수 없다.

그러나 고통의 늪 속에서 그를 지탱시키고 재생의 힘을 낳는 핵심이 된 것은 신앙의 힘 이상으로 시 자체였던 것 같다. 시집은 낼 수 없었으나, 시라는 말이 자아내는 예술에 의해 그는 자신이 살아 갈 길을, 그 자신에게 주어진 길을 확실히 자각한 것이다. 시집도 낼 수 없는 시대를 사는 인간으로서의 자신은 'mortal'이다. 그러나 시가 환기하는 힘, 시가 숨 쉬는 영역은 'immortal'인 것이다.

역설적이게도 시집 출판이 좌절됨으로써 윤동주의 시는 비약한 것이다. 시는 영원히 이어지는 불멸의 생명을 갖게 된 것이다. 시집을 내고 못 내고의 차원을 넘어 시인임이 '천명'된 것이다. 여기서 윤동주는 그야말로 진정한 시인이 되었다. 시대를 뛰어넘어 홀로 초연한 시인이 되었다. 생전에 단 한 장밖에 그림이 팔리지 않았다는 반 고흐는 아니지만, 한 권의 시집조차 세상에 내놓지 못한 채 윤동주는 명실상부한 시인이 된 것이다.

근대 일본이 강행한 제국주의적 팽창의 길 끝에 미국과의 전쟁이 다가오고, 개전을 위해 익찬체제(翼贊体制)가 강화되면서 식민지 지배도 더욱 가혹해지던 당시, 번민에 빠진 한 청년이 혼신을 다해 그 괴로움을 뛰어넘어 영혼을 성숙·정화시켜 나가던 그 정신의 영위에 필자는 뜨거운 눈물을 금할 수 없다. 그곳에서 자아낸 지극히도 순수한 시어는 동아시아를 휩쓴 시대의 거악 한복판에서 더욱 순수하게 살고자 한 맑은 영혼의 결정이나 다름없다. 그 시는 파시즘의 폭풍우가 휩쓴 20세기 역사의 암흑기, 시대의 어둠을 가르고 자아낸 아름답고도 고귀한 정화(精華)다.

이리하여 윤동주는 '시인'이 되었다. 시집이 세상에 나오지 않더라도 자신이 시인임을 분명히 의식했다. 고통 가운데 뼈아프게 새긴 각오다. 긍지도 있었겠지만 그보다 강했던 것은 사명감이었을 것이다. 시인은 천명인 것이다. 각오는 거기에 세워졌다.

이러한 시인의 각오는 1942년 6월에 도쿄에서 쓴 「쉽게 쓰여진 시」 속의 "시인이란 슬픈 천명인 줄 알면서도"라고 점철된 심경으로 이어진다. 또한 출정하면서 이것만은 무슨 일이 있어도 지켜야 한다고 가족에게 부탁한 정병욱의 마음으로도 이어진다. 나아가 요절한 아들의 묘에 '시인 윤동주의 묘'라고 묘비명을 새긴 고향 간도의 가족들의 생각으로까지 이어진다.

마루 밑 항아리에 숨겨져 간직된 시집 『하늘과 바람과 별과 시』가 조국 해방과 함께 부활한 것은 그야말로 기적이리라. 하지만 기적은 시를 지켜낸 것에만 있지 않았다. 이 시가 태어나기까지 약 2주간 그의 마음의 궤적을 생각할 때, 혼자만의 고독한 정신의 영위 속에서 사상이 익게 하고 역전적인 발상을 통해 빛 가운데 시어를 빚어낸 윤동주의 집약적인 성장 역시 기적이라는 말 외에는 표현할 방법이 없다.

거기서 가장 순수한 의미로서의 문학이 탄생했다. 윤동주가 「서시」를 쓰고 만년필을 내려놓은 지 이미 70년 이상이 지났으나, 그 시집은 아직도 시대를 넘고 국경을 넘어 읽는 사람의 가슴을 뜨겁게 한다. 아울러, 문학이 쇠퇴한 지 오래라고 불리는 21세기 현대에도 또다시 문학의 소중함과 존엄함을 가르쳐준다.

＊ ＊ ＊

머리말에서 예고했듯이 각 장 마지막에 윤동주의 시를 한 편씩 실어두고자 한다.

제1장을 닫으면서는 「서시」 이외에는 생각할 수가 없다. 『하늘과 바람과 별과 시』의 권두에 실린 시이고, 윤동주의 시 가운데 대중에게 가장 잘 알려져 사랑받는 작품이기 때문이다. 이 장 중간에 한 번 인용되었지만, 장 마지막까지 다 읽은 다음에는 그 인상이 자연스레 달라질 것이다.

시집 출판을 단념할 수밖에 없던 절망의 늪 가운데, 암흑 저편의 한 줄기 빛을 구하며 영혼의 절규처럼 필사적으로 엮어낸 시다. "죽는 날까지 하늘을 우러러 한 점 부끄럼이 없기를" 바라며 다짐하는 시인은 너무나도 맑고 흠이 없어 그 영롱한 젊음이 눈부실 정도다.

그러나 동시에 "모든 죽어가는 것을 사랑해야지"라고 노래하는 부분에 젊음을 초월한 윤동주의 진면목이 있다. '죽어가는 것'이 무엇을 나타내는 것인지, 'mortal'을 축으로 전개한 사론(私論)을 반복하지 않더라도, 월도 프랭크의 인용에 있었던 대로 생명까지도 시야에 담은, 실로 마음이 깊은 시인의 감성을 알 수 있다. 이 시가 읊어지고 나서 태평양 전쟁이 발발하기까지 불과 18일. 파괴와 살육의 폭풍을 목전에 두고 자아낸 이 순수와 사랑의 시는 조선 민족이라는 틀을 넘어 동아시아, 더 나아가서는 인류가 낳은 주옥같은 시 작품으로서 영원한 빛을 발하고 있다.

서시

죽는 날까지 하늘을 우러러
한 점 부끄럼이 없기를,
잎새에 이는 바람에도
나는 괴로워했다.
별을 노래하는 마음으로
모든 죽어가는 것을 사랑해야지
그리고 나한테 주어진 길을
걸어가야겠다.

오늘 밤에도 별이 바람에 스치운다.

제2장

'반한(半韓)' 시인이 쓴 '나의 벗' 윤동주 1

윤동주와 교류한 일본 시인 우에모토 마사오

옥사한 벗의 유작을 만나는 날인가

(獄死せし友の遺作に会う日かな)

우에모토 마사오의 하이쿠에서

1. 윤동주의 '시우(詩友)' 우에모토 마사오

제1장에서도 밝혔듯이 나는 KBS와 NHK가 공동으로 제작해 1995년 3월에 방송한 윤동주 스페셜 다큐멘터리의 취재와 구성, 연출을 맡았다. KBS 측과 합의해서 취재를 시작한 것은 그 전년도 초여름 무렵이다. 문헌적 자료 조사와 함께 윤동주와 관련된 한국과 일본의 산증인들을 찾아 취재하기 위한 노력을 계속 기울였다. 그러자 취재를 시작한 지 얼마 안 되어 곧 놀랄 만한 정보를 접했다. 생전의 윤동주를 만나 친분을 나눈 일본 시인이 있다는 것이었다.

그 사람의 이름은 우에모토 마사오(上本正夫)였다. 히로시마에 거주했기 때문에 사실 중앙에서는 알려져 있지 않았으나, 그 지방에서는 아오이시쇼재단(葵詩書財団)의 조직을 결성하고 사비를 들여 동인과 동료들의 시를 모은 시집을 정기적으로 내고 있었다. 그 사람이 쓴 시 중에 윤동주와의 추억이 등장한다는 것이었다.

당시 일본에는 윤동주와 친분이 있어 그를 기억하는 일본인이 단 한 사람도 없다고 알려져 있었다. 윤동주는 1942년 봄부터 일본에 유학해 릿쿄대학과 도시샤대학에서 배웠지만, 그를 직접 안다는 일본인은 찾지 못했었다. 한국에서도 윤동주와 친분이 있는 일본인의 이야기는 윤동주 관련 책 어디에도 등장한 적이 없었다.

나는 입수된 우에모토 마사오의 시를 탐독했다. 자세한 경로는 기억하지 못하지만, 시 단 한 편의 복사본을 구하게 된 것이다. 「반한 그 73(半韓 其の七十三)」이라는 제목이 붙어 있었는데, 우에모토 마사오는 조선에서 태어나고 자라 지금도 절반은 한국인이라는 의

식으로 '반한(半韓)'이라는 제목의 연작시집을 엮었다. 지금 여기에 윤동주가 등장한 그 시 전문을 인용하고자 한다.[*]

반한 그 73(半韓 其の七十三)

※ 일본이 쇠망한 해에 옥사한 나의 벗 윤동주

아아, 이제 반세기가 지나 귀가 먹먹해질 듯한 나의 이 신음은 과연 무엇이란 말인가. 그 옛날 아직 젊었던 청년 날의 환혹(幻惑). 강덕(康德) 6년(1939년) 봄, 만주국 교통국 위임관이었던 나는 간도성 연길의 우정감사(郵政監査)로 들어갔다.

그것은 전(全) 조선 문학 동료들이 계획했던 초현실주의 시학지(원문에 詩学詩로 표기된 것은 오식으로 추정) ≪녹지대(綠地帶)≫의 일원이었던 '윤동주'의 고향을 보기 위함이었다.

그러나 반일(反日), 반제(反帝)의 도가니이자 항일전(抗日戰)의 반제분자들이 소용돌이치는 변경(邊境)으로도 볼 수 있는 지대에서 나의 업무 외의 정보 수집은 위험하고도 절망적인 분위기였다. 동행한 관동군 헌병사령부원은 감사의 제시 요구 조사보다 좌익 시인으로도 알려진 나의 동향을 주시하고 있는 듯했다. 군부의 정보기관은 완전히 국자가(局子街: 연길의 중국어 옛 지명)를 포위하고 있었지만 그래도 일본인 시인인 나를 믿지 못하는 것 같았다. 그 이유는 무엇인가? 그 '윤동

• 인용한 「반한 그 73」에서 괄호에 있는 한자와 설명은 한국 독자의 이해를 돕고자 옮긴이가 넣은 것이다. 이 시의 일본어 원문은 이 책 부록에 실려 있다.

주'는 조선 평양의 기독교계 숭실중학생이었기 때문이다. 그것은 이 중학교가 일제의 교육 지도를 거부하고 폐교 처분을 받아 학생들은 언제 폭발할지 모르는 사상을 품은 채 흩어져버렸고 나 자신도 하얼빈 주찰(駐察) 헌병대의 요주의 인물이었으니, 그들(옛 숭실중학생들) 불온분자와의 결합을 경계하는 것이었다. 전해지는 바로는, 총독부 관리들은 기독교계 학교에 조선신궁 참배를 강요했다고 한다. 이 몽매한 일본 제국주의 사상은 기독교의 교리까지도 짓밟는 것이었다. 숭실중학생이 북간도에 잠입하는 것은 당연하다.

이 간도성 일대의 반제 투쟁의 연유는 무엇인가? 나는 동행한 헌병장교에게 적잖은 연민을 느낄 수밖에 없었다. "시인은 무서운 사상의 소유자군." 많은 정보를 갖고 있던 그는 늘 권총을 꽉 쥐고 있었다. 나는 그해 12월부터 병역에 복무하기로 되어 있었다. 어떤 사건으로 인한 징벌인지는 모르겠으나, 국제법으로 금지된 어느 부대에 입대하게 된 것이다. 2년여 소재를 알 수 없던 그(윤동주)는 어느 날 갑자기 신경(新京: 현재의 장춘)에 있는 내게 편지를 보내왔다. 릿교대학 영문과에 입학한다는 것이었다. 마침 그때는 '미도리카와 미쓰구(緑川貢), 스미레가와 센도(菫川千童)'와 함께 《만주문예》라는 문학지를 간행하던 무렵이었다. 《녹지대》의 발행이 금지되었듯이 이 지역에도 그런 일들이 파급되었다. 나는 일방적인 그의 말과 통신, 암호적인 자기 이름 변경에 이변을 감지했다. 쇼와 17년(1942년), 나는 말레이 작전에 참전해 구사일생으로 살아 군마현 누마타(沼田) 육군병원에 있었다. 8월 어느 날, 갑자기 그가 나타났다. 백의를 입고 있던 나를 그는 연민이라는 말로는 표현되지 않는 미소를 지으며 꽉 안아주었다. 아, 그의 시를 읽은

지 무려 7년의 세월이 흘렀다. 그는 9월부터 교토에 있는 대학에서 배울 것이라고 했다. 단정한 그의 풍모는 왠지 모를 왜곡된 인상을 주기도 했으나 그것이 어떤 의미인지 우둔한 나로서는 알 수가 없었다. 그는 내 전우인 고(高) 아무개 중위의 아우가 보내준 신간 일본 시집을 들고 있었다. "동주, 마음에 들면 그 시집은 선물할게." 그는 '기쿠시마 쓰네지(菊島常二)'의 작품에 상당히 마음이 끌렸던 것 같다. 그 작품은 기쿠시마의 시「나의 하나님의 작은 땅(わが神の小さな土地)」이었던 듯하다. 그러한 그의 시심(詩心)이 흘러내린 것이다. 어느덧 나는 아카기산(赤城山)이 보이는 병동을 떠나게 되었다. 전쟁의 상처가 어느 정도 회복되자, 시력이 회복된 한쪽 눈에 의지해 교토 쪽을 생각하면서 나는 조선해협을 건너 김해의 본가에서 열흘을 보내고 경성, 평양에 머물다 신경으로 향했다. 만주국의 수도는 약 5년의 세월의 흐름 속에서 크게 변모했다. 쇼와 18년(1943년) 4월, 과거 유배지였던 하얼빈은 변함없이 화창한 모습이었다. 그것은 벽지에 남겨진 노래처럼 일본 제국의 조락(凋落)한 모습이기라도 한 것이었을까. 하룻밤의 하얼빈 호텔은 해협을 건너는 관부연락선(시모노세키와 부산을 잇는 배로 현재의 부관페리)을 미국 잠수함으로부터 숨기기 위해 빛이 새어나가지 않도록 닫은 것처럼 조개와 닮아 있었다. 나는 그때 윤동주가 암흑의 동굴 속에서 아직도 한 줄기 빛을 구하려고 애쓰는 꿈을 꾸었다. 일제 배격의 불타는 사상을 품은 채, 왜 일본의 옛 수도로 들어가려는 것인가? 생각건대 일제를 피해 북간도에서 태어난 동주는 이 지역의 철저한 민족주의의 영향을 받았고, 소년기가 끝날 무렵 그는 마침내 한일 소년 시인이 모이는 평양으로 나왔을 것이다. 강덕 10년, 즉 쇼와 18년 수도 신경의 초여름,

생명의 시인 윤동주

상쾌한 관사에 있던 나에게 배달된 다카쓰키(高槻)발 전문(電文)은 '동주'의 체포 소식이었다. 순간 눈앞이 검은 막으로 휘감기고 나는 치미는 분노로 과거 전차포를 우리 우군의 사령부로 발사하고 싶었던 사고력의 만취를 정신분열과 함께 겪었다. 내 눈망울 속에 아름답고 선명한 불꽃처럼 사라져서는 다시 나타나는 그의 모습. 치안유지법 위반이란 도대체 무엇이란 말인가. 과거 출정 전 가을에 하얼빈 키타이스카야 거리에서 나에게 가해진 죽음의 채찍. 마침내 조국의 해방을 눈앞에 두고 옥중에서 끝내 생을 마감한 윤동주여. 자네는 끊임없는 고문과 심문에도 굴하지 않았을 것이다. 아마도 당국의 손에 의해서 틀림없이 암살되었을 것이다. 나는 차가운 계절에는 자네를 생각한다. 자네의 시 작품은 지난 50년 동안 볼 수가 없었다. 자네 조국의 뜻있는 지식인에 의해 자네의 불굴의 애국심이 알려진 것은 천운이었을까.

지금도 신경일일신문(新京日日新聞) 사장 조지마 슈레이(城島舟礼)가 자네의 시를 읽고 눈물짓던 일이 떠오른다. 44년이나 지난 아득히 먼 추억이다.

83. 2. 1.

주) 91. 4. 27. 저자 김영삼 씨가 준 한국시 대사전을 통해 윤동주 시집이 간행된 것을 알게 되었다. 범우사 간행, 84, 『하늘과 바람과 별과 시』

이 시는 마지막 부기까지 포함해 우에모토가 주재하는 아오이시쇼재단에서 발행한 ≪일본시집≫ 1993년 7월호에 실린 것이었다. 한자와 가타카나를 바탕으로 엮어진 결코 읽기 쉽지 않은 글이며,

일반적으로 사람들이 시라 생각하는 것과는 꽤 거리가 있다. 그러나 어쨌든 여기에 윤동주에 관한 기억으로 알려지지 않은 일화가 여러 가지 적혀 있어 놀랐다.

이 시가 전하는 내용을 항목별로 정리해보면 다음과 같다.

① 윤동주는 우에모토가 전 조선 문학 동료들과 함께 계획했던 초현실주의 시학지(詩学誌)[원문에 '시학시(詩学詩)'로 되어 있는 것은 아마도 오식(誤植)일 것으로 보인다] ≪녹지대≫의 일원이었다.

② 강덕 6년 봄, 만주국 교통부 위임관이었던 '나'(우에모토)는 간도성 연길 우정국 감사로 현지를 방문했다. 일찍이 시우였던 윤동주의 고향을 보고 싶다는 개인적인 희망을 겸한 것이었다[강덕은 만주국에서 사용된 연호로 강덕 6년은 1939년에 해당한다. 또한 시 속에 있는 국자가는 연길의 옛 지명이다]. 연길행에는 관동군 헌병사령부원이 동행해 좌익 시인인 우에모토를 감시했기 때문에 결국 윤동주의 고향을 방문하려는 목적은 달성하지 못했다.

③ 윤동주는 '일제'의 교육지도를 거부해 폐교 처분을 받은 평양의 숭실중학교에서 배운 적이 있어 불온분자로 몰렸고, 우에모토 자신은 하얼빈 주찰 헌병대의 요주의 인물이었다. 당국은 두 사람의 만남을 경계했다.

④ 우에모토는 그해(1939년) 12월부터 병역에 복무하다가 국제법으로 금지된 특수부대에 입대했다.

⑤ 2년여 동안 소재를 알 수 없었던 윤동주는 신경(만주국 수도. 현재의 중국 장춘시)에 있는 우에모토에게 편지를 보내 릿쿄대학 영

문과에 입학한다고 알렸다. 윤동주는 창씨개명을 한 이름('암호적인 자기 이름')으로 편지를 보내왔다.

⑥ 당시 우에모토는 미도리카와 미쓰구, 스미레가와 센도와 함께 ≪만주문예≫라는 문예지를 간행했다.

⑦ 쇼와 17년(1942년)에 말레이 전선에 참전한 우에모토는 구사 일생으로 군마현 누마타의 육군병원에 입원했다. 같은 해 8월 말, 갑자기 윤동주가 입원 중인 우에모토를 문병해 9월부터 교토에서 배운다고 말했다. 윤동주는 우에모토의 병상에 있던 '일본 시집'(전후에 우에모토가 히로시마에서 간행한 것과는 다른 것) 중 기쿠시마 쓰네지의 시 「나의 하나님의 작은 땅」(주 제목은 「눈사태(雪崩)」이며, 이 책 126쪽에 인용함—옮긴이)에 끌렸다.

⑧ 우에모토는 퇴원 후 '만주국' 신경으로 향했다. 1943년 4월에는 하얼빈에서 윤동주의 꿈을 꾸었다.

⑨ 1943년 초여름, 신경에 있던 우에모토 앞으로 다카쓰키(오사카부 소재)의 지인에게서 윤동주가 체포되었다는 전보가 도착한다.

⑩ 조국 해방을 앞두고 윤동주가 옥사했다.

⑪ 44년 전 ≪신경일일신문≫ 사장 조지마 슈레이가 윤동주의 시를 보고 눈물을 지었다.

우에모토 시인의 마음에 솟아나는 생각은 차치해두고, 시에서 알수 있는 '사실관계'만 정리하면 대략 이상과 같다. 또한 시 뒷부분에 부기한 '주'와 함께 비교하며 읽으면, 우에모토는 이 50년간 윤동주의 시를 볼 수 없었고 1991년 4월 27일에서야 김영삼이 준 『한국시 대사전』을 통해 윤동주 시집 『하늘과 바람과 별과 시』(범우사, 1984) 간행을 알았다는 것을 엿볼 수 있다. 한편 원래 이 시가 완성된 것은 1983년 2월 1일이라고 되어 있다.

어쨌든 나는 우에모토를 만나 사실관계를 확인해야겠다고 생각했다. 새로운 사실 발굴에 대한 기대에 부풀어 곧장 히로시마시 근교의 가이타정(海田町)에 있는 우에모토의 자택을 찾아갔다.

2. 우에모토 시인의 증언, 윤동주의 추억

우에모토를 방문한 것은 1994년 5월 26일이었다. 당시의 취재 노트가 남아 있어 이 취재 노트의 메모와 기억을 토대로 그날 전해 받은 내용을 따라가 보고자 한다.

우에모토는 1919년생으로 당시 70대 중반이 되어 있었지만, 다부진 체구에 눈빛이 예리하고 말도 분명해 무척 활력 있고 정정하다는 느낌을 받았다. 중앙 시단과는 연이 없었으나, 그 고장에서 자신을 장으로 하는 시의 왕국을 구축한 듯한 삶의 방식은 역시 이러한 결의에 찬 인물이기에 가능했다는 생각이 들었다. 인사도 하는 둥 마는 둥 본론으로 들어갔는데, 나의 첫 질문은 윤동주와 언제 어떻게 만났느냐는 것이었다.

그의 입에서 나온 대답은 '반한(半韓)'에도 실리지 않은 새로운 에피소드였다. 1935년 가을, 당시 부산중학교 4학년이던 우에모토가 만주 수학여행 도중 평양역에서 윤동주와 만나 두 시간 정도 이야

기를 나눴다는 것이다. 이후로
도 놀라운 증언이 이어졌는데,
평양역에서 만나기까지의 사
연을 우에모토의 증언을 토대
로 재구성해보면 다음과 같다.

일찍이 시에 눈을 떠 고명한
시인 김소운에게도 사숙했다
는 우에모토는 전 조선 중학생

한국의 문예지 ≪문예사조≫에 실린
우에모토의 사진

시인들을 모아 ≪녹지대≫라는 초현실주의 모더니즘 동인시지를
만들려는 계획을 추진하고 있었다. 일본어로 된 시지이기는 하지
만, 일본인뿐 아니라 조선인 학생도 함께하기를 원했다. 시에 조예
가 깊고 우에모토의 재능을 알아본 부산중학교 모리 도루(森亨) 부
교장(1936년부터는 교장)은 그 계획에 동참했고, 어느 날 "멋진 시가
있다"며 조선인 학생이 썼다는 시를 보여주었다. 평양에서 나온
YMCA 잡지에 실린 시였는데 우에모토는 그 시를 일본어로 읽었
다. 그는 그 시가 분명 「공상」과 같은 제목이었다고 기억했다. 그
시의 지은이는 윤동주였다.

우에모토는 계획 중인 시지 ≪녹지대≫에 꼭 참여해줄 것을 권
유하기 위해, 마침 수학여행으로 만주까지 갈 기회가 있어 가던 도
중에 평양역에서 윤동주와 만났다. 두 시간 가까이 이어진 대화는
일본어로 이루어졌고, 우에모토는 시지에 참여해줄 것을 열심히 호
소했다. 하지만 윤동주는 "나는 한글로 시를 쓰고 싶다"라며 ≪녹
지대≫ 참여를 고사했다. "한글을 정말 제대로 공부해야 한다"라고

≪숭실활천≫ 제15호

도 말해 민족 언어에 대한 강한 애착을 보여주었다. 많을 때는 하루에 시를 네다섯 편도 짓는다고 윤동주는 말했고, 보들레르나 니시와키 준자부로(西脇順三郎)의 시를 좋아한다고도 말했다. 또한 "(윤동주의) 아버지는 자신이 의사가 되기를 바라지만, 나는 그럴 마음이 없다"라는 이야기, 구체적인 내용은 잊었지만 동생에 관한 이야기도 화제에 올랐다.

이상이 우에모토가 윤동주와의 만남에 관해 증언한 내용이다. 나는 그의 이야기를 들으면서 설레는 마음을 가라앉힐 수가 없었다. 평양에서 출판된 YMCA 잡지는 미국인 선교사가 교장으로 있던 숭실중학교의 YMCA 문예부가 낸 ≪숭실활천(崇実活泉)≫이 틀림없다. 윤동주는 1935년 9월 그동안 다니던 북간도 용정의 은진중학교에서 평양의 숭실중학교로 편입했고, 그해 10월에 발행된 ≪숭실활천≫ 제15호에 「공상」이 실렸다. 또한 아버지 윤영석 본인도 문학 지향이 강하면서 윤동주가 의사가 되기를 바란 탓에 갈등을 빚게 되는 것 역시 윤동주의 전기에 흔히 등장하는 일화다.

다만 의심의 눈초리로 본다면, 우에모토의 말은 예컨대 1984년에 나온 『하늘과 바람과 별과 시: 윤동주 전시집』(이부키 고 옮김)에 수록된 윤동주의 연보를 보고 자신의 이력과 그럴듯하게 끼워 맞추면 못할 말도 아니었다. 무엇보다 평양 숭실중학교에서 나온 《숭실활천》에 실린 윤동주의 시가 어떻게 부산중학교 부교장의 눈에 띄게 되었는지, 이 점이 가장 큰 의문점으로 남았다. 우에모토에게 확인해봐도 이에 대해서는 기억이 애매해 사실관계가 모호했다. 또한 조선어(한국어)를 거의 못 하는 우에모토는 그 시를 일본어로 보았다고 증언했는데, 누가 언제 어떻게 일본어로 번역한 것인지 역시 수수께끼인 채로 남았다.

첫 대면의 에피소드는 그러했고, 계속해서 우에모토의 이야기를 들었다. 평양역에서 헤어진 뒤 윤동주와 오랫동안 만나지는 않았다. 그러나 우에모토의 본가가 있는 김해와 윤동주의 용정집, 이렇게 서로의 집으로 우편을 통한 연락은 드물게나마 이어졌다고 한다. 그 뒤 우에모토가 윤동주를 만나게 된 것은 1942년 8월로, 그동안 우에모토는 1937년 3월에 부산중학교를 졸업한 후에 도쿄의 아오야마(青山)학원 전문부에서 배우고, 같은 해 9월부터는 만주국 우정총국에서 근무하게 되면서 신경(新京)으로 옮겼다. 1939년에는 교통부국 위임관으로 임명되었으나, 그해 말에 소집되어 독가스를 다루는 특수부대(국제조약 위반이었다고 한다)에 입대해 1941년 말부터 1942년 봄에 걸쳐 말레이 전선에 참전했지만, 독가스에 의한 부상으로 본토로 이송되어 같은 해 4월부터 누마타 육군병원에 입원했다.

그리고 그해 8월, 갑자기 윤동주가 병원에 모습을 드러냈다는 것이다. 간호사가 옛 친구가 찾아왔다며 전해주었는데 '~누마(沼)'라는 일본식 이름으로 알려주어 순간 누가 왔는지 몰랐다. 그는 병실에 나타난 방문객의 얼굴을 보고 놀랐다. 1935년 평양역에서 만난 뒤로는 만난 적이 없던 윤동주 그 사람이었다. 병상의 우에모토를 윤동주는 조용히 끌어안았다.

"도쿄를 떠나 신학기부터 교토에 있는 대학에서 선과생(選科生)으로 배울 생각이다"라고 윤동주는 말했다. 우에모토는 왜 교토로 가냐고 물으면서 도쿄에 남는 것이 좋지 않겠냐고 의문을 나타냈다. 상세한 전후 관계는 잊었지만, 윤동주의 입에서는 센다이라는 지명도 나왔다고 한다. 어쨌든 도쿄를 떠날 결심이 굳은 듯했다. 우에모토의 병실에는 같은 독가스 부대에서 부상을 입은 조선 출신의 고 아무개 중위가 입원하고 있었다. 그 남동생이 가져다준 '일본 시집'을 윤동주는 읽고 싶어 했다. 선물하겠다는 우에모토의 말에 윤동주는 사양했으나, 잠시 읽어본 뒤 시집에 실린 기쿠시마 쓰네지의 시를 좋은 시라고 칭찬했다.

나는 더욱더 흥분을 감출 수 없었다. 일본 유학에 즈음해 창씨개명이 필요했던 윤동주는 부득이 '히라누마 도주(平沼東柱)'라는 이름을 대게 되었다. '누마'라는 성의 뒷부분밖에 기억이 없는 우에모토의 증언은 여기서도 사실을 벗어나지 않았다. 그해 여름방학이 끝나고 윤동주는 그때까지 한 학기를 배웠던 도쿄의 릿쿄대학에서 교토의 도시샤대학으로 옮기는데, 이 점에서도 연대기적 사실과 부합한다. 센다이의 이야기까지 나왔다고 하는데, 여름방학 때 북간도로 귀향한 윤동주가 갑자기 일본에 돌아가게 된 것은 센다이의 지인으로부터 연락이 왔기 때문이라고 알려져 있다. 도호쿠대학에 진학할까 하는 생각까지 있었다는 것이다. 우에모토의 입에서 '센

생명의 시인 윤동주

다이'라는 말이 나오자 연표의 매우 세세한 곳까지 일치하는 것에 소름이 돋을 정도였다.

그러나 한편으로는 흥분이 더해진 만큼, 과연 이 사람이 말하는 것이 진실일까라는 의문이 커지는 것도 누를 수 없었다. 사실관계는 매우 세세한 부분에까지 이른다. 그렇다 해도 증거가 될 만한 자료는 전혀 없다. 윤동주의 편지 한 장 남아 있지 않고, 함께 찍은 사진이 있는 것도 아니기 때문이다. 게다가 우에모토는 윤동주의 이름을 때때로 일본어음 그대로 말했는데 '인(尹)도주'가 아니라 '이(伊)도주'로 '윤'과 '이'를 혼동한 호칭이어서 과연 이런 실수가 윤동주와 친분이 있다는 사람의 입에서 나올 수 있을까 하는 의구심이 들었다.

격화소양(隔靴搔癢)의 기분을 품은 채, 「반한 그 73」의 시 마지막에 나오는 ≪신경일일신문≫ 사장 조지마 슈레이가 윤동주의 시를 읽고 눈물지었다는 일화에 대해서도 사실관계를 물었다. 1939년 신경에 있던 우에모토에게 윤동주가 소식을 보내면서 시도 보내왔다고 한다. 그 시를 조지마에게 보여줬다는 것이다. 그러나 여기에서도 그 시가 어떤 시였는지, 우에모토의 기억의 실마리는 거기서 뚝 끊겨버린다. 한 편이었는지, 짧은 시였는지, 긴 시였는지 나는 더욱 집요하게 물어보았으나, "15행 정도였던가"라고 말하기도 하고 "아니 20행 정도였는지도 모르겠다"는 식으로 기억이 모호한 채 오락가락할 뿐이었다. 다만 시와 함께 보내왔다는 편지의 핵심 부분은 확실히 기억하고 있었다. "무엇 때문에 당신은 만주로 갔는가"와 '만주국' 관리의 길을 가게 된 우에모토의 선택에 의문을 제기하는 것이었다고 한다.

그날 우에모토의 집에 점심 넘어 방문해 저녁 무렵까지 쭉 이야기를 들었다. 그러나 결국 확고한 증거가 뒷받침된 증언을 얻지는 못했다. 증언이 허위가 아니라면 그때껏 알려지지 않은 새로운 사실을 발굴해낸 것이 되겠지만, 그의 말을 그대로 믿어도 될지는 확신할 수 없었다. 허위, 날조라는 말은 심하다 할 수 있겠지만, 혹시 그 모든 것이 노시인의 망상은 아닐까 하는 의문이 머리를 떠나지 않았다. '반한(半韓)', 즉 반한국인이라는 문학적 자기 경력을 더욱 돋보이게 하기 위해 한국에서 국민적 시인이 된 윤동주의 위세를 빌리려 했다고 볼 수도 있지 않을까. 「반한 그 73」이라는 시에서도 실제로는 《녹지대》에 들어가는 것을 고사한 윤동주를, 그 일원이었다고 문학적 동지였던 것처럼 과장하고 있지 않은가.

끝으로, 우에모토의 눈에 비친 윤동주라는 청년의 사람됨에 관해 물었다. "전혀, 투쟁적인 부분이 없는 조용한 사나이였다. 반일적 사상은 없는 듯이 보였다……." 우에모토에게 비친 윤동주의 인상은 저항 시인의 이미지와는 거리가 먼 것이었다. 그렇다 치더라도 '반일적 사상'이 없었다는 등 노골적일 정도로 단정적 표현이 사용되어, 지배받는 쪽에 있는 이의 심정을 지배하는 쪽에 몸을 둔 자가 그렇게 쉽게 단언해도 되는가 하고 젊은 날 나의 가슴에 순간적으로 반발이 치밀었던 일이 기억난다.

다만 시간이 지나면서 우에모토의 그러한 발언을 놓고 나의 마음이 다시 흔들리기 시작했다. '반한' 연작시의 내용은 온통 일본 근대사를 증오하거나 저주하는 것과 같은 '반일적(반일제적)' 언사로

생명의 시인 윤동주

가득하다. 그런 시인이 경력을 더 돋보이게 하려고 윤동주를 이용하려 했다면, 반일 투사로서의 윤동주의 저항정신, 투쟁적 모습을 최대한 선전하는 편이 우에모토의 동지로서의 이미지가 더 부각될 것이다. 실제로 우에모토는 「반한 그 73」이라는 시에서, 신사참배를 거부하고 폐교된 숭실중학교에 다닌 학생으로서 윤동주를 당국에서 위험한 인물로 보고 있다고 기록한다. 또한 "일제 배격의 불타는 사상을 품은 채"라며 그 항일적 사상에 대해서도 다소 격한 표현으로 다룬다. 그러한 인물이 사실을 넘어 윤동주를 ≪녹지대≫의 일원이었다며 자신의 씨름판으로 끌어들이고 있는 것이다.

그러나 그의 기억 속에 살아 있는 인간 윤동주는 미워해야 할 '일제'의 희생자이기는 했지만 '일제'와 싸운 저항자, 투쟁자로서의 이미지는 희박했던 것이다. 그렇게 보면 오히려 우에모토가 진실을 말하고 있는 것이 아닐까 하는 생각으로 기울기도 했지만, 결국 어디까지나 추론일 뿐 확실한 결론이 내려지지는 않았다.

만약 증거가 될 수 있는 자료가 발견되면 보내달라는 말을 남기고 나는 우에모토의 집을 떠났다. 선물을 대신해 이부키 고의 번역본 『하늘과 바람과 별과 시: 윤동주 전시집』한 권을 그의 앞에 두고 왔다.

우에모토가 직접
작성한 연표

3. 좌절된 추적, 우에모토 시인과의 그 후

그로부터 한 달여 지났을 무렵이었던가, 우에모토로부터 편지가
도착했다. 거기에는 윤동주의 생애와 자신의 사적을 나란히 기록
한 자작 연표와 우에모토의 병상을 문병한 윤동주가 칭찬했다는
‘일본 시집’(정확하게는 『현대일본년간시집』)에 실린 기쿠시마 쓰네지
의 시 사본이 동봉되어 있었다. 우에모토 나름대로 자신의 증언에
진실성을 뒷받침하려고 노력한 결과였으리라. 그러나 여전히 결정
적인 증거라 하기에는 부족했다. 나는 프로그램에서 우에모토에
대해 다루는 것을 계속 고민했다.

그 뒤 서울에서도 우에모토를 만날 기회가 있었다. 1994년 가을

생명의 시인 윤동주

로 기억된다. 부산중학교 동창회가 서울에서 열려 과거 동창생들이 모인 것이다. 식사 모임 후에 2차 모임으로 호텔 카페에서 편하게 담소를 나누고 있을 때 자리를 함께하게 되었다. 1935년 가을 수학여행 중에 우에모토가 평양역에서 윤동주와 만났다면 동창생들의 눈에 띄었을 가능성이 있다. 일본에서 참석한 동창생들은 물론이고 일본인과 함께 자리한 한국인 동창생들에게 사실관계를 꼭 확인해보고 싶었다. 일본인 동창생의 입장에서 보면, 우에모토가 시를 사랑하는 문학소년이었다는 것은 기억에 있어도, 윤동주라는 한국의 대시인에 관한 지식은 없을 터였다. 다만 한국인이라면 윤동주를 모르는 사람이 없다. 중학 시절의 일본인 동창생이 조국 해방 이후에 국민적 시인이 된 윤동주와 친분을 맺고 있었다면, 그 '사실'의 중요성을 그들이라면 틀림없이 이해할 것이라 생각했다.

예상했던 대로 일본인 동창생들은 수학여행 중 평양역에서 한 학우가 한 행동에 관해 기억도 관심도 없었다. 기대하고 있던 한국인 동창생들도 "그렇다는데야"라며 모두 똑같이 나중에 들은 이야기만 말할 뿐 그때는 전혀 몰랐다고 해, 방증이 될 수 있는 증언은 전혀 들을 수 없었다. 거기서도 우에모토가 증언한 진위를 확인할 방법은 없었던 것이다.

당연한 일이지만 나는 윤동주의 유족 측에도 우에모토 시인이 말한 윤동주와의 기억에 대해 전했다. 윤동주의 여동생인 윤혜원 여사는 당시 호주 시드니에 거주하고 있었는데, 한국 방문 때 몇 번 만나 프로그램에 필요한 카메라 인터뷰로 취재했다. 그때 우에모토에 대해서도 물어보았지만, 윤혜원 여사는 자신이 기억하기에 오빠 윤동주와 친분이 있는 일본 시인이 있었다는 이야기는 들은 적이 없다고 말했다. 그런 사람으로부터의 소식은 온 적도, 본 적도, 들은 적도 없다고 했다. 여기에서도 확인 방법은 끊겼다.

하지만 머지않아 증언의 신빙성을 확인하기 전에 다른 차원에서 우에모토의 취재를 포기할 수밖에 없는 상황이 찾아왔다. 취재를 거듭하며 프로그램을 구성해가는 과정에서, 도저히 방송시간에 넣을 수 없겠다는 생각이 든 것이다. 시대의 흐름 가운데 윤동주의 생애와 시 세계를 파악하고자 하는 프로그램의 취지를 생각하면, 그가 말한 윤동주와의 에피소드는 아주 사소한 부분이 되어버린다. 더구나, 뒤에서 자세히 다룰 것이지만, 취재 과정에서 윤동주가 다닌 교토의 도시샤대학 동창생을 찾아낼 수 있었고, 거기서 함께 찍은 새로운 사진까지 나왔기 때문에 더 이상 우에모토에게 시간을 할애할 여유가 없어진 것이다.

프로그램은 1995년 3월에 방송되었다. 방송일을 알리는 엽서를 우에모토에게도 보낸 기억이 난다. 결국 우에모토는 사전 취재로 두 번 만났을 뿐 카메라 인터뷰도 하지 않았다. 프로그램 진행상 그 판단이 틀리지는 않았다고 생각하지만, 윤동주 연구 차원에서 본다면 나는 좀 더 우에모토에게 집착했어야 했다. 하지만 그만큼의 시간적·정신적 여유가 더 이상 없었다. 담당해야 할 프로그램이 속속 밀려들었고, 1999년부터 영국 근무를 하게 되었다. 2002년에는 NHK를 그만두고 영국에 머물며 문필의 길로 들어섰다. 우에모토는 고사하고 과거 가족처럼 친하게 지내던 한국의 지인들에게조차 8년 동안 소식불통 상태가 되어버린 것이다.

영국에서 살던 내가 오랜만에 한국 땅을 밟은 것은 2006년쯤이었다. 이후 영국에서 일본으로 돌아갈 때마다 한국에 들르게 되었다. 동생 윤혜원 여사와 부군 오형범 선생, 그 딸 오인경 씨, 조카 윤인석 교수 등 프로그램 취재에서 신세를 진 윤동주의 유족분들과도 재회할 수 있었다. 그러한 가운데 우에모토 시인이 다시 마음에 걸리기 시작했다. 분명, 하다 만 일이었다.

영국에 체류한 지 10년째였던 나는 2009년 9월 초에 일본으로 돌아왔다. 그리고 그달 하순에 히로시마의 우에모토에게로 향했다. 이번에는 '시인 윤동주를 기념하는 릿쿄회' 대표인 야나기하라 야스코(楊原泰子)도 동행하게 되었다.

우에모토의 집을 방문하는 것은 15년 만이었다. 그러나 만 90세가 된 우에모토는 안타깝게도 치매를 앓고 있었다. 그렇게 좋았던 풍채는 여위어 있었고, 예리하던 눈빛은 형형한 빛을 잃어 다른 사람 같았다. "어머니는 돌아가셨습니다"라는 아들이 만든 종이쪽지가 방 여기저기에 붙어 있었고, 부인의 죽음조차 확실히 기억하지 못해 부인을 찾으며 배회하는 상황을 볼 수 있었다. 윤동주에 대해 묻자 그 이름에 짧게 반응하기는 했지만, 기억이 완전히 종잡을 수 없게 되어 증언으로서 들을 수 있는 내용은 아니었다. "모두 잊어버렸다……." 힘없이 중얼거리는 우에모토의 모습이 측은했다. 간병하는 분으로부터 육체적·정신적 부담이 된다는 말을 듣고 30분 정도 있다가 자리를 뜰 수밖에 없었다. 다만 몇 년이라도 더 빨리 다시 찾았어야 했다는 후회가 밀려왔지만, 이미 때는 늦었다.

4. 시집을 통해 더듬어본 우에모토의 발자국

우에모토 본인 입에서는 아무것도 기대할 수가 없었다. 그래도 히로시마까지 발길을 옮긴 이상, 현지에서만 할 수 있는 일이 있었다. 우에모토가 발행해온 시집들 어딘가에 더 많은 윤동주 관련 기술이 있는지 찾아내는 일이었다. 지방 시인이 자비 출판으로 낸 책이라 도쿄의 국회도서관에서도 열람할 수 있는 것은 몇 되지 않았다. 현지 도서관이라면 우에모토가 기증한 서적이 틀림없이 남아 있을 것 같았다.

생각했던 대로 우에모토의 집에서 가까운 가이타 동립도서관을 비롯해 지역 마을회관 도서실에는 그가 주재하는 아오이시쇼재단에서 발행한 시집들이 여럿 소장되어 있었다. 모든 시집은 전후 히로시마에 정착한 우에모토가 사재를 들여 편집·발행해온 것인데, 중심이 되는 것은 ≪일본시집≫과 ≪일본시화집≫ 등 정기적으로 간행된 시집으로 동인 및 초대 시인의 시를 모았으며 '반한(半韓)'도 대부분 여기에 실렸다.

나는 우에모토의 편저를 샅샅이 훑어보았다. 단독 시의 복사본만 가지고 있었던,「반한 그 73」이 실린 ≪일본시집≫ 1993년 7월호도 처음으로 전체 모습을 확인했다. 또한 ≪일본시화집≫ 1993년 12월호에「서시」외에 윤동주의 시 네 편이 번역되어 실렸다는 것을 알게 되었다.「서시」는 김영삼이라는 한국 시인이 일본어로 번역한 것이었다. 번역시 끝에 1993년 3월 20일이라는 번역한 날짜와 함께「반한 그 73」에 등장한 윤동주가 쓴 시라는 취지가 덧붙어 있다. 「서시」에 이어 「십자가」, 「참회록」, 「자화상」 등 총 네 편의 시가 실려 있었다. 「십자가」는 김영삼의 도움을 받아 우에모토가 직접 번역했고, 나머지 두 편의 시는 민용환이라는 한국 시인이 일본어로 번역했다.

한편, 같은 ≪일본시화집≫에는 「반한 그 250」에 한국을 여행하며 읊은 하이쿠 22구가 실렸는데, 그중에 윤동주와의 추억과 관련된 두 개의 구절을 찾아냈다. 그 두 구절이 읊어진 상황을 설명한 뒤 하이쿠를 실었다.

— 遠き少年の日の友「尹東柱」の遺作にく —
獄死せし友の遺作に会う日かな

— 먼 옛날 소년 시절의 벗 '윤동주'의 유작을 보고 울다 —
옥사한 벗의 유작을 만나는 날인가

— 延世大学の詩碑に会う —
口噛みて黙せしは嗚呼日帝恨

— 연세대학 시비와 만나다 —
입술을 깨물고 침묵한 것은 아아, 일제에 대한 원망이다

「반한 그 250」에 실린 앞뒤의 하이쿠를 보면, 이 2구가 지어진 것은 1992년 12월이었음을 알 수 있다. 우에모토가 당시 방한한 것

≪문예사조≫ 문학 대상 수상식에 참석한 우에모토　연세대학에 있는 윤동주 시비
마사오(왼쪽)

은 한국의 월간 문예지 ≪문예사조≫에서 주는 문학 대상을 받기
위해서였다. 우에모토는 수상식 참석에 맞춰서 처음으로 서울 연
세대학교 교내에 세워진 윤동주 시비를 방문해 그 작품에 관해서도
언급한 것이다. 연세대학교는 과거 연희전문학교로 윤동주의 모교
다. 아마도 친분이 있는 한국 시인의 안내를 받았을 것이다. 왜냐
하면 ≪일본시집≫ 1998년 6월호에 "대한민국 문예사조 문학 대상
수상을 위해 한국에 건너가 3일간 경기도를 방문하다"라는 부기가
달린 「반한」(번호 없음)이 수록되어 서울의 왕궁을 비롯한 여행지
에서 읊은 하이쿠 39구가 실린 가운데, "옥사한 벗의 유작을 만나
는 날인가"라는 구절이 재수록되어 있고 그 앞뒤로 '김영삼', '민용
환', '김창직'이라는 한국 시인의 모습에 대해 이름을 넣어 읊은 하
이쿠가 등장하기 때문이다. 예를 들면, "영릉(寧陵)을 참배한 김영
삼이 울었다는 것이로구나"라는 식이다.

　　　　　　　　　　　　　　　　　生명의 시인 윤동주

나는 우에모토가 1994년에 보내준 자필 연표 중 이 윤동주 시비 방문이 간단히 언급되었던 것을 떠올렸다. 다시 확인해보니 1992년 윤동주 관련 칸에 "12월 4일 시비를 보고 흐르는 눈물 막을 길 없어"라고 되어 있었다. 일찍이 시우이자 시대의 암흑에 삼켜지듯 젊어서 옥사한 윤동주의 시비를 찾았을 때의 마음이 하이쿠에서는 "아아, 일제에 대한 원망이다"라고 딱딱한 한자 표현으로 읊어져 있는데, 자작 연표에서는 "흐르는 눈물 막을 길 없어"라고 보통 표현으로 기술되어 있다. 반세기 세월이 지나 우에모토는 젊은 날 벗의 시비 앞에 섰다. 친구의 죽음을 애도하는 마음에 원통함과 부끄러움이 뒤엉켜 통곡할 수밖에 없었던 모습이 눈앞에 선하다.

자작 연표 1993년 칸에는 "동주의 주변을 모른다 해도 알 방법이 없어, 여기에 동주의 작품을 김과 민 두 시인의 도움을 받아 실었고, 한 달 남짓에 걸쳐 동주의 대표작으로도 볼 수 있는 「십자가」를 일한사전에 의해 일역하고 김영삼의 도움을 받아 동주에게 바쳤다"라고 되어 있다.

≪일본시화집≫ 1993년 12월호를 보고 나는 비로소 자작 연표에 적힌 우에모토의 진의를 이해할 수 있을 것 같았다. 1992년에 시비를 찾은 우에모토는 여전히 윤동주에 대해, 그리고 한국에 남겨진 윤동주의 시에 대해 알고 싶었지만, 언어의 장벽도 있어 생각대로 잘되지 않았다. 결국 친분이 있는 김영삼, 민용환 등의 도움으로 윤동주의 대표작을 배우고, 이 시인들이 일본어로 번역도 해주었으며, 그리고 한 편 정도는 자신이 직접 익숙하지 않은 한글을 사전을 찾아가며 김영삼의 도움을 받아 「십자가」를 번역하기에 이른 것이

다. 그리고 자신이 발행하는 시집에 발표함으로써 유명을 달리한 벗에게 헌화했다.

우에모토는 1994년 취재에서, 누마타의 육군병원에서 헤어진 뒤로 윤동주와 만난 일은 없었지만 1943년 여름 체포와 1945년 2월 죽음에 대해서는 그 사실을 지인을 통해 들었다고 말했다. 그러나 광복 후 한국에서 윤동주가 시인으로서 '부활'해 국민적 시인으로서 사랑을 받는 것에 대해서는 오랫동안 몰랐다고 했다. 우에모토의 기억에 잠들어 있던 윤동주는 어디까지나 식민지 조선에서의 학창 시절 시우이자 젊은 시절 안타깝게 목숨을 빼앗긴 가슴 아픈 '일제'의 희생자였다. 적어도 「반한 그 73」에서 윤동주와의 추억을 쓴 1983년 2월 1일까지는 틀림없이 그랬던 것이다.

그렇다면 우에모토가 오랜 공백 끝에 윤동주가 한국의 국민적 시인임을 인지한 계기는 무엇이었을까? 그 힌트는 우에모토가 「반한 그 73」에 쓴 부기에서 찾을 수 있다. 1991년 4월 27일 우에모토는 김영삼에게서 받은 그의 저서 『한국시 대사전』을 보다가 그중에 윤동주 시집에 관한 기술을 본 것이다. 내 앞으로 보내온 자작 연표에서도 1991년 칸에 "김영삼의 『한국시 대사전』을 통해 동주의 존재를 알다"라고 되어 있어 서로 호응한다.

우에모토 본인에게서 직접적인 정보를 얻을 수 없게 된 이상, 윤동주와 '재회'하게 된 경위 등 '주변' 상황을 확인할 방법은 한국에 있을 것 같아 나는 서울로 날아갔다.

5. 한국 자료 속 '상본정부(上本正夫)'

우에모토는 1990년대 들어 두 차례 한국에서 문학상을 받았다. 1991년 11월에는 세계시가야금관왕관상을, 1992년 12월에는 월간 문예지 ≪문예사조≫에서 주는 문예사조 문학 대상을 수상했다. 두 번의 수상 때 모두 일본 신문에 인물 소개 기사가 났다. '반한(半韓)' 시인의 노력과 영예가 이뤄낸 경사였을 것이다.

그가 히로시마의 가이타에서 현지 시인들과만 어울려 시집을 발행했더라면 한국에서 문학상을 받지는 못했을 것이다. 상을 받았다면 한국 시단과의 관계도 있었을 것이다. 윤동주와의 인연이 거기서 어떻게 비춰졌는지, 우에모토와 윤동주의 관계를 한국 쪽 기록에서 확인하기 위해 서울에 있는 국립중앙도서관으로 발길을 옮겼다.

김영삼의 『한국시 대사전』은 바로 찾을 수 있었다. 우에모토는 『韓国詩大辞典』이라고 썼지만 '大辞典'이 아니라 '大事典'이 올바른 책 이름이었다. 1988년에 을지출판공사에서 나온 두툼한 책인데, 1253명에 이르는 시인들의 경력과 주요 작품을 망라했다. 한눈에 알 수 있었던 것은 한자가 많다는 것이다. 시인들의 이름이 나와 있는 목차를 봐도 정렬 순서는 가나다순이지만 표기는 거의 모두 한자 이름으로 되어 있었다.

그렇다면 한글을 모르는 일본인이라 할지라도 목차만 봐도 쉽게 윤동주를 찾을 수 있다. 이 책을 받은 우에모토는 아마 그런 과정을 거쳐 과거 시우의 이름을 거기서 발견했을 것이다. 윤동주의 시는

『하늘과 바람과 별과 시』에 실린 시를 중심으로 산문시와 동시까지 포함해 모두 42편이 실렸다. 우에모토가 ≪일본시화집≫ 1993년 12월호에 실은 4편의 시(「서시」, 「십자가」, 「참회록」, 「자화상」)도 거기에 포함되어 있다.

이어 우에모토 마사오라는 이름이 한국의 시집과 문예지에 얼마나 등장하는지 확인해보기로 했다. 하지만 '우에모토 마사오'라는 이름을 한글로 찾았더니 검색되지 않았다. 성을 '우에모도', '우에모토', '우에모또' 등 여러 방법으로 바꿔서 입력해보았지만 검색되지 않았다. 혹시나 해서 한자 표기를 한국어음 그대로 '상본정부'라고 입력했더니 단번에 15건의 사례가 떴다.

≪문예사조≫, ≪세기문학≫, ≪지세계≫, ≪앞선문학≫, ≪지구문학≫ 등의 문예지와 시지 여기저기에서 우에모토의 시 작품이 발견되었다. 대부분이 '반한' 시리즈였는데, 번역 게재에 어떤 순서는 없어 보였다. 이것은 우에모토가 엮은 ≪일본시집≫과 ≪일본시화집≫에서도 본래 특정한 순서 없이 게재되었기 때문에 이상한 일은 아니다.

우에모토의 자작 연표에는 '반한'을 1964년에 쓰기 시작했다고 되어 있다. 1999년에 나온 ≪일본시집≫에 「반한 그 400」이 실렸고 문장 중에 '반한'의 맺음말[結文]로 한다고 명시되어 있으므로, 그가 가지고 있을 시 원고 모음에는 첫 회부터 마지막 회까지 400편의 시가 엮여 있을 것이다. 그러나 자신이 쓴 시집에 그중 일부를 발표한 것 외에 전체를 아는 사람은 아무도 없다.

필자가 직접 확인한 바에 따르면, 한국의 문예지에 처음 소개된 우에모토의 시는 ≪문예사조≫ 1992년 6월호에 실린 '반한'의 19번째 시다. 한국어 번역은 김영삼이 맡았다. 그러나 김영삼이 쓴 「'반한' 정신으로 재현한 금까마귀(金鴉): 일본의 양심에 불을 붙인 도화선 '반한' 시인 우에모토 마사오론」이라는 평론(≪한국시문학≫ 제6집 1992년 2월호에 실렸고 ≪일본시화집≫ 1992년 12월호에 일본어 번역이 실렸다)에 따르면, ≪자유문학: 통일 공간으로 가는 문학 2호≫(1991년 12월 31일 게재 발행)에 「반한 그 18」이 번역되어 소개되어 있으므로 처음 소개된 것은 여기일지도 모른다.

여하튼 우에모토의 작품이 가장 많이 게재된 문예지는 ≪문예사조≫로, 내가 아는 한 1992년부터 2002년까지 모두 여덟 차례에 걸쳐 우에모토에게 지면을 할애하고 있다. 김영삼을 비롯해 민용환, 조봉제, 김창직 등의 시인이 번역했다. 이 한국 시인들은 모두 우에모토의 ≪일본시집≫, ≪일본시화집≫에 초대 시인으로 종종 이름이 실린 사람들이다. 우에모토는 이들의 작품을 자신이 이끄는 아오이시쇼재단에 소개하고, 한국 시인들은 자신들이 관여하는 한국 문예지에 우에모토의 작품을 소개한 것이다. 양자 사이의 두터운 정을 느낄 수 있다.

우에모토의 시가 한국 문예지에 소개된 기간은 약 10년인데, 특히 1996년부터 1998년까지에 집중되어 있다. 한국 시인들과의 교류가 이 시기에 절정을 맞았다는 것을 알 수 있다. 그리고 2002년에 이러한 인연이 사라져버린 것은 아마도 고령(또는 사망)으로 관계를 유지하기 어려워졌기 때문이라고 생각된다. 우에모토와 교류가 있었던 한국 시인은 모두 일본어를 배운(배울 수밖에 없었던) 세대에 속하는 사람들이고, 교류는 일본어에 의해서만 성립되었다.

《일본시화집》 1993년 12월호에 발표된 윤동주 시비 방문을 포함한 하이쿠 2구가 실린 「반한 그 250」도 《문예사조》 1994년 4월호에 번역 게재되었다. 역자는 민용환이다. 일본에서 발표되고 나서 한국에서 번역이 게재될 때까지 4개월. 두 사람 간의 긴밀한 관계가 없었다면 그렇게 단기간에 일이 진행되기란 불가능했을 것이다.

더 놀라운 것은 《일본시집》 1993년 7월호에 '일본이 쇠망한 해에 옥사한 벗 윤동주'라는 제목으로 발표된 「반한 그 73」까지가 계간지 《시세계》 1996년 봄호에 번역 게재되어 있었다. 이때 번역은 조봉제가 담당했다. 윤동주와 관련이 있는 일본 시인이 있다는 사실을 한국 시단이 무시해온 것은 아니었던 것이다.

국립중앙도서관에서는 우에모토에 관한 독특한 자료도 찾아냈다. 《World Poetry》라는 시지의 1993년호인데 '세계시문학 제11집'이라는 부제가 붙은 이 책에 우에모토의 「반한 19」가 실려 있었다. 이것이 한국어도 아니고 일본어도 아닌 중국어로 번역되어 소개되어 있었다. 사실 이 《World Poetry》는 우에모토와 친분이 두터웠던 김영삼 시인에 의해 1983년부터 매년 간행된 시지였다. 자신이 세운 세계시연구소의 소장으로서 김영삼은 세계 시인의 작품을 시지를 통해 소개하는 한편 세계시가야금관왕관상을 수여하고 장려·지원하는 데 힘썼다. 가야국 왕족의 피를 이어받았다는 김씨는 가야의 금관을 본뜬 관을 만들어 영예의 증표로 수여했다. 미국, 구소련, 스페인, 유고슬라비아 등의 시인에 이어 1991년에는 우에모토에게 상이 주어진 것이었다.

　우에모토에게 주어진 세계시가야금관왕관상 수상 대상이 된 작품은 '반한' 시리즈 1에서 200까지의 연작시였다. 또한 1992년 문예사조 문학 대상 수상 시에도 '반한' 시리즈 1에서 300까지의 시가 평가 대상이 되었다. 다만 내 눈에는 시 자체의 문학성보다는 한국인의 편에 서서 일본 근대사의 어두운 면을 지속적으로 고발해온 자세와 삶 자체를 '시'로 해석하고 평가한 것으로 비춰진다. 김영삼이나 《문예사조》도 일부를 제외하고 세상에 공개되지도 않은 '반한'의 전체 시와 우에모토가 가지고 있던 원본 시 원고 모음을 직접 다 봤다고는 도저히 생각되지 않는다.

　앞에서 거론한 김영삼의 평론 「'반한' 정신으로 재현한 금까마귀: 일본의 양심에 불을 붙인 도화선 '반한' 시인 우에모토 마사오론」에서도, 그리고 조봉제가 《시세계》 1995년 여름호에 쓴 「우에모토 마사오라는 시인」이라는 평론적 에세이에서도 '일본의 양심', '시대의 양심' 등으로서 '양심'이라는 단어가 여러 번 사용된다. 그런 평가와 신뢰가 우에모토를 둘러싼 한국 시인들의 심정적 핵심이 된 것은 의심할 여지가 없다.

　다만 아쉬운 것은 젊은 날 윤동주와의 인연에 관해 말한 시가 번역 발표되면서도 한국에서 주목받지 못했다는 점이다. 언론매체와 사회가 주목하지 않았을 뿐 아니라, 우에모토와 친분이 있고 한국 시지에 영향력이 있던 한국 시인들 역시 이에 큰 관심이 없었던 것이다.

　예컨대 우에모토에게 윤동주와의 인연을 묻는 인터뷰 기사 같은 것이 왜 다뤄지지 않았는지, 동시대를 살아온 한국 시인이라면 윤동주와의 친분에 관해 상세한 내용을 집요하게 물어볼 수도 있었을 것이다. 그곳에 내가 깨닫지 못한 사실의 발견이 있었을지도 모른다. 1990년대부터 이어진 우에모토와 한국 시인들의 깊은 인연을 생각할 때, 이 점은 안타깝기만 하다.

6. '반한' 시인과 윤동주

우에모토의 편저인 《일본시집》과 《일본시화집》 등 시서, 그 작품을 번역 소개한 《문예사조》 등 한국의 시지, 이에 더해 그가 보내준 자작 연표 등을 바탕으로 윤동주와의 관계를 다음과 같이 정리해볼 수 있다.

1935년 10월, 만주로 수학여행을 가던 도중 평양역에서 윤동주와 만남. 계획 중이던 시지 《녹지대》 참여를 권유했으나, 윤동주는 한글로 쓰고 싶다며 고사함.

1939년, 신경에 있던 우에모토에게 윤동주가 소식을 보냄. '만주국' 사관에 취직한 것을 책망함. 시를 동봉해 보내옴.

1941년 말 또는 1942년 초, 윤동주가 릿쿄대학에 진학할 뜻을 담아 우에모토에게 편지를 보냄.

1942년 8월, 누마타의 육군병원에 입원 중인 우에모토를 윤동주가 병문안함. 교토로 옮기는 것 등을 이야기함:

1943년, 다카쓰키의 지인을 통해 윤동주가 체포된 것을 알게 됨.

1945년, 윤동주가 옥사한 것을 알게 됨.

1964년, '반한'을 쓰기 시작함(이 시점에는 미발표).

1976년, '반한' 제1회를 시지 ≪상(橡)≫에 발표함.

1978년, 아오이시쇼재단을 설립함.

1979년, ≪일본시집≫의 간행을 시작함.

1983년 2월 1일, 「반한 그 73」에 윤동주에 관한 추억을 씀(이 시점에는 미발표).

1991년 4월 27일, 김영삼의 『한국시 대사전』이 계기가 되어 한국에서 윤동주가 시인으로서 평가되는 것을 알게 됨.

1991년 11월, 청주에서 김영삼으로부터 세계시가야금관왕관상을 받음.

1991년 12월 31일 발간된 ≪자유문학≫에 '반한' 18이 번역되어 실림.

1992년, ≪문예사조≫ 6월호에 '반한' 19가 번역되어 실림. 이후 ≪문예사조≫를 중심으로 한국의 시지에서 우에모토의 작품이 종종 소개됨.

1992년 12월, 서울에서 문예사조 문학 대상을 수상함. 이때 한국에 머물던 중 연세대학교에 있는 윤동주 시비를 찾음(12월 4일).

1993년, ≪일본시집≫ 7월호에 「반한 그 73」을 발표함.

1993년, ≪일본시화집≫ 12월호에 「서시」를 비롯한 윤동주의 시 네 편을 번역해 실음. 같은 호에 실린 '반한' 250을 통해 지난해 문예사조 문학 대상 수상 당시 한국 여행에서 읊은 하이쿠를 발표함. 윤동주 시비 방문 등 윤동주 관련 2구가 실림.

1994년 초여름, NHK(다고 기치로)의 취재를 받음. 취재 후 자작 연표를 작성함.

1998년, 앞서 1993년 ≪일본시화집≫ 7월호에 발표한 "옥사한 벗의 유작을 만나는 날인가"라는 구절을 ≪일본시집≫ 6월호에 다시 실음.

1999년, ≪일본시집≫에 '반한' 400을 발표하면서 연작시의 대미를 장식함.

2002년, ≪문예사조≫ 7월호에 김창식 시인에게 보낸 우에모토의 편지가 실림(이것이 한국 문예지에 실린 우에모토의 마지막 글로 보임).

'반한' 시인이 된 이후 우에모토의 동향, 윤동주에 관한 발언 등은 기본적으로 파악되었다고 생각된다. 하지만 애초의 윤동주와 관련한 기억, 생전 윤동주와의 관계에 대해서는 여전히 진위가 밝혀지지 않았다. 「반한 그 73」의 실증성을 확인하기 위해 본인과도 직접 만나고 그 시집에서도 흔적을 더듬으며 한국 시인과의 교류까지 좇아오긴 했지만, 쳇바퀴를 돌듯 다시 원점으로 돌아오고 말았다.

정말이지 훗날 한국 시인들과 맺은 두터운 친분을 생각할 때, 우에모토가 했던 증언이 거짓이라고는 생각하기 어렵다. '일본의 양심'의 대표 격으로 신뢰를 받아 한 번도 아니고 두 번씩이나 상을 받은 것까지 생각하면, 희대의 사기꾼이 아닌 이상 한국 시인들을 끌어들인 우에모토의 언행은 성립되지 않을 것이다.

다만 조사를 진행하는 과정에서 우에모토 증언의 진위를 판별하는 것과는 별개로 또 한 가지 중요한 점이 있다는 것을 깨달았다. 그것은 우에모토가 진실을 말했다고 해도 그 '사실'만으로는 알려지지 않은 에피소드에 불과하다는 점이다. 중요한 것은 윤동주의 사람됨, 그리고 무엇보다 그 시 세계에 어떤 영향을 주었는가 하는 점이다.

다시 말하면, 우에모토의 증언을 윤동주의 편에서 읽어내야 한다는 것이다. 어디까지나 주체는 우에모토 마사오가 아니라 윤동주여야 한다.

7. 우에모토의 증언으로 알게 된 윤동주의 '사랑'

사람됨의 차원에서라면, 1942년 8월의 누마타 육군병원 방문은 하나의 답이 될 것이다. 처음 이 이야기를 들었을 때는 7년 전에 불과 한 번밖에 만난 적이 없는 사람을 문병하러 일부러 멀리 떨어진 누마타까지 찾아올 수 있겠는가 하는, 마치 여우에게 홀린 듯한 느낌을 지우기 어려웠다. 시우라고는 해도 중학 시절 이야기인 데다 결국은 우에모토가 제창했던 시지의 동인이 되기를 거부했었고, 더군다나 본래 식민 통치하의 현실에서는 언어뿐 아니라 심리적으로도 둘 사이에 메우기 어려운 어떤 간극이 있었다고 보는 것이 타당할 것이다. 심리적 측면에서는 특히 우에모토보다 윤동주의 마음속에 굴절된 마음이 앙금을 이루고 있었을 것이다.

하지만 처음 듣고 나서 20년의 세월이 지난 지금은 나에게 이런 일이 벌어져도 이상하지 않다고 여기게 되었다. 우선 누마타라는 장소의 원격성인데, 도쿄를 기점으로 생각하면 아무런 연고도 인연도 없는 아득한 땅까지 일부러 찾아간 것처럼 보인다. 그러나 누마타를 방문할 때 꼭 도쿄에서 출발한 것이 아니었을 가능성도 있다. 1942년 여름방학 때 북간도 용정에 돌아가 있던 윤동주는 일본 유학 중인 지인의 전보를 받고 갑자기 고향을 떠나 일본으로 향한다. 도호쿠대학 전학 수속에 관한 전보였다고 하는데, 이때 일본행 노선으로 청진에서 니가타로 향하는 선박을 이용했다면, 누마타는 니가타에서 도쿄로 가는 도중에 해당한다.

사실 이 노선의 가능성을 깨달은 것은 최근에 와서다. 윤동주의 기점을 연희전문학교에 다녔던 서울로 생각해버리면, 그곳에서 먼저 부산으로 내려와 연락선을 타고 시모노세키에 상륙해 거기에서 철도로 오사카와 교토, 도쿄로 향했다는 고정관념에 사로잡히게 되지만, 당시 한반도와 일본을 잇는 경로는 부관연락선만은 아니었다. 용정에서 도쿄를 목적지로 한다면, 청진에서 배를 타고 니가타로 가는 방법도 충분히 생각할 수 있다. 윤동주가 이 경로로 일본으로 향했다면, 그래서 니가타에서 도쿄로 가는 도중에 누마타에 들렀다고 생각한다면, 우에모토 증언에 있던 센다이행 운운의 이야기는 시기적으로 매우 설득력이 있다고 여겨진다.

그렇다면 윤동주의 사정은 어땠을까? 7년 전인 숭실중학교 시절, 자신의 시를 봤다고 러브콜을 보낸 부산중학교 학생, 그 후에는 만난 적도 없는 일본 시인을 윤동주는 어떤 생각으로 찾아가 문병하게 된 것일까? 여기에는 그해 봄부터 도쿄 릿쿄대학에서 배운 경험이 틀림없이 영향을 주었을 것으로 풀이된다.

윤동주의 릿쿄대학 시절에 대해서는 앞서 언급한 야나기하라 야스코가 릿쿄대학 출신이며 꼼꼼한 조사를 계속해온 결과로 여러 가지가 밝혀졌다. 태평양 전쟁이 발발하고 몇 개월이 지나자 영국 성공회의 흐름을 이어받은 성공회계의 릿쿄대학에도 군국주의 바람이 꼼짝없이 들이닥쳤다. 군이 파견한 교련 교관이 활개를 치고, 예수 그리스도와 아마테라스 오미카미(天照大御神: 천황가의 조상으로 알려져 황실 숭배의 핵심이 됨—옮긴이) 중 어느 쪽이 위대한지 등의 우문을 학생들에게 던져 '종교재판'을 방불케 했으며, 시국을 따르는 '정답'을 강요하는 파쇼적 풍조가 만연해 있었다.

학교교육의 근저에 있는 기독교 정신은 부정되고, 채플은 그해에 폐쇄 위기에 몰렸다. 종교학 교수이자 사제였던 다카마쓰 고지(高松孝治)는 학자이자 인격자로서 많은 학생의 존경을 받았고 조선에서 온 유학생들에게도 따뜻한 손길을 내민 인물이었지만, 시대의 추세 속에서 입지가 약해져 결국 학교에서 추방된다. 일본이 시작한 전쟁으로 다름 아닌 일본인이 박해받는 모습을 윤동주는 도쿄에서 직접 목격한 것이다.

우에모토는 어쩌다가 소식을 주고받았다고는 하나, 솔직히 윤동주로서는 오랫동안 별로 중요하게 여기지 않던 존재였는지도 모른다. '시우'라기보다는 작은 인연이 된 이방 시인 정도로 인식하지 않았을까? 그런데 도쿄에서 뜻있는 일본인이 전쟁과 군국주의로 피폐해지고 괴로워하는 모습을 보면서, 우에모토 시인에 대한 시각도 바뀌었을 것이다.

1935년 가을, 평양역에서 만났던 우에모토는 열정적으로 시지 참여를 설득했을 것이다. 열정과 에너지에 가득 차 일본의 국시와는 전혀 맞지 않는 이상을 새로운 형태의 시로 시도해보려고 적극적이었다. 두 사람의 대화는 일본어로 이뤄졌다고 하니 언어에서는 우에모토가 주도권을 쥐었을 것이다. 조용한 윤동주에게는 우에모토가 증기기관처럼 강한 존재로 비치지 않았을까? 그런 우에모토가 자기 의사에 반하는 전쟁에 동원되어 독가스라는 비인도적 무기로 부상을 당해 아까운 청춘을 덧없이 병상에 누운 채 보내고 있는 것이다. 우에모토 역시 일본이 시작한 어리석은 전쟁의 희생자임이 틀림없었다……

윤동주는 누마타를 찾아갔다. 7년 전에 단 한 번 평양역에서 만났을 뿐인 '시우'를 문병했다. "백의를 입고 있던 나를 그는 연민이라는 말로는 표현되지 않는 미소를 지으며 꽉 안아주었다." 우에모토의 기억 속 윤동주는 어떻게 해도 윤동주답다. 너무나도 윤동주 그 사람의 모습이다. "연민이라는 말로는 표현되지 않는 미소"에서, 윤동주의 마음에 넘쳐나던 진심이 무언중에 드러난다.

우리는 이 시기 윤동주가 지은 미소의 깊이를 알고 있다. 마지막 귀성이 되어버린 1942년 여름, 친지들과 용정에서 찍은, 삭발한 머리에 교복 차림으로 시원한 미소를 띤 사진은 여러 윤동주의 사진 중 가장 깊은 인상을 남기며 많은 사람에게 사랑받고 있을 것이다. 늠름한 의지를 간직한 얼굴은 눈매가 시원스럽고, 청렬한 그의 시와 함께 울려 퍼지듯 온화하고 맑은 미소를 띠고 있다. 이 사진이 촬영된 것은 8월 4일로 되어 있는데, 그러고 나서 한 달도 지나지 않아 윤동주는 바로 이 모습 그대로 이 미소와 함께 누마타를 찾은 것이었다.

한 해 전인 1941년, 가을부터 겨울까지 졸업 기념 시집 출판을 원했던 윤동주가 시국 탓에 그 바람을 이루지 못했지만, 그 고통과 시련 속에서 역설적으로 자신의 시 세계는 깊어지고 성장해 『하늘과 바람과 별과 시』로 승화시

1942년 여름, 마지막 귀성 때 찍은 사진

킨 것은 제1장에서 말했다. 그리고 다음 해인 1942년 봄부터 여름, 전쟁을 수행 중이던 군국주의 일본의 '제도(帝都)' 도쿄에서의 체험을 통해 윤동주는 세상을 더욱 더 깊이 볼 줄 알게 되었고, 큰 사랑의 경지로 사상이 익어가게 된 것이다. 윤동주는 도쿄에서의 종말적 암흑 속에서 인간애의 빛에 다다른 것이었다. 누마타 방문은 그렇게 피어난 윤동주의 '사랑'의 발로나 다름없었다.

우에모토와의 인연을 윤동주를 주체로 읽어내려는 나의 시도는 그 사람됨의 측면에서는 하나의 구도를 그려냈다. 종말기에 자아낸 묵시록의 한 구절을 보듯 영원한 빛에 감싸인 인간애의 정경 속에 윤동주의 명확한 상이 각인되었다.

그렇다면 또 하나의 측면인 시 세계는 어땠을까? 우에모토와 시인으로서 서로 주고받은 영향이 있었는지, 양자의 교류를 통해 윤

동주 시의 성장과 변용, 반대로 불변의 특질은 어떤 궤적을 그리게 되었는지, 시라는 차원에서 우에모토의 증언을 윤동주를 주체로 읽어보는 시도가 최종적으로 요구되어야 할 것이다.

부끄럽지만 2009년 영국에서 돌아온 이후 일본과 한국에서 우에모토에 관해 조사를 거듭하면서도 이 점에 대해서는 좀처럼 끝이 보이지 않았다. 다다른 곳의 전망이 좋지 않으면 나의 의문은 원래 증언의 진위로 돌아와 더 이상 사고가 진전되지 않았다. 하지만 2015년 들어 새롭게 깨달은 바가 있어 나름대로 시야가 열리는 느낌이 들었다. 비약을 낳은 '발견'은 무엇인지, 수수께끼를 풀 열쇠는 어디에 있는지, 시인 윤동주와 우에모토 마사오를 둘러싼 핵심 부분은 다음 장에서 밝히고자 한다.

* * *

시집 『하늘과 바람과 별과 시』의 본래 제목이 『병원』이었다는 것을 다시 한번 떠올리길 바란다. 완성된 시집에는 「병원」이라는 제목의 산문시도 수록되었다. 병원의 뒤뜰, 가슴을 앓는다는 여인이 누워 있던 장소에 이름 모를 아픔을 오래 참아온 자신 또한 그 자리에 누워본다.

이 시가 읊어진 것은 태평양 전쟁이 발발하기 1년 전인 1940년 12월이다. 읊어진 장소는 식민지 조선의 서울(당시 경성)이며, 누마타의 병원을 방문한 1942년 8월과는 시대적 상황이나 윤동주가 서 있던 위치 모두 다르다. 그러나 시인의 정신 그윽한 곳에서는 하나의 흐름이 이어져 있는 듯하다.

病院(병원)

　살구나무 그늘로 얼굴을 가리고, 病院(병원) 뒤뜰에 누워, 젊은 여자가 흰 옷 아래로 하얀 다리를 드러내 놓고 日光浴(일광욕)을 한다. 한나절이 기울도록 가슴을 앓는다는 이 女子(여자)를 찾아오는 이, 나비 한마리도 없다. 슬프지도 않은 살구나무 가지에는 바람조차 없다.

　나도 모를 아픔을 오래 참다 처음으로 이곳에 찾아왔다. 그러나 나의 늙은 의사는 젊은이의 病(병)을 모른다. 나한테는 病이 없다고 한다. 이 지나친 試鍊(시련), 이 지나친 疲勞(피로), 나는 성내서는 안 된다.

　女子는 자리에서 일어나 옷깃을 여미고 花壇(화단)에서 金盞花(금잔화) 한 포기를 따 가슴에 꽂고 病室(병실) 안으로 사라진다. 나는 그 女子의 健康(건강)이── 아니 내 健康도 速(속)히 回復(회복)되기를 바라며 그가 누웠던 자리에 누워 본다.

제3장

'반한(半韓)' 시인이 쓴 '나의 벗' 윤동주 2

모더니즘의 해후와 괴리

프로펠러 소리 요란히

비행기에 태워 성층권에 보낼거나

윤동주 「장미 병들어」에서

1. 윤동주 「공상」의 미스터리

우에모토 마사오가 윤동주를 알고 문학적 동지로서 공감을 얻게 된 것은 1935년 10월 평양의 숭실중학교 YMCA 교우지 ≪숭실활천≫에 실린 윤동주의 시 「공상」을 읽은 것이 계기가 되었다. 우에모토는 「공상」의 어디에 끌려 창간을 준비하던 전 조선 중학생들로 이뤄진 동인시지 ≪녹지대≫로 윤동주를 부르려고 결심한 것일까? 우에모토가 계획한 시지는 새로운 시대의 새로운 시, 구체적으로는 초현실주의와 모더니즘을 바탕으로 하여 조선으로부터 시단에 불을 지피려는 야심찬 것이었다.

空想(공상)

空想—
내 마음의 塔(탑)
나는 말없이 이 탑을 쌓고 있다.
名譽(명예)와 虛榮(허영)의 天空(천공)에다
무너질 줄도 모르고
한 층 두 층 높이 쌓는다

無限(무한)한 나의 空想——
그것은 내 마음의 바다
나는 두 팔을 펼처서

나의 바다에서

自由(자유)로이 헤엄친다

黃金(황금) 知慾(지욕)의 水平線(수평선)을 向(향)하여.

이 시를 처음 읽었을 때, 나는 북간도에서 태어나고 자란 윤동주가 '조국'의 학사(學舍), 게다가 기독교계이자 민족주의가 강했던 숭실중학교에서 배울 수 있게 된 기쁨을 노래한 시라고 굳게 믿었다. 마치 훗날 서울의 연희전문학교에 입학한 지 얼마 안 되어「새로운 길」이라는 청량감과 기쁨에 넘치는 시를 읊은 것처럼 말이다.

하지만 아무래도 이 시는 그런 '단순'한 시가 아니라는 생각이 들었다. 그 사실을 깨닫게 된 것은 ≪숭실활천≫에 실린 시의 오리지널판을 보고 나서다. 원래의 시는, 앞서 인용하고 각종 윤동주 시집에 소개된「공상」과는 두 곳의 문구가 다르다.

한 곳은 1연 4행의 '천공에다' 부분으로, 원래는 '천공어다'로 되어 있다. 윤동주는 신문과 잡지에 발표된 자작시를 오려 스크랩북에 정리했는데, 그중 ≪숭실활천≫에 게재된「공상」을 스크랩한 것에서 윤동주는 '어'에 수기로 세로선을 그어 '에'로 정정했다.

다른 한 곳은 훨씬 더 중요하다. ≪숭실활천≫에 게재된 시에는 마지막 행이 "金錢(금전) 知識(지식)의 水平線(수평선)을 向(향)하여"로 되어 있는데, 윤동주의 스크랩북을 보면, "金錢 知識의" 위에 부정의 두 줄이 그어져 있고 그 오른쪽 옆에 "黃金 知慾"이라고 수정해 씌어 있다.

오리지널 시를 만나기 전, 나는 '黃金 知慾'에서의 '황금'이란 '황

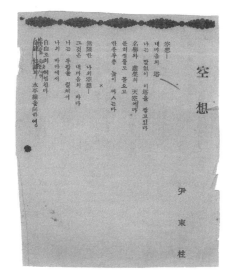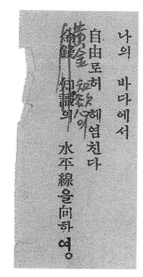

윤동주가 스크랩해둔 《숭실활천》에 실린 「공상」에 '黃金 知慾'이라고 고쳐 쓴 흔적이 있다(오른쪽은 해당 부분을 확대한 것).

금시대'나 '황금분할'에서처럼 가치가 높은 것을 비유적으로 나타낸 것을 의미한다고 생각했었다. 깊은 지식의 수양을 향해 곧게 나아가겠다는 순수한 결의라고 굳게 생각하고 있었던 것이다. '금전 지식'이라는 오리지널판을 접한 후에도 여전히 얼마 동안은 그것이 인쇄 실수로 생긴 것이리라고 믿어버렸다.

윤동주는 1935년 9월에 북간도 용정의 은진중학교에서 평양의 숭실중학교로 편입했는데, 10월에 발간된 《숭실활천》 제15호에 「공상」이 실린다. 평양으로 옮겨 새로운 학교생활에 적응한 지 얼마 되지 않은 짧은 시간 속에서 「공상」이 제출되고 게재가 결정되어 인쇄되었다. 그처럼 분주했던 가운데, 손으로 쓴 시고의 한자 부분이 잘못 전해지면서 실수한 채로 인쇄되어 버렸다고 해석했던 것이다.

하지만 최근 들어 생각이 바뀌게 되었다. 이 시가 본래 윤동주에 의해 바르게 "금전 지식의 수평선을 향하여"라고 쓰인 것이라고 믿게 되었다. 그 근거가 되는 것은 시의 전반부(1연)에 있는 "명예와 허영의 천공에"라는 표현이다. '명예'라는 긍정적 이미지의 말과 함께, '허영'이라는 부정적 이미지의 말이 덧붙어 있다. 마음의 탑을 쌓아 올려 다다른 곳에 있는 것은 명예뿐 아니라 가치 없는 거짓 세계라고 고백하고 있는 것이다.

전반에 나타난 긍정과 부정의 공존, 혼재가 후반부(2연)에서도 반복된다. 마음의 바다를 헤엄쳐 도착한 곳은 '금전 지식의 수평선'이다. '금전'은 부정의 이미지인 '허영'과 어우러져 욕망덩어리가 된 추악함을 드러낸다. 지적인 학생이 실력을 쌓아 자신을 믿고 하루하루 살아가는 인생 앞에 기다리는 것은 명예라 할지라도 그것은 거짓일지도 모르며, 지식을 쌓아 올려도 단순히 금전을 얻기 위한 것밖에 안 될지도 모른다는, 근대인으로서의 복잡한 미래상에 대한 시니시즘을 토로하고 있는 것이다.

굳이 민족주의적으로 해석한다면 명문 학교에서 학문을 쌓는다 해도 그 앞에 놓인 것은 학문을 대성시키고 명예를 얻는 길뿐 아니라 '일제'에 영합해 금전을 누리는 위선자의 모습일지도 모른다는 염려를 품었다고 봐도 좋겠다. 청년이 가슴을 펼칠 수 있는 미래에 대한 희망과 그 희망을 허무하게 무너뜨리는 냉엄한 사회적 현실을 대립적으로 표현함으로써 식민지 조선의 현실에 쐐기를 박았다는

생명의 시인 윤동주

해석도 가능할 것이다. 어쨌든 오리지널 시 「공상」은 시니시즘과 회의주의, 폭로주의 등 근대의 음화(陰畵: 네거티브)를 포함한 꽤 풍자적인 문학성을 지닌 작품인 것이다.

그리고 이 점이 중요한데, 부산중학교에 다니던 우에모토 마사오의 눈에 띈 것은 그러한 시였다는 것이다. 초현실주의, 모더니즘을 바탕에 둔 새로운 시를 지향했던 우에모토에게 「공상」은 작자의 힘을 충분히 느끼게 하는 것이었다. 특히 보통 시에서는 쓰이지 않는 '금전'이라는 말은 보들레르만큼의 충격을 주었으리라 생각된다. 우에모토는 이러한 시어 아닌 시어를 당당하게 사용한 혁신성을 꿰뚫어보고 윤동주를 ≪녹지대≫라는 새로운 시지의 동지로서 적합하다고 느끼지 않았던가.

물론 조선어를 거의 할 수 없었던 우에모토가 ≪숭실활천≫을 직접 읽고 이해한 것은 아니었다. 어디까지나 일본어로 읽었다는 인상이었다. 어떤 번역이었는지 알 길도 없으나, 오리지널 시에 등장하는 한자 부분은 틀림없이 그대로 사용되었을 것이다. 윤동주가 의도한 것이었겠지만, 원래 시에서는 한글이 나열되는 가운데 부분부분 의식적으로 딱딱한 인상을 주는 한자가 사용된다. '金錢知識'은 누가 어떻게 번역하더라도 분명히 일본어 번역시에도 남아 극히 의식적으로 사용된 한자의 본래 어감의 날카로움 그대로 우에모토의 가슴에 꽂혔을 것이다.

2. 평양역에서의 해후와 이별의 의미

≪숭실활천≫에 실린 「공상」이 우에모토의 눈에 띄게 된 경위는 분명 다음과 같은 것이었다고 여겨진다. 우에모토의 재능을 높이 사 ≪녹지대≫ 창간에도 뜻을 같이한 부산중학교 교사 모리 도루가 전 조선 중학생들의 동인시지에 참가할 수 있는 조선인 학생이 없는지를 숭실중학교의 일본인 교사에게 문의한 결과 「공상」을 발표한 윤동주가 추천된 것이다. 숭실에서는 북간도에서 편입하자마자 이런 시를 써 모두가 놀랐다는 소감과 함께 일본어로 옮긴 「공상」을 전달한 것이었으리라.

숭실중학교는 1936년에 당국이 강요한 신사참배를 거부해 폐교된 일 때문에 민족주의의 아성으로 불렸는데, 그것은 그것대로 지극히 타당한 일이지만, 실은 일본인 교사도 봉직하고 있었다. ≪숭실활천≫ 제15호에도 板谷德栄(이타야 노리사카), 篠崎邦輝(시노자키 구니데루), 楢原(나라 하라)라는 일본인 교사의 이름이 보인다. 이들 일본인 교사와 부산중학교의 모리 도루 사이에 지연이나 학연 등 어떤 관련이 있었을 것이다.

우에모토가 펴낸 ≪일본시화집≫ 1993년 12월호(「서시」 등 윤동주의 시 4편을 번역 게재)의 '초대 시인 약력'에는 윤동주를 소개하면서 다음과 같이 기술되어 있다. "1935년 평양 숭실중학 편입학. YMCA 시 작품 있음. 부산공립중학교 교우회지 소재 우에모토 마사오와의 시 작품을 통한 교신……." 여기서 부산중학교의 교우회지에 실린 우에모토의 시가 숭실중학교에 전해졌던 것을 밝히고 있다. 그것이 어떤 시였는지 확인할 방법이 없는 것은 아쉽지만, 이 우에모토의 시와 함께 시지 창간에 참여할 조선인 학생을 소개해달라는 요청이 부산중학교에서 숭실중학교로 와서 윤동주가 특별히 뽑혔을 것으로 추측된다.

일찍이 윤동주는 우에모토와 평양역에서 만났다. 만주로 수학여행을 가던 길에 우에모토는 열심히 시지 참여를 권유했지만, 윤동주는 고사했다. 일본어가 아닌 한글로 시를 쓰고 싶다는 이유에서였다. 그러나 과연 그것만이 이유였을까? 그도 그럴 것이, 우에모토가 반한 오리지널 「공상」에 윤동주 본인은 완전히 만족할 수 없었다. 그 핵심 부분은 다름 아닌 '금전'에 있다. 틀림없이 우에모토의 눈길을 끌었을 지나칠 정도로 대담한 그 부분에 대해 윤동주는 어딘가 어울리지 않는다고 느꼈던 것이다.

≪숭실활천≫에 실린 시의 스크랩에 윤동주가 수정을 했다는 것은 앞에서 언급한 바 있다. 표지에 "나의 습작기(習作期)의 시 아닌 시"라는 제목이 적힌 '문조(文藻)'라는 자작시 정서 노트에는 1936년 5~6월 무렵에 쓴 시 가운데 「공상」이 정서되어 있다. ≪숭실활천≫에 게재된 지 7~8개월이 지난 시점이다. 새로 정서된 시는 오리지널판이 아니라 마지막 연이 "황금 지욕의 수평선을 향하여"로 바뀐 것이다. '금전'이라는 생생하고 노골적인 말은 배제되고 '황금'이라는 아름답게 울리는 말로 대체되었다. '지식'도 '지욕'이 되었다. '욕(慾)'은 욕망의 욕이다. 위치를 바꾸면서도 부정적 이미지의 잔영은 그대로 살리고 있다.

그렇게 바꿈으로써 시는 부드러워졌다. 오리지널 시가 지닌 시

니시즘의 비꼬는 느낌은 약해졌다. 울림도 윤동주다운 시가 되었으나, 파격성은 자취를 감췄다. 그리고 시의 보완과 궤를 같이하듯 윤동주는 우에모토 마사오에게서 멀어졌다. 평양역에서 짧은 만남의 시간을 가졌을 뿐 그 후에도 문학적 교류는 활발해지지 않았다.

「공상」을 발표하고 이듬해인 1936년이 되자 윤동주는 동시를 여럿 쓰게 된다. 동시를 자주 썼던 정지용의 영향이라고도 하지만, '금전 지식'으로 상징되는 관념적이고 근대주의적 경향이 강한 시에 한계를 느끼게 되면서 동시에서 구원을 바랐을지도 모른다. 그후 몇 년간 윤동주는 한편으로는 동시로 독자적인 세계를 열면서도, 다른 한편으로는 여전히 모더니즘적인 관념시를 계속 고집하는, 얼핏 모순되어 보이는 양쪽의 길을 병행하며 나아가게 된다. 덧붙여 말하자면, 우에모토가 계획한 동인시지 ≪녹지대≫는 결국 실현되지 않았다.

3. 쇼와 연호가 붙은 시

여기서 시점을 조금 바꿔보자. 윤동주의 자필 시고를 사진판으로 보다가 예전부터 신경이 쓰였던 부분이 있다. 그것은 시를 쓴 시기를 덧붙인 부분이 서기 연도를 기반으로 하면서도 극히 드물게 쇼와(昭和) 연호를 사용한 것이 있다는 점이다.

윤동주의 자작시 정서 노트로는 1934년부터 1937년까지의 시를 모은 "나의 습작기의 시 아닌 시"라는 제목이 쓰인 '문조'라는 노트

나의 습작기의 시 아닌 시 - 문조   원고 노트 창

와 1936년부터 1939년까지의 시를 실은 '원고 노트(原稿ノート) 창(窓)'이 있는데, 기본적으로 양쪽 모두 완성한 시를 정서하고 완성 시의 연월일을 붙였다. 그중에는 집필 시기를 써넣지 않은 것도 있지만, 총 96편의 시가 실린 가운데 7편의 시에만 웬일인지 쇼와 연호가 달려 있다. 시중에 나온 윤동주 시집류는 모두 서기로 환산해서 집필 시기를 붙였으므로, 일부 시에 원래 쇼와 연호가 붙어 있었다는 것은 일반 독자들이 알기 어려운 사실이다.

'문조' 처음에 놓인 시 세 편 「초한대」, 「삶과 죽음」, 「내일은 없다」에는 모두 '쇼와 9년 12월 24일'로 1934년이 아니라 쇼와 9년이라고 연도가 표시된다. 그 뒤 두 편의 동시가 서기로 연도가 표시되고는 다시 「병아리」라는 동시에 '쇼와 11년 1월 6일'이라는 쇼와

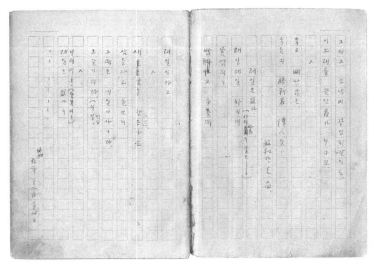

'문조'에 있는 「삶과 죽음」(후반부)과 「내일은 없다」

연호가 등장한다. 이해가 잘 안 되는 것은 같은 날 1936년 1월 6일에 쓴 동시 「고향집」은 서기로 연월일을 붙이면서 「병아리」만 쇼와 연호로 표기한 점이다.

그리고 두 번째 정서 노트인 '원고 노트 창' 끝부분에 연달아 등장하는 세 편의 시 「달같이」, 「장미 병들어」, 산문시 「투르게네프의 언덕」이 모두 '쇼와 14년 9월', '14, 9월'이라고 표기되어 있다.

두말할 나위 없이 윤동주는 민족 시인이다. 일제강점기 말기, 조선 문단의 중진들이 시국 영합적인 '친일' 행위에 손을 댄 것과 대조적으로 일생 동안 한글로 시를 쓰기를 고집하며 군국주의 일본에 꼬리를 흔드는 수치와는 무연한 청렬한 자세로 일관했다. 그런 윤동주가 스스로 쇼와 연호를 붙인 시가 예외적으로 존재한다는 것이

생명의 시인 윤동주

광명중학교 시절
윤동주(왼쪽)와
송몽규(오른쪽)

다. '친일' 행위와는 전혀 상관이 없다. 여기에 무언가 숨은 이유, 사정이 있는 것은 아닐까? 정서 노트에 남겨진 쇼와 연호가 그 감춰진 사정을 밝혀낼 암호인 것은 아닐까?

　'문조' 권두 세 편의 시 「초한대」, 「삶과 죽음」, 「내일은 없다」는 현재 전해지는 윤동주가 쓴 최초의 시다. 이 세 편으로 정서 노트 '문조'가 시작되는 사정에 대해서는 명확한 추측이 가능하다. 송우혜도 『윤동주 평전』에서 지적했는데, 윤동주의 사촌이자 소꿉친구이기도 했던 송몽규가 비슷한 시기 ≪동아일보≫ 신춘문예에 응모해 콩트 부문에 당선되어 1935년 1월 1일 지면에 실린 것이 윤동주를 자극한 것이다. 송몽규의 쾌거를 옆에서 지켜보며 윤동주도 자신의 시를 제대로 남길 것을 결심한 결과가 '문조' 탄생으로 이어졌다. 어쩌면 '문조' 첫머리 세 편의 시는 송몽규와 마찬가지로 ≪동아일보≫ 신춘문예 시 부문에 응모한 것이었을지도 모른다. ≪동아일보≫는 조선어로 된 민족계 신문이었으나, 지면상의 날짜는 쇼와 연호로 명기되어 있었다. 작품은 당선되지 않았으나, 정서하면서 그 기억을 남기기 위해 일부러 쇼와 연호를 남겼다고 생각할 수 있지 않을까?

마찬가지로 쇼와 연호가 붙은 동시「병아리」는 용정에서 간행된 ≪카톨릭少年(소년)≫ 1936년 11월호에 실렸다. ≪가톨릭少年≫은 윤동주와 인연이 깊은 잡지로, 윤동주의 동시 다섯 편이 실렸다. 다만 정서 노트에 쇼와 연호가 붙은 것은「병아리」뿐이다. 「병아리」에만 쇼와 연호가 붙은 것은 ≪가톨릭少年≫과는 다른 외부 언론 또는 일본인과 관련된 조직(학교, 교회 등)과의 접촉이 있었을 가능성을 시사하는 것일 수 있다.

그렇다면 1939년의 세 작품에 쇼와 연호가 붙은 것은 어떤 사정 때문이었을까?

「달같이」, 「장미 병들어」, 산문시「투르게네프의 언덕」이들 시가 한 묶음의 작품이라는 점은 함께 쇼와 연호가 붙어 있다는 것을 깨달아야 비로소 보이는 사실이다. 시중에 있는 윤동주 시집 중에는 일반시와 산문시를 나누어 따로 실은 것도 많은데, 그 사실을 알게 되면 세 작품이 원래 하나의 묶음으로 의식되었다는 것은 두말할 나위도 없다.

솔직히 말하면, 나는 오랫동안 윤동주의 자필 정서 노트에 쇼와 연호의 시가 존재한다는 것을 깨닫고 나서도 1939년의 시 세 편에 대해서는 그 사실을 인식만 했을 뿐 거기서 더 나아가지는 못했다. 그러나 우에모토의 증언을 세밀하게 다시 검토하던 중 섬광이 번뜩였다. 1994년 취재 당시 우에모토는 1939년 신경에 있을 때 윤동주로부터 편지가 와서 '만주국' 관리로 취직한 것을 윤동주가 책망했었다고 증언했다. 그때 시도 함께 보내왔고 ≪신경일일신문≫ 사장 조지마 슈레이가 그 시를 보고 감격해 눈물을 흘렸다는 것이다. 윤동주와의 추억을 담은 우에모토의 시 「반한 그 73」에서도 조지마와의 에피소드가 마지막 부분에 등장한다.

'쇼와 14년 9월'이라고 부기된 윤동주의 시 세 편은 신경의 우에모토에게 보낸 작품이 아니었을까? 여기에서의 쇼와 연호는 일본인 '시우'와 관련된 숨겨진 기억을 전하는 부호가 아닐까? 그러한 관점으로 세 작품을 다시 읽었을 때, 어떠한 새로운 상이 그려지게 되는 것일까? 쇼와 연호를 붙인 1939년 9월의 세 작품을 정서된 순서에 따라 살펴보자.

4. '쇼와 14년 9월'의 시 세 편

달같이

年輪(연륜)이 자라듯이

달이 자라는 고요한 밤에

달같이 외로운 사랑이

가슴 하나 뼈근히

年輪처럼 피어나간다.

「달같이」

내성적이고 관조적인, 윤동주다운 시다. 윤동주는 전년부터 서울연희전문학교에서 배웠으며, 같은 달에는 나중에 『하늘과 바람과 별과 시』에 실리게 되는 대표작 중 하나인 「자화상」을 짓고 있었다. 가을 밤하늘의 달을 보며 시인이 느낀 '달같이 외로운 사랑'이란 무엇일까? 적요함에 잠긴 향수, 감상과 단념, 깊은 상실감……. 연륜이 자라고 피어나가는 것은 세월의 축적이나 변화를 의미할 것이다. 세월의 흐름에 따라 어찌할 수 없이 흘러가 잃어버리게 되는 무수한 기억, 가슴속에 스미듯 새겨지는 소중한 생각…….

그렇다면 '외로운 사랑'은 청춘에 들어선 날들, 시에 대한 진정을 통해 우연히 알게 되고, 그러나 그 후 뜻밖에도 '만주국' 관리가 되어버린 이국의 '시우' 우에모토에 대한 마음과 어딘가 겹치는 것은 아닐까? 여기서 읊은 사랑은 단순한 남녀 간 사랑을 초월한다. 「서시」의 "모든 죽어가는 것을 사랑해야지"로도 이어지는, 멸망의 심판을 안고 살아가는 모든 생명에 이르는 깊고 큰 자애로운 사랑이다.

생명의 시인 윤동주

薔薇 病들어

장미 병들어
옮겨 놓을 이웃이 없도다.

달랑달랑 외로이
幌馬車(황마차) 태워 山(산)에 보낼거나,

뚜― 구슬피
火輪船(화륜선) 태워 大洋(대양)에 보낼거나,

프로펠러 소리 요란히
飛行機(비행기) 태워 成層圈(성층권)에 보낼거나

이것 저것
다 그만두고

자라가는 아들이 꿈을 깨기 前(전)
이내 가슴에 묻어다오

　이 시는 특히 모더니즘의 영향이 짙은 작품이다. 근대 문명을 상
징하는 '화륜선(기선)', '프로펠러', '비행기', '성층권' 같은 한자어,
외래어가 눈에 띈다. 또한 병든 장미라는 우아한 희생에서부터 구

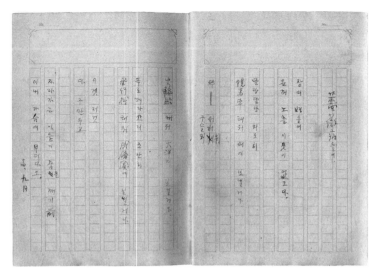

「장미 병들어」

상이 일어나 기선이나 비행기 등 먼 곳으로의 여행을 가능케 하는 현대 과학기술이 등장하고 이로써 산과 대양, 성층권으로까지 이미지를 비상시켜가는 모습도 초현실주의나 모더니즘의 우에모토가 믿고 궁극적으로 실현시키고자 했던 시의 흐름에 들어맞는다. 소리가 의식되는 것 역시 그렇다.

사실 윤동주는 이러한 모더니즘 시에 대한 동경을 다분히 가지고 있었다. 「공상」을 비롯해 초기의 시는 모두 한자 숙어나 관념적인 언어를 사용하는 자세가 두드러지고 무리하게 까치발을 들고 서 있는 듯한 불안정한 인상을 지울 수 없다. 1930년대 문학적 관심이 깊어졌던 다감한 청년 시인으로서, 시대적 조류인 모더니즘에 무관심할 수 없었던 것이다. 그러나 이 「장미 병들어」는 모더니즘의 의

생명의 시인 윤동주

상을 걸치면서도 동시(童詩)와 같은 부드러움으로도 채워져 있다. 그런 윤동주다움은 같은 시기에 쓰인 우에모토의 시와 비교해서 읽을 때 더욱 분명해진다.

아래에 예로 든 것은 1939년 7월 4일 자 ≪신경일일신문≫에 실린 우에모토의 시 「풍경(風景)」이다. 당시 우에모토는 '니시타니 마사오(西谷正夫)'라는 이름으로 ≪신경일일신문≫에 시와 에세이를 자주 발표했었다. '우에모토'는 전쟁이 끝난 뒤 결혼하면서 바꾼 성이다. 일본에서는 여성이 출가하면 남편 쪽 성으로 바꾸는 것이 관례이지만, 남성이라 하더라도 서양자(婿養子: 사위를 양자로 삼는 것)로 들어가면 아내 쪽 성으로 고치는 경우가 많다. 우에모토(니시타니)도 그러했다.

풍경(風景)

하얀 길은

가슴 한가득 젖어가자

하얀 순양함(巡洋艦)에는

색소폰의 향수(鄕愁)가 그늘져 있는가

천사(天使)의 당텔은 떨리고

초록 리본은 잠들어 있다

지친 눈꺼풀에 스며드는 것은

밀크빛 여인의 목덜미인가

백치미(白痴美) 여인의 가슴에 깃든 것은

바다의 소란(騷亂)인가

에스컬레이터에 꽃 하나

에스컬레이터에 꽃 둘

도레미파솔라──

하얀 길은 눈물짓고 있다

5.27

　윤동주의 시에도 특징적으로 사용된 한자어, 외래어가 여기에서는 '순양함', '색소폰', '당텔'(프랑스어 dentelle은 레이스를 의미함), '리본', '밀크', '에스컬레이터', '도레미파솔라'로 되어 있다. 병들고 지친 마음에도 서로 통하는 것이 있다. 그러나 우에모토(니시타니)의 시에 채워진 퇴폐적 요소, 여인의 육체나 성의 향취라 할 만한 것은 윤동주에게 전무하다.

　당시 만주에 몸을 의탁한 일본 시인들 대부분은 원래 사회주의를 신봉하고 문학적·정치적 좌절을 거듭하면서 바다를 건너온 사람들이었다. 오족협화(五族協和)를 내세운 괴뢰국의 '이상'과는 먼 우매한 현실을 알고는 자주 홍등가로 도피해 방탕과 통음(痛飲)을 거듭했다. 우에모토의 시는 기교적으로는 상당히 능란하고 백(白)을 기조로 하는 추상화 같은 정취에 재즈풍 음악까지 더해져 현란한 울림을 자아낸다. 하지만 그렇다 하더라도 시에 내포된 정신은 만주 모더니즘 시인의 전형에서 벗어나지 못한 부분이 있다.

　이와 비교해 윤동주의 시는 모더니즘적 기교는 화려하지 않지만, 이웃의 병을 내 몸으로 짊어지려고 하는 예수 그리스도적 정신이

　　　　　　　　　　　　　　生命의 시인 윤동주

심지를 이루어 읽는 이들의 영혼에 울려 퍼진다. 훗날 『하늘과 바람과 별과 시』에서 집대성된 윤동주 시 정신의 진수가 이미 고동치고 있다. 윤동주는 이후로 「장미 병들어」만큼 모더니즘적 요소가 짙은 시를 쓰지 않는다. 윤동주의 시 작품 중 모더니즘의 마지막 불꽃이 될 법한 작품이, 일찍이 모더니즘 시지로 윤동주를 부르고 더 나아가 '만주국'에서 생업을 구한 우에모토에게 전해진 것은 결코 우연이 아니라고 느껴진다. 그렇게 생각하니 "이웃이 없도다"라는 시인 내면의 속삭임은 한층 더 음영이 짙어져 상실감과 적요함이 계속 꼬리를 잇는다.

투르게네프의 언덕

나는 고개길을 넘고 있었다…… 그때 세 少年(소년) 거지가 나를 지나쳤다.

첫째 아이는 잔등에 바구니를 둘러메고, 바구니 속에는 사이다병, 간즈메통, 쇳조각, 헌 양말짝 等(등) 廢物(폐물)이 가득하였다.

둘째 아이도 그러하였다.

셋째 아이도 그러하였다.

텁수룩한 머리털, 시커먼 얼굴에 눈물 고인 充血(충혈)된 눈, 色(색) 잃어 푸르스름한 입술, 너들너들한 襤褸(남루), 찢겨진 맨발,

아― 얼마나 무서운 가난이 이 어린 少年들을 삼키었느냐!

나는 惻隱(측은)한 마음이 움직이었다.

나는 호주머니를 뒤지었다. 두툼한 지갑, 時計(시계), 손수건…… 있

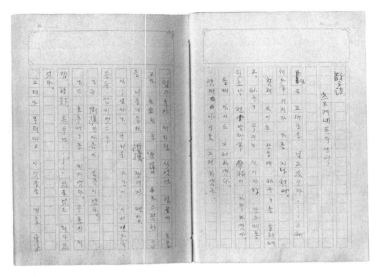

「투르게네프의 언덕」 앞부분

을 것은 죄다 있었다.

　그러나 무턱대고 이것들을 내줄 勇氣(용기)는 없었다. 손으로 만지
작 만지작거릴 뿐이었다.

　多情(다정)스레 이야기나 하리라 하고 "얘들아" 불러 보았다.

　첫째 아이가 充血(충혈)된 눈으로 흘끔 돌아다 볼 뿐이었다.

　둘째 아이도 그러할 뿐이었다.

　셋째 아이도 그러할 뿐이었다.

　그러고는 너는 相關(상관)없다는 듯이 自己(자기)네끼리 소근소근
이야기하면서 고개로 넘어갔다.

　언덕 위에는 아무도 없었다.

　짙어가는 黃昏(황혼)이 밀려들 뿐——

　　　　　　　　　　　　　　　　　생명의 시인 윤동주

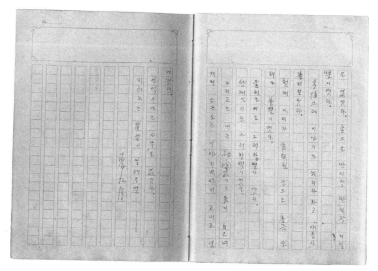

「투르게네프의 언덕」 뒷부분

　　『하늘과 바람과 별과 시』에는 뽑히지 않았지만, 윤동주의 대표
작 중 하나라고 해도 좋을 것이다. 이반 투르게네프의 「거지」라는
작품을 바탕으로 쓰였다는 것은 그동안의 연구로 밝혀졌지만, 윤동
주의 작품 어디를 봐도 다른 곳에 등장하지 않는 투르게네프가 왜
갑자기 1939년에 나오는지, 그 점은 풀리지 않는 수수께끼로 남았
었다.

　　하지만 이 시가 만주로 보내졌다고 한다면, '과연 그랬겠다'라고
생각할 수밖에 없다. 만주의 일본인 문학자들 사이에는 러시아 취
향이 짙었는데, 그들은 원래 좌익 인사들로서 소비에트를 동경하기
도 했으며, '만주국'이 추구하는 오족협화의 한 민족은 러시아 민족
이어서 백계 러시아인들이 많이 살았는데, 그중에는 바이코프 등

거물급 문학자도 포함되어 있었다는 사정 때문이기도 하다. 투르게네프를 비롯한 제정러시아 시대의 작가나 시인의 작품에 대해서도 공감을 가지고 있었다.

이 시 자체의 해석에 관해서는 여러 견해가 있는데, 남루를 걸친 거지 세 소년이 살아가는 가혹한 상황은, 식민지 조선에서 씌었지만 신경에서 읽힌다면 틀림없이 기만으로 가득한 '만주국'의 현실로 울렸을 것이다. 시 속의 '나'는 그들에게 손을 내밀려고 하지만, 어설픈 동정심은 세 소년으로부터 여지없이 거절당한다. '성자' 같은 세 소년을 보내면서 '나'는 황혼의 언덕에 서 있을 수밖에 없다. 윤동주의 이 서 있는 모습은 세 소년의 선명한 모습과 함께 가슴 깊이 박혀 여운을 남긴다.

《신경일일신문》 사장이자 문학자였던 조지마 슈레이가 감격의 눈물을 흘렸다는 윤동주의 시는 이 「투르게네프의 언덕」이었던 것은 아닐까? 주변에 가난한 자는 적지 않았겠지만, 윤동주 자신이 곤궁에 처했다거나 서울이나 도쿄에서 학비 벌이를 위한 아르바이트로 바빴다는 등의 이야기는 듣지 못했다. 그런 윤동주의 미묘한 입장과 감정의 무늬가, 양심과 정의감이 허무해지면서 기만 속에 좌절감이 심해지던 만주의 일본인 문학자들의 마음속에서 증폭되어 뜨겁고도 쓰라린 눈물을 쏟게 한 것이라고 생각된다. 사회로부터 버림받은 최하층의 가난한 자를 향해 지식인 청년이 품었던 동정심이나 무력감은 투르게네프로부터 윤동주를 거쳐 좌익 문학자이자 침략자로서의 자책에서 벗어날 수 없었던 일본인 만주 시인들에게 한층 더 뼈저리게 울릴 수밖에 없었던 것이리라.

생명의 시인 윤동주

1939년에 쓰여 쇼와 연호와 함께 정서된 이 세 작품이 우에모토를 위해 쓴 것이라고 단언할 수 없을지도 모른다. 그러나 시가 보내진 곳, 작품의 배경으로서 만주라는 장소와 거기서 기우(寄寓)하는 모더니스트 시인이라는 위치는 꼭 맞는 열쇠 구멍에 열쇠를 끼워 넣은 것처럼 맞아떨어진다. 이렇게 보면 의외로 우에모토 시인과의 인연이 쇼와 연호로 묶인 세 편의 시에 관해 새로운 시각을 제시하고 있다는 것을 알 수 있다. 향후 윤동주 연구에서 만주 문학과의 교류와 영향이 하나의 가능성으로 열려 있다는 것을 보여주는 부분은 아닐까?

5. 기쿠시마 쓰네지의 「눈사태」로 더듬어보는 윤동주의 시심

1942년 8월, 윤동주는 누마타의 육군병원에 입원해 있던 우에모토 마사오를 문병했다. 그해 봄부터 도쿄의 릿쿄대학에서 배우고 가을부터는 교토의 도시샤대학으로 옮기게 되는 윤동주이지만, 그 전에 우에모토와 재회한 것이다. 릿쿄 시절에 쓰인 「쉽게 씌어진 시」 등 다섯 편의 시가 현존하는 윤동주의 마지막 작품인 만큼, 그 이후의 시에 대한 윤동주의 생각을 엿볼 수 있는 증언과 일화 등은 귀중하다. 우에모토와의 재회는 하나의 시에 대한 윤동주의 명확한 평가를 남겨주었다. 병실에서 우연히 손에 든 '일본 시집'에 실린 기쿠시마 쓰네지의 「눈사태(雪崩)」를 읽고 좋은 시라고 칭찬했다는 것이다.

또한 우에모토의 「반한 그 73」에서는 "신간 일본 시집"이라고 되어 있으나, 정확하게는 1941년 7월에 나온 『현대일본년간시집』에 기쿠시마 표제의 시가 실려 있다. 우에모토는 1994년 인터뷰 취재 후, 자작 연표와 함께 이 시의 사본을 나에게 보내주었다. 지금 그 시의 전문을 소개한다. 때에 따라 어려운 한자에는 필자의 판단으로 토를 달았다.

눈사태(雪崩)

기쿠시마 쓰네지

흑백합(黑百合) 꽃은 떨어지고 줄기는 이미 기울어

가슴속에 경직(硬直)된 사고(思考)를 뒤흔들고

허공 속에 우뚝 솟은 산악을 뒤흔들고

환상의 수목의 뿌리를 뽑아내고 낡은 흙을 밟아 온

살아 있는 하얀 무리의 발소리가 난다

그것을 이끄는 자의 실체를 아무도 모른다

그것을 이끄는 자의 실체를 본 적도 없다

살아 있는 하얀 무리가 움직이지 않는 어둠 속에서

요란하게 뼈를 치는 소리가 난다

꽹꽹히

미명(未明)의 하늘과 땅 사이로 낙하해 가는 눈사태

망아(忘我)한 눈동자 속으로 낙하해 가는 눈사태

그것은

하나님의 한량없는 사랑으로

등심초(燈心草) 검을 치켜들고 대항하는 이단(異端) 위에

아름다운 만곡(彎曲)에 사로잡힌 수면(睡眠) 위에

낯선 손바닥처럼

점차 수를 더해 가고 그림자를 더 겹쳐

순백의 사면(斜面)을 삼키고

공포를 휘감는 밤을 나눠

때로는 폭포처럼

때로는 노도처럼

사람들의 등을 덮친다

등은 다듬어져

뼈와 뼈는 단단히 서로 엮이고

그곳에는 강인한 암석만이 남겨져

재빨리 부르는 빛의 손짓에

답하여 초록 손바닥을 펼친다

기쁨의 속삭임을 흘리며 꿈틀거리는 어린 싹도 있겠지

이들 모두와 하늘은

밝고 파란 거울 속에서

빛의 과실(果實)을 발하고

한 그루 나무를 비추어

사람들에게

유일한 듬성듬성한 숲을 보여준다

유일한 큰 숲에 대해 생각하게 하기 위해서

— 나의 하나님의 작은 땅 —

　이 시에 놀란 것은, 문학자를 포함해 군국주의에 굴복한 체제 예찬적 언사가 넘쳐났던 전시하의 일본에서 이처럼 시국 편승형과는 완전히 정반대의 관점에서 쓰인 시가 발표되었다는 사실이다. 글쓴이의 귀에 쾅쾅히 울린 눈사태 소리는 윤동주의 귀에도 확실히 들리고 있었다. 기쿠시마의 시가 내포하는, 세계의 붕괴를 예견하는 듯한 종말관과 그 끝에 움트게 될 예지의 싹에 대한 갈구는 윤동주의『하늘과 바람과 별과 시』나 그 이후의 시와도 상통한다.『하늘과 바람과 별과 시』에 수록된「또 다른 고향」과「별 헤는 밤」, 일본으로 건너가기 직전에 쓴「참회록」, 도쿄에서 쓴「쉽게 씌어진 시」등 윤동주의 지고한 시들과 어우러지는 점도 참으로 많다.

　일본 지배하에 있었던 조선 민족의 입장에서 볼 때 종말 끝에 찾아온 것은 조국의 해방·독립이며, 예컨대「쉽게 씌어진 시」의 한 구절 "시대처럼 올 아침을 기다리는 최후의 나"를 그린 민족해방사관으로 해석하는 것은 당연할 것이다. 그러나 다른 한편으로 기쿠시마의「눈사태」에 윤동주가 공감했다는 사실이 시사하는 바는 그가 안고 있던 종말관과 그에 앞서 감지한 광명이 단순한 민족주의를 넘어 범인류적 철학이나 기도로까지 승화했다는 점이다. 윤동주의 이러한 깊은 영성은 전쟁으로 상처받은 일본인 '시우'를 일부러 누마타까지 가서 문병한 행동과 완전할 정도로 조화를 이룬다.

　「눈사태」에 대한 언급으로 성숙한 시인의 편린을 보여주고 윤동주는 우에모토의 병실을 떠났다. 그곳에서 도쿄로 와서 신변을 정리한 후 가을부터는 교토에 정착하게 된다. 그리고 도시샤대학에서 배운 지 1년이 채 되지 않은 1943년 7월에 윤동주는 교토의 하숙집에서 체포되고 그 후 후쿠오카 형무소로 보내져 마치 '눈사태'에 삼켜지듯 다시는 빛이 있는 세계로 돌아올 수 없었다.

그렇게 생각하니 누마타의 병원을 뒤로하는 윤동주의 뒷모습이 「참회록」 마지막에 쓰인 "어느 운석 밑으로 홀로 걸어가는 슬픈 사람의 뒷모양" 바로 그 모습처럼 느껴져 견딜 수가 없다.

* * *

이 장 마지막에 일부를 인용한 「참회록」은 윤동주가 『하늘과 바람과 별과 시』를 완성한 후 일본 유학을 결정하고 조선을 떠나기 전에 읊은 시다. 1942년 1월 24일에 쓰였다.

이 시가 쓰인 패지에는 여백 부분에 몇 가지 메모와 낙서가 여기저기 적혀 있다. '도항', '증명'이라고 되어 있는 것은 일본 유학 수속을 위한 도항증명을 취득할 필요가 있었고 그곳에 조선 이름이 아니라 창씨개명이 요구되었다는 것을 입증하고 있다. 본명인 윤동주가 아니라 히라누마 도주라는 일본식 이름으로 그는 바다를 건너게 된다.

도항증명을 축으로 윤동주의 고뇌는 겹겹이 원을 그리며 똬리를 틀고 있는 듯하다. '시인의 고백', '시란', '불지도(不知道: 중국어로 모른다는 의미)', '생', '생활', '생존' 등의 말에서 그의 마음속을 메운 괴

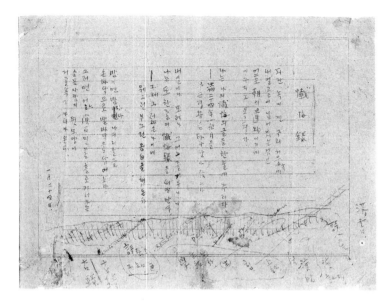

「참회록」

로운 심정이 아프게 전해
진다. 그 가운데 '비애금
물'이라는 말이 씌어 있
다. 글자를 쓴 다음에 테
두리 선까지 둘렀다. 고뇌
에 가라앉는 듯한 그 자신
에 대한 필사적인 호소였
으리라.

「참회록」 하단에 '悲哀禁物(비애금물)'이라고
적혀 있다.

　그 자체로 깊은 내용을 지닌 명시이지만, 여백에 덧붙은 '비애금
물'이라는 말이 시와 어우러져 시인의 품성을 말해준다.

　　　　　　　　　　　　　　　　생명의 시인 윤동주

懺悔錄(참회록)

파란 녹이 낀 구리 거울 속에
내 얼굴이 남아 있는 것은
어느 王朝(왕조)의 遺物(유물)이기에
이다지도 욕될까.

나는 나의 참회의 글을 한 줄에 줄이자.
── 滿 二十四年 一個月(만 이십사 년 일 개월)을
　　　무슨 기쁨을 바라 살아왔던가.

내일이나 모레나 그 어느 즐거운 날에
나는 또 한 줄의 懺悔錄(참회록)을 써야 한다.
── 그때 그 젊은 나이에
　　　왜 그런 부끄런 告白(고백)을 했던가.

밤이면 밤마다 나의 거울을
손바닥으로 발바닥으로 닦아보자.

그러면 어느 隕石(운석) 밑으로 홀로 걸어가는
슬픈 사람의 뒷모양이
거울 속에 나타나온다.

제4장

도시샤의 윤동주, 교토에서 무슨 일이 있었나

발견된 생전 최후의 사진을 단서로

둘뿐이면 틀렸을 때 부끄럽습니다.

윤동주, 도시샤대학 교실에서

1. '히라누마 도주'를 찾아서

"히라누마 도주를 아십니까? 조선에서 온 유학생, 히라누마 씨를 기억하고 계신지요?"

이 질문을 몇 번이나 했을까. '히라누마 도주'는 창씨개명을 한 윤동주의 일본 이름이다. 1994년 봄부터 초여름까지 나는 연일연야 반세기 전에 그 이름으로 일본에서 배웠던 조선인 유학생의 소식을 물으며 수화기 저편 보이지 않는 상대를 향해 같은 질문을 되풀이했다. 도쿄의 릿쿄대학 그리고 교토의 도시샤대학 졸업생 명부에 의지해 윤동주와 같은 시기에 재학했을 가능성이 있는 사람들에게 차례로 전화를 걸었던 것이다. 이미 고인이 된 분도 있었고, 이사 등으로 당사자와 바로 연락이 닿지 않는 경우도 있었다. 그러나 고생 끝에 겨우 연락이 된 상대는 잠시 먼 기억을 더듬는 것 같다가 약속이라도 한 듯 다음과 같은 대답만 들려주었다.

"아니요, 모릅니다. 기억에 없어요……."

일본 시절의 윤동주를 아는 일본인은 없다고 여겨져 왔다. 윤동주는 1942년 봄부터 여름까지 재학한 릿쿄대학과 같은 해 가을부터 이듬해인 1943년 7월까지 다닌 도시샤대학까지 합치면 1년 반 정도를 일본에서 배웠지만, 그 사람에 대한 기억은 환상처럼 사라져버린 것이다. 1984년에 처음으로 윤동주 전시집을 일본어로 낸 이부키 고는 시 번역과 더불어 시인이 일본에 남긴 발자취를 더듬은 조사 보고를 같은 책에 첨부했는데, 이부키 고의 세밀한 조사에서도 윤동주를 기억하는 일본인은 찾을 수 없었다.

NHK 디렉터였던 내가 윤동주 다큐멘터리 리서치를 시작한 것은 1994년 봄이었는데, 가장 먼저 한 일은 어떻게든 윤동주를 기억하는 사람을 일본에서 찾아내는 것이었다. 1942년 봄에 윤동주가 일본에서 배우기 시작했을 당시 이미 한 해 전 말에는 태평양 전쟁이 시작되었고 1943년 7월에 체포된 후에는 학도 출정과 종전에 따른 혼란도 가중된 탓에 어느 연도 졸업생으로 타깃을 좁히면 좋을지 분명하지 않은 부분도 있었으나, 어쨌든 1945~1946년 무렵에 두 대학을 나왔으리라 생각되는 영어영문학 관련 학과 졸업생들에게 빠짐없이 전화를 걸었다.

하지만 윤동주는 쉽게 다가와 주지 않았다. 기억에 없다, 모른다는 답변만 듣게 되면서 헛수고가 되풀이되었다. 한없이 깊은 어둠처럼 느껴졌다. 솔직히 말하면 그때 역시, 어차피 또 같은 답변을 듣겠지라는 묘한 예감으로 마음의 준비도 하고 있었다. 그러나 수화기 너머에서 역사의 어둠을 뚫기라도 하듯 뜻밖에 밝은 목소리가 들려왔다.

"히라누마 씨 말씀이지요. 네, 기억합니다. 조선에서 왔던 히라누마 씨!"

'히라누마 씨'를 기억했던 것은 일찍이 도시샤대학 영어영문학과에서 배웠던 여학생 모리타 하루[森田ハル, 본성은 사와다(澤田)]였다. 모교가 있는 교토에 거주하고 있었다.

또한 모리타를 통해 학창 시절 친우였다는 또 다른 영어영문학과를 졸업한 여성을 소개받았다. 기타지마 마리코[北島萬里子, 본성은 무라카미(村上)]. 도시샤대학 졸업생 명단에서는 연락처를 찾을 수 없었지만, 모리타와 계속 친분이 있었던 덕분에 기타가마쿠라(北鎌倉)에 거주하던 이분의 소식을 얻을 수 있었다. 즉시 기타지마에게 연락을 취하자 기쁘게도 그녀 역시 조선인 유학생 '히라누마 씨'를 잘 기억한다고 했다. 릿쿄대학에서는 유감스럽게도 윤동주를 기억하는 졸업생을 찾아내지 못했지만, 도시샤대학에서는 이렇게 당시 두 여학생의 기억 속에서 1942년부터 1943년에 걸친 일본에서의 윤동주 모습이 되살아나게 된 것이다.

2. 윤동주가 말한 "부끄럽습니다"

나는 두 사람의 댁을 방문하고 그 뒤 카메라 인터뷰도 할 수 있었다. 두 사람이 공통적으로 기억하는 '히라누마 씨'는 온화하고 자상한 얼굴의 겸손한 사람이며 수업 중에는 교실 뒤쪽 구석에 앉아 있을 때가 많았다. 조용한 사람인 데다 당시는 여학생이 자유롭게 남학생과 교제하는 분위기가 아니어서 '히라누마 씨'와는 교실에서 만나면 인사만 하는 정도로 특별히 친하게 대화를 나눈 적은 없었다. 일본어 발음에 약간 어려움이 있어 조선에서 온 유학생인 것은 알고 있었지만, 윤동주라는 본명은 고사하고 광복 이후에 한국에서 국민적 시인이 된 것 등은 전혀 모르고 있었다. 당시 영어영문학과에서 배운 학생은 문학청년이 대부분이었고 소설을 쓰는 사람도 있었지만, '히라누마 씨'가 시를 쓰는 사람이라는 것은 전혀 몰랐다고 한다.

1994년의 취재에서는 조심스러웠는지 이 이야기가 나오지는 않았지만, 15년쯤 뒤 다시 만났을 때 모리타는 젊은 여학생의 눈에 비친 '히라누마 씨'의 첫인상에 대해 솔직히 말해주었다. '꽤나 아저씨네'라고 느꼈다고 한다. 윤동주는 서울 연희전문학교를 마치고 나서 일본으로 건너와 반년간 릿쿄대학에 재적한 뒤에 도시샤대학에 전입했으므로 같은 영어영문학과에서 배웠다고 해도 일본인 학생보다 네 살 정도 연상이었던 것이다.

기타지마는 조용한 '히라누마 씨'가 했던 한마디를 선명하게 기억하고 있었다. 영어영문학과 학생으로서 프랑스어 수업을 들은 이는 두 여학생 외에 윤동주뿐이었는데, 어느 날 모리타가 아파서 결석했을 때, 수업 시작 전 잠시 동안 교단 앞에 나란히 앉았던 '히라누마 씨'가 갑자기 말을 걸어왔다고 한다.

"둘뿐이면 틀렸을 때 부끄럽습니다."

교실에 두 사람뿐이라는 뜻밖의 상황과 평소에는 말수가 적었던 '히라누마 씨'로부터 갑자기 그러한 말을 들었기에 기타지마는 그 말을 잊지 않고 있었던 것이다.

그렇다 하더라도 반세기나 되는 오랜 시간을 거치면서도 묻히지 않고 기억된 일본에서의 윤동주의 말이 "부끄럽습니다"였다니! 「서시」의 첫머리 "죽는 날까지 하늘을 우러러 한 점 부끄럼이 없기를"을 비롯해 시집 『하늘과 바람과 별과 시』 속에는 '부끄러움'이라는 말이 다수 등장한다. 「또 태초의 아침」, 「길」, 「별 헤는 밤」 등의 시에 그 말이 드러나 있다. 도쿄에서 쓴 「쉽게 씌어진 시」는 완전한 형태로 지금까지 남은 생전 최후의 시인데 "인생은 살기 어렵다

는데 시가 이렇게 쉽게 씌어지는 것은 부끄러운 일이다"라며 그야
말로 작품의 핵심 부분에 '부끄럽다'라는 말이 놓여 있다. 윤동주에
게 '부끄러움', '부끄럽다'란 시인으로서의 본질, 정신의 골격에 새
겨진 말, 개념인 것이다.

　기타지마로부터 듣게 된 윤동주의 말은 "인생은 살기 어렵다"는
것에 관한 심각함, 중대함 속에서 나온 것은 아니었지만, 이국의 여
학생 마음에 새겨진 시인의 유일한 말이 '부끄럽습니다'였다는 사
실은 단순한 우연의 차원으로 볼 문제가 아닐 것이다.

　기타지마의 추억에 남겨진 이 에피소드는 당시 윤동주의 프랑스
어에 대한 관심을 말해주는 증언이기도 하다. 윤동주의 당숙인 윤
영춘은 1942년 섣달그믐날 교토에 있는 윤동주를 찾아와 1943년
정월을 함께 보냈는데, 그때 윤동주로부터 프랑스 근현대 시에 관
심이 있다는 말을 듣게 된다. 프랑시스 잠, 장 콕토라는 프랑스 시
인에 관해 윤동주가 열정적으로 말했다고 한다.

　기타지마에게 "틀렸을 때 부끄럽습니다"라고 말한 것이 언제의
일인지 정확한 시기를 특정할 수 없는 것은 아쉽지만, 숫기가 없는
윤동주가 낯선 여학생에게 말을 걸었다고도 생각되지 않으므로, 10
월에 도시샤대학에 다니기 시작해 일정 시간이 지난 뒤의 일이었을
것이다. 윤영춘이 찾아왔던 1943년 정월과 그렇게 벗어난 시기는
아니었을 것이다. 프랑시스 잠은 『하늘과 바람과 별과 시』의 끝을
장식하는 「별 헤는 밤」에도 등장하지만, 윤동주의 프랑스 근현대
시에 대한 관심은 그 후 장 콕토까지 더해져 점점 커져간 것으로 보
인다.

1942년에 한 학기를 배운 릿쿄대학 시절에도 프랑스 시에 대한 윤동주의 관심을 말해주는 증언이 있다. 당시 릿쿄대학에서 배웠던 박태진은 프랑스어에 능통했는데, 점심시간 등 빈 시간에 조선인 유학생들 앞에서 발레리와 보들레르 등의 프랑스 시를 원어로 낭송해 갈채를 받았다고 한다. 그의 기억에 따르면, 어느 날 평소처럼 친구들 앞에서 프랑스어 낭송을 하고 있었는데 잘 모르는 유학생으로부터 "어떻게 하면 프랑스어를 그렇게 잘하게 됩니까"라는 질문을 받았다. 이에 박태진은 도쿄에 있는 프랑스어학교인 아테네 프랑스에서 배울 것을 추천했는데, 그 질문을 해온 학생이 윤동주였다는 것이다. 윤일주가 정리한 연표에 따르면, 윤동주는 연희전문학교 3학년 때 발레리와 지드를 애독하고 프랑스어 학습도 시작했다. 도쿄에 유학하며 동포 학생의 유창한 프랑스 시 낭송을 접하게 되면서 윤동주는 큰 자극을 받은 것으로 여겨진다.

서울 연희전문학교에서 도쿄 릿쿄대학, 교토 도시샤대학으로, 윤동주의 프랑스 시에 대한 관심과 프랑스어 학습에 대한 열의는 계속해서 이어지고 있었던 것이다. 기타지마는 윤동주의 프랑스어 실력이 상당한 수준이었고 교실에서의 말하기나 프랑스어의 일본어 번역도 정확했다고 기억했다. 박태진의 프랑스 시 낭송에 감탄하던 시기와 비교해 학습 성과를 확실히 올렸다고 봐야 할 것이다.

전시하의 혹독하고 힘든 시기에 일본에서 유학한 윤동주였지만, 그런 시대에도 배워야 할 것은 제대로 배우고자 끊임없이 노력했던 것이다. 윤동주의 일본 유학을, 마치 로마로 간 베드로처럼, 독립운동을 전개하기 위해 '적'의 본거지로 뛰어든 것으로 보는 견해도 있는데, 마음속 깊은 곳에 간직한 각오는 그랬을지라도 면학을 도항의 방편으로 삼은 것도 아니고, 학습 의욕을 포기한 것도 아니었다. 윤동주는 일본에서 배우고 싶었던 것이다.

3. 발견된 생전 최후의 사진이 말하는 것

기타지마 마리코가 전하는 윤동주에 관한 추억은 상기의 증언에 머물지 않았다. 자택에 있던 낡은 앨범에서 영어영문학과 학생들이 '히라누마 씨'와 함께 찍은 사진이 나온 것이다. 담뱃갑 절반 정도 크기의 작은 사진이었는데, 교토 근교의 우지시(宇治市)를 흐르는 우지강에 달린 아마가세(天ヶ瀨) 현수교 위에서 두 여학생을 포함한 아홉 명의 학생의 모습이 담겨 있고(촬영한 남학생을 포함하면 일행은 10명), 윤동주는 그 중앙에서 조금 눈이 부신 듯한 쑥스러운 얼굴로 서 있다.

그때까지는 일본에서 윤동주를 기억하는 인물이 알려지지 않았던 것과 마찬가지로, 일본에서 찍은 사진도 존재하지 않는다고 했었다. 그랬던 것이 증인과 동시에 사진까지 나온 것이다. 기쁨은 컸다. 하지만 당시에는 기쁨에 들떠서 통찰력이 충분히 발휘되지 못했다. 무언중에 사진이 말해주는 몇 가지 중요한 부분을 간과했었다. 그것을 깨닫게 된 것은 방송이 나간 지 15년 가까이 지나고 나서였다.

사진 속 윤동주는 앞줄 중앙에 서 있다. 이것은 생전 윤동주의 모

우지강에서 윤동주(앞줄 왼쪽에서 두 번째)와 친구들(윤동주의 오른쪽은 모리타 하루, 그 오른쪽은 기타지마 마리코)

습이 담긴 사진들을 볼 때 극히 이례적인 일이다. 천성이 수줍음과 부끄러움이 많기 때문일 것이다. 단체 사진 속의 윤동주는 언제나 뒷줄 가장자리에 위치하고 있다. 도시샤대학에 다닐 때도 교실에서 뒤쪽 구석이 정석이었다. 그런데 왜 이 사진에서만 앞줄 중앙에 서 있는 것일까?

애초 이 사진이 나왔을 때는 사진을 가지고 있던 기타지마나 윤동주 옆에서 사진을 함께 찍은 모리타도 그 장소나 상황에 대해서는 거의 기억하지 못했다. 그러나 방송이 나간 후 도시샤 코리아 클럽의 박희균이 사진의 배경에 비친 현수교를 기준 삼아 그 장소를 추측하고, 또한 모리타를 현지로 안내하는 가운데, 과거 여학생의 마음속에 잠자고 있던 기억이 점차 되살아난 것이다. 결과적으로

생명의 시인 윤동주

사진이 찍힌 장소는 우지 강에 놓인 아마가세 현수 교이고, 그날 우지에 나들 이 나온 동급생들은 우지 역에서 우선 유명 사찰인 뵤도인(平等院)을 견학하 고 거기에서 우지강을 거

현재도 우지강에 있는 아마가세 현수교

슬러 올라가 아마가세 현수교에 도착한 것이었다. 당시에 이 현수 교는 설치된 지 얼마 되지 않은(1942년 가교) 새로운 명소였다. 그 뒤 강가의 자갈밭으로 내려가 반합에 밥을 지어 점심을 먹고 편히 쉬면서 이야기를 나누었다. 사실 그날 소풍은 조선에서 온 유학생 '히라누마 씨'가 고향에 돌아가기로 결정함에 따라 송별회의 의미 로 간 것이다. 역시 그런 이유가 있었기에 항상 가장자리에 있던 윤 동주가 사진의 가운데에 찍히게 된 것이다.

그제야 당시 학생들의 목소리가 사진 속에서 들려오는 듯했다. 싱그러운 신록에 빛이 반짝이는 초여름의 그날, 학생들은 기념사진 을 찍기 위해 현수교 중간쯤에 모두 모였다. 윤동주가 끝 쪽에 눈에 띄지 않게 서려는 것을 보고 카메라를 든 남학생이 소리친다.

"히라누마 군, 오늘은 자네가 주인공이잖아. 자네가 가운데지."

그러면서 그는 억지로 '히라누마 군'의 손을 잡아 중앙으로 이끈 다. 한술 더 떠서 두 여학생들에게도 외친다.

"여학생들, 거참, 히라누마 군 옆으로 와!"

초여름 햇살에 밝은 목소리가 들뜬다. 재촉을 받은 여학생들이

'히라누마 씨'의 왼쪽 옆으로 나란히 선다. 그 볼은 발그레 홍조를 띠었을까? 익숙하지 않은 위치에 선 윤동주도 동급생들의 두터운 정에 감사하며 역시 볼이 불그스레 물들었을지도 모른다.

1943년 초여름에 찍힌 이 사진은 지금으로서는 일본에서의 유일한, 그리고 생전 최후의 사진이 된다. 일본인 동급생들은 '히라누마 도주'라는 이름으로 불린 유학생의 본명도 모르기는 했지만, 그를 위해 송별 소풍을 마련하고 사진 촬영 때는 그를 주인공으로 중앙에 세운 것이다. 여기에서는 의심할 여지 없는 우정을 엿볼 수 있다. 민족의 벽을 넘어 서로 통하는 마음이 있었기에 이날의 소풍이 되고 사진이 되었다.

미국과의 전쟁이 시작된 지 이미 1년 반 정도가 지나고 있었다. 개전 초기에는 일본군의 진격이 눈에 띄었으나, 전년 6월 5일 미드웨이 해전에서 참패한 이후 형세가 역전되어 전쟁은 수렁에 빠지고 있었다. 부족한 병력을 보충하기 위해 문과계 대학생들에게 소집 명령이 내려져 학도 출정이 시작된 것은 그해 가을부터였다. 영어 영문학과 학생들이 우지에서 놀았던 이 초여름의 하루는 시대의 무겁고 두터운 암운 틈에 비친 햇살에 반짝이는 한 줌 평화로운 휴식의 날이었다. 모리타의 집에는 남학생들이 학도 출정에 즈음해 모두가 함께 쓴 문집이 남아 있었는데, 그중에는 우지에서의 소풍이 얼마나 즐거웠는지 회상하는 글도 엮여 있었다. 우지행은 다른 학생들에게도 잊지 못할 추억이 되었던 것이다.

윤동주가 중앙에 선 것과 더불어 주목해야 할 것은 사진이 찍힌 시기다. 남학생들은 모두 긴 소매의 학생복을 입고 있지만 기타지

　　　　　　　　　　　　　생명의 시인 윤동주

마는 반소매 원피스를 입고 있다. 남학생 중에는 더위 때문인지 학생복 상의 단추를 풀고 있는 사람도 있다. 정확한 시기를 산정하는 것은 불가능하지만, 아마도 5월에서 6월의 일이었으리라고 생각된다. 중요한 것은 이 시점에 윤동주가 이미 귀국을 결심했다는 사실이다. 학생들은 전시의 변

우지강에서 찍은 또 다른 사진

칙적 조치 때문에 전년도인 1942년 10월부터 영어영문학과에 입학해 면학을 시작했다. 윤동주는 1년간 도시샤에서 배운 것으로 일단락을 짓고 귀국하기로 결정했다. 학기가 꽤 남아 있던 초여름에 이미 귀국을 결심했던 것이다.

기타지마의 앨범에는 이날 우지에서 찍은 또 하나의 사진이 남겨져 있었다. 강가에서 반합에 밥을 지을 준비 또는 뒷정리를 하고 있는 듯한 모습이 담겨 있는데, 아쉽게도 윤동주는 보이지 않는다. 현재는 현수교의 상류 약 700미터 지점에 아마가세 댐이 건설되어 강가의 자갈밭 모습도 변해버렸으나, 아마도 윤동주와 그 일행이 내려온 곳은 다리에서 댐 가까이까지 올라간 곳인 것 같다.

사진이 나옴으로써 기타지마의 기억도 점차 세밀해졌다. 그에

따르면, 윤동주는 이날 점심식사를 한 후에 급우들의 부탁대로 강가에서 조선 민요 〈아리랑〉을 모국어로 불렀다고 한다. 송별 소풍이었다고 한다면 주인공인 '히라누마 군'이 노래 한마디 선보이는 것은 당연한 절차였으리라. 〈아리랑〉을 부른 것은 고국의 노래를 불러달라는 학우들의 요청이 있어서였는지도 모르고, 혹은 조선에서 온 유학생으로서 귀국 인사로 들려줄 노래로는 민족을 대표하는 노래가 어울린다고 생각해서였는지도 모르겠다.

윤동주와 마찬가지로 북간도 출신이자 연희전문학교 후배인 장덕순의 증언에 따르면, 윤동주가 가장 좋아했던 노래는 미국 흑인 작곡가 제임스 블랜드(James A. Bland)의 〈내 고향으로 날 보내주(Carry Me Back to Old Virginia)〉였다. 서울 하숙집에서도 혼자서 자주 흥얼거리고 멜로디를 휘파람으로 불기도 했다. 그러나 우지의 송별 소풍에서 윤동주는 이 애창곡이 아니라 모국을 대표하는 민요인 〈아리랑〉을 불렀다. '히라누마 도주', '히라누마 씨'라는 일본 이름으로 불리고 있었어도 그는 어디까지나 조선의 학생이었다.

덧붙여 말하면 〈아리랑〉을 조선어로 부르는 행위는 당시에 이미 공적인 장소에서는 허용되지 않았다. 1940년 교토의 조선인유학생회 위원장을 맡았던 양인현(나중에 윤동주와 마찬가지로 후쿠오카 형무소에서 복역)은 민족문화운동의 일환으로 일본에 와 있던 파리 거주 조선인 무용가 조택원에게 요청해 교토에서도 공연이 열렸지만 조선의 전통의상을 입고 춤을 추는 것은 허용되어도 조선어로 노래하고 연기하는 것은 허용되지 않았다고 한다. 그런 시국을 고려한다면 윤동주와 그를 둘러싼 도시샤 학생들이 취한 태도, 열린 정신

생명의 시인 윤동주

을 생각할 수밖에 없다. 그곳은 시국의 강요된 폐색에서 벗어난 자유롭고 개방적인 시간과 장소였던 것이다. 민족의 노래를 부른 윤동주는 그 위험성을 인식하고 있었을까? 아무 걱정 없는 일본인 동급생들의 웃는 얼굴 앞에서 그는 조선어로 〈아리랑〉을 불렀다.

"아리랑 아리랑 아라리요 아리랑 고개로 넘어간다……"

윤동주의 노랫소리는 초여름의 수면을 타고 신록의 골짜기까지 울려 학우들의 가슴에 절절히 스며들었다. 노래를 부르는 당사자는 물론, 노랫소리를 둘러싸고 있던 그 누구도 예상할 수 없었겠지만, 그날부터 윤동주가 체포될 때까지는 불과 1~2개월밖에 남지 않았다. 남학생들이 학도 출정으로 총을 들고 전쟁터로 떠나야만 했던 시기까지도 반년 정도밖에 남지 않았던 것이다.

4. "그런 마음이 아닙니다!": 교수 집에서의 작은 '사건'

윤동주와 함께 배운 또 다른 여학생, 모리타 하루도 교토에서의 윤동주를 알 수 있는 중요한 증언이 되는 '히라누마 씨'의 추억을 갖고 있었다. 그것은 영어영문학과 주임 교관이었던 우에노 나오조(上野直藏)의 자택에 학생들이 다과회인가 어떤 일로 모였을 때, 우에노 교수와 '히라누마 씨' 사이에 민족적 사안을 둘러싸고 격한 말이 오갔다는 것이다. 윤동주가 교수의 말에 대해 "나는 그런 마음으로 이 학교에 와 있는 것이 아니다"라고 호소했다고 한다. 언쟁이 있었던 것은 아주 짧은 시간이었고 교수가 화제를 돌려서 '사건'은 바로 수습되었으나, 평소 조용하던 '히라누마 씨'가 그때는 가만있지 않고 소리를 높여 반론했기 때문에 모리타 하루는 놀라 그 장면을 오래 기억하게 된 것이다.

같은 '사건'을 말하는 것이라 여겨지는 또 다른 증언자가 나타났다. 모리타 요시오(森田義夫)는 윤동주와 도시샤의 영어영문학과에서 배운 동급생으로 우지 소풍에도 함께했다. 내가 처음에 전화로 물었을 때는 조선인 유학생에 대해 잊고 있었지만 점차 기억이 되살아났다고 훗날 연락을 준 것이다. 그의 회상에 따르면, 모임에서 학생들이 한 명씩 일어나 인사했는데 그때 조선인 유학생이 "제군들에게는 죽음을 걸고 지킬 조국이 있다. 그러나 나에게는 지켜야 할 조국이 없다"와 같은 취지의 발언을 해서 순간 자리가 어색해졌는데, 우에노 교수가 그를 딱 제지했다. 돌아가는 길에 모리타는 그 유학생의 어깨를 감싸 안고 위로하면서 돌아왔다는 것이다.

모리타(본성 사와다) 하루와 모리타 요시오의 위와 같은 증언으로 밝혀졌듯이, 그날 윤동주와 우에노 교수 사이에 민족적인 문제를 놓고 어떤 충돌이 있었던 것은 분명하다. 그 시기를 놓고는 한동안 기억이 흔들리고 있다가 곧 학기 말쯤으로 압축되었다. 여름방학에 들어가기 전에 교수 집에서 학생들이 다 함께 모임을 갖게 된 것이다. 윤동주 입장에서 보면 드디어 다가온 귀국을 앞두고 교수에게 마지막 인사를 한다는 마음이 있었는지도 모르겠다.

이러한 정황증거를 얻어 1994년 당시, 필자는 그날의 '사건'을 다음과 같이 추측했다. 즉, 망국의 비애를 한탄하는 윤동주의 감정이 바탕에 있고, 그것이 어떤 계기로 '대동아공영권'과 '성전(聖戰) 완

생명의 시인 윤동주

수' 등 국수주의적 시국의 분위기를 접하면서, 여느 때는 억누르고 있었던 민족 감정이 한꺼번에 분출된 것이리라고 생각한 것이다. "나는 그런 마음으로 이 학교에 온 것이 아니다"라는 윤동주의 반론은 대일본제국이 내세우는 이데올로기에 가담하지 않겠다는 저항의 선언이나 다름없다. 그러한 문맥에서 모리타 하루의 인터뷰를 방송에서도 사용했었다.

기본적으로 그 해석은 타당했다. 그러나 이 '사건'에는 좀 더 심원하고 미묘한 뉘앙스가 엿보인다. 그 사실을 깨닫게 된 것은 방송이 끝나고 15년 뒤, 오랜만에 만난 모리타 하루가 다음과 같은 증언을 덧붙여주었기 때문이다.

"이제는 말해도 좋을 것 같습니다만, 그때 우에노 선생님은 '스파이'와 같은 심한 말을 사용했었습니다. 정확히 '스파이'라는 말은 아니었지만, 그와 유사한 말이었습니다. 스파이 활동을 하고 있다는 그런 표현이었다고 생각됩니다."

모리타 하루가 그동안 우에노 교수의 말에 관해 명확히 언급하는 것을 피했던 것은 처음에는 기억이 애매모호했던 이유도 있었지만 기억이 되살아난 이후에는 은사에 대한 원려(遠慮) 때문이었을 것이다. 그러나 역사의 기록으로 정확한 증언을 남기고 싶다는 생각에 공적인 자리에서 말해야겠다고 결심한 것이다. 이 새로운 증언을 접함으로써 내 안에 교토 시절 윤동주의 이미지는 한층 더 명확한 윤곽선이 그려졌다.

모리타 하루의 새로운 증언에서 눈여겨봐야 할 점은 두 가지로 생각된다. 한 가지는 왜 우에노 교수가 윤동주에 대해 '스파이'와 비슷한 심한 말을 던지게 되었는가라는 문제다. 우에노 나오조는 전문 영문학 연구에서도 몇 가지 중요한 업적을 남겼을 뿐 아니라 전후에 도시샤대학 총장까지 지낸 인망이 두터운 학자였다. 그런 인물의 입에서 '스파이'와 비슷한 말이 나왔다는 것은 심상치 않다. 단순한 민족 차별과 같은 감정으로는 등장할 수 없는 수사법인 것이다.

나는 이 심상치 않은 사태가 발생한 이유를 우에노 교수가 경찰에게서 어떠한 정보를 들었기 때문이라고 추측한다. 그 배경으로 볼 만한 것은 윤동주의 사촌 송몽규의 존재와 그 경력이다. 1935년부터 1936년까지 송몽규는 고향인 북간도를 떠나 중국 난징과 지난(済南)에 가서 현지에 있던 독립단체에 들어가 활동한 바 있다. 그런 경력 때문에 귀향 후에는 계속 경찰의 요시찰 인물이 되었다.

그런 '위험인물'과 가까운 친척으로서 항상 행동을 함께하는 조선인 유학생이 영어영문학과에 있다. 곧 체포될 가능성이 크다. 영어영문학과 주임 교관으로서도 충분히 주의해주었으면……. 그런 식으로 경찰로부터 이야기를 들었다면, 우에노 교수는 단순한 놀라움을 넘어 틀림없이 자신의 신변뿐 아니라 학교 운영에 대한 위협까지도 느꼈을 것이다. 그렇지 않아도 '적성언어(敵性言語)'로 알려진 영어를 가르치며 세간의 냉대를 받고 있다. 이를 계기로 영어영문학과가 권력에 의해 전멸당할지도 모른다……. 이런 위기감을 안고 있었기에 '스파이' 운운하는 욕설과 다름없는 비난이 말로 나온 것이라고 여겨진다.

이 일은 또한 그 작은 '사건'이 언제 일어났는지 시기를 특정하는

생명의 시인 윤동주

것과도 관련된다. 그때가 학기가 끝나고 나서부터 여름방학 전까지일 것이라는 점은 과거 학생들의 증언을 통해 파악되었다. 그러나 '스파이' 운운하는 말까지 나왔다고 하면 시점을 더욱더 압축해 볼 수 있을 것이다. 송몽규가 체포된 때가 7월 10일이니 '사건'이 있었던 것은 그날과 아주 가까운 날이 아닐까? 윤동주가 체포된 것은 같은 달 14일이므로 어쩌면 교수 집에서의 모임은 송몽규 체포 직후였을 가능성도 있어 보인다. 어쨌든 요시찰 인물이던 송몽규를 추적하는 과정에서 윤동주에게도 혐의가 쏠리면서 체포에 이르기 직전의 긴장이 상당히 고조된 상황이었던 것은 틀림없다.

그리고 또 한 가지, 무엇보다 중요한 윤동주의 마음속 생각도 심원하고 복잡한 양상을 보이게 된다. 모리타 하루의 새로운 증언에 따르면, 국수주의적인 말에 민족주의자인 윤동주가 반발·대립했다는 내용은 1994년 취재 시에 파악된 구도와는 양상이 약간 달라진다. "그런 마음으로 학교에 온 것이 아니다"라는 윤동주의 말 앞에 놓였던 것은 교수가 던진 "스파이 활동을 하고 있다"라는 한마디였다. 그렇다면 윤동주는 스파이 활동을 하기 위해 학교에 온 것이 아니라고 반박한 것이 된다.

하지만 얼마 뒤 윤동주는 체포된다. 독립운동에 따른 치안유지법 위반에 해당되었다. 윤동주의 진의가 어디에 있었는지, 그곳에 다가가려면 그를 붙잡아 감옥에 보낸 측 자료와의 비교 검토가 필요해진다. 경찰과 사법 당국이 재정한 윤동주의 기록이, 얼핏 동떨어져 보이는 도시샤대학 영어영문학과 일본인 학생들이 회상한 '히라누마 씨'의 기억과 어떻게 얽히고 겹치는지, 이에 대한 고찰을 거

처야만 교토 시절 윤동주의 실상이 비로소 입체적으로 떠오르게 될
것이다.

5. 윤동주, 교토에서의 9개월

　당국이 윤동주에게 어떤 죄를 묻고 어떤 판결을 내렸는지, 그 자
료로 남은 것은 내무성 경보국 보안과가 발행한 ≪특고월보(特高月
報)≫ 1943년 12월분에 실린 「재교토 조선인 학생 민족주의 그룹
사건 책동 개요」와 교토지방재판소에서 작성한 윤동주, 송몽규 각
각의 판결문이 기본이 된다. ≪특고월보≫는 송몽규를 사건의 주
범으로 설명하고 그 사상 내용과 행동 지침을 밝히고 있지만, 교토
에서 언제 어떤 일을 했는지 각각의 구체적인 사실에 관해서는 판
결문 쪽이 더 상세하다.

　윤동주에 관한 글에서 한글로 시를 쓴 것이 죄가 되었다는 내용
을 가끔 접하게 되는데, 경찰과 사법기관에 남은 자료에 따르면 이
는 바르지 않다. 세 가지 자료 중에 한글로 된 시 쓰기를 언급한 부
분은 한 군데도 없다. 사건의 핵심이 된 것은 독립을 위해 조선에서
의 징병제 시행을 역으로 이용하는 무장봉기론이었는데, 이는 아무
리 봐도 송몽규가 주체가 되어 부르짖고 윤동주는 열심히 논리를
펴는 송몽규 옆에서 수긍하며 앉아 있었다고 생각된다. 실제로 무
기를 들고 행동을 일으킨 것도 아닌데 논의를 한 것만으로 체포와
수감에 이르고 나아가 두 청년을 옥사로 내몬 당시 치안유지법의

무도함은 논할 필요도 없으나, 여기에서는 일단 그곳에 발을 들여놓지 않고 윤동주의 행동에 대해 허심탄회하게 살펴보고자 한다.

판결은 양쪽 모두 징역 2년이었다. 다만 윤동주에게만 미결 구류 120일 산입이 선고되었다. 즉, 2년에서 120일을 뺀 약 1년 8개월을 징역형으로 복역해야만 했던 것이다. 이해하기 어렵게도 판결문 내용은 윤동주의 것이 송몽규의 것보다 2할 가까이 길다. 판결 이유 설명에서는 문제가 된 행동의 세부 사항을 추적해 윤동주 쪽에 좀 더 많은 행동 기록을 남긴다. 아마도 구형과 관련해 윤동주의 '문제행동'을 추가적으로 열거하지 않고는 송몽규와 같은 죄를 묻기가 어려웠기 때문으로 여겨진다. 다만 그에 따라 윤동주가 교토에서 한 행적이 어느 정도는 남게 된 역설적인 결과를 가져왔다.

윤동주와 송몽규의 판결문에서 각각의 행적을 연표로 정리하고 거기에 교토 시절의 윤동주를 아는 사람들의 기억을 덧붙여 종합적으로 당시의 윤동주에게 다가가 보고자 한다. 판결문은 죄가 된 몇몇 '문제행동'을 'ㅇㅇ에 대해서'라고 대상이 된 사람마다 분류해 기록하고 있으므로 이를 전체적으로 시계열적으로 나열하는 것만으로도 상당히 인상은 달라진다. 여기에 도시샤대학 동급생들의 기억을 덧입히려고 하는데, 또 다른 한 사람, 당시 윤동주를 아는 한국인의 기억도 덧붙이고 싶다.

철학박사 안병욱. 전시에 도쿄의 와세다대학에 유학했던 안병욱은 친한 친구였던 릿쿄대학 백인중에게서 어느 날 연락을 받고 다카다노바바(高田馬場)에 있는 하숙집을 방문했다. 그곳에는 교토에서 온 윤동주와 송몽규가 있었다. 첫 대면이었지만 안병욱은 함께

다케다 아파트

묵으면서 4일 동안 연일 조선의 현재 상황과 장래에 관해 이야기를 나누었다. 문학 이야기도 하고 베토벤 등 고전음악 음반도 들었다.

안병욱은 이를 1943년 1~2월 무렵이라고 회상했다. 하지만 판결문에 따르면 송몽규는 질병 요양을 위해 4개월간 귀성했는데, 이는 일련의 행동 기록에서 1942년 12월 초순 이후, 1943년 4월 중순 사이가 아니면 성립하지 않는다. 따라서 안병욱이 기억하는 시점은 조금 뒤로 조정할 필요가 있다. 도쿄에서의 회합은 송몽규가 귀성 중에 알게 된 최신의 조선 사정을 보고한 것이었을 테니 빨라야 3월 말, 어쩌면 4월이었을 가능성이 높다.

이상과 같은 점을 바탕으로 교토 시절의 윤동주의 사적을 시계열적으로 정리해보자. 행동 내용의 끝부분에 괄호로 장소를 기록했는데, 그 뒤에 붙인 로마자는 다음과 같은 구분을 나타낸다. 윤동주를 주어로 하는 단독 기록은 'Y'로, 송몽규 단독 기록은 'S'로, 윤동주가 송몽규와 함께 나온 기록은 'YS'로 한다. 또한 장소로 자주 등장하는 '다케다 아파트'는 교토 시내 다나카다카하라정(田中高原町)에 있던 윤동주의 하숙집이다. 판결문에 몇 번인가 등장하는 '시라노 기요히코(白野聖彦)', '마쓰바라 데루타다(松原輝忠)'는 조선인 유학생으로, '시라노 기요히코'는 윤동주보다 1년 반 전부터 도시샤의 영어영문학과에서 배우고 훗날 미국 예일대 교수가 된 장성언(張聖彦)으로 추정된다. 고희욱은 교토의 삼고(三高: 제3고등학교)에 유학 중이었으며, 송몽규와 같은 하숙집에서 살고 있었다. 윤동주와 같은 날인 7월 14일에 체포되었으나 불기소되었다.

1942년

10월, 도시샤대학 영어영문학과에 선과생으로 전입학함. (Y)

11월 하순, 시라노 기요히코에게 조선어학회 사건에 관해 비판함. (다케다 아파트에서 Y)

12월 초순, 시라노 기요히코에게 개인주의 사상을 배격해야 한다고 강조함. (긴카쿠지 부근 거리에서 Y)

12월 초순, 송몽규가 동숙하던 고희욱에게 새로운 독립운동에 관해 말함. (송몽규 하숙에서 S)

이후, 송몽규가 질병 요양차 4개월 정도 귀성해 조선의 사정을 살핌.

1943년

정월, 교토를 찾아온 윤영춘에게 프랑스 시에 대한 열의를 토로함. (Y)

시기불명, 프랑스어 수업에서 "둘뿐이면 틀렸을 때 부끄럽습니다"라고 말함. (Y)

2월 초순, 마쓰바라 데루타다에게 조선에서의 조선어 과목 폐지를 비판함. (다케다 아파트에서 Y)

2월 중순, 마쓰바라 데루타다에게 학생의 취직 상황에서의 내선 간 차별에 대해 지적함. (다케다 아파트에서 Y)

3월 말 또는 4월, 송몽규와 함께 상경해 백인준과 회합함. 안병욱도 참가함. (도쿄의 백인준 하숙에서 YS)

4월 중순, 송몽규에게서 조선 만주의 상황을 들음. 징병제에 관해 논함. (송몽규 하숙에서 YS)

4월 하순, 백인준이 도쿄에서 교토를 방문함. 송몽규까지 동참함. 조선 징병제를 비판하면서 이를 무장투쟁을 위한 계기로 삼아야 한다고 강조함. (교토의 야세 유원지에서 YS)

5월 초, 시라노 기요히코에게 조선 고전예술의 탁월함을 말함. (다케다 아파트에서 Y)

5월 또는 6월, 도시샤 영문과 학생들과 우지로 송별 소풍을 떠남. 기념사진을 촬영함. (우지에서 Y)

5월 하순, 마쓰바라 데루타다에게 전쟁을 조선 독립과 관련해 고찰해야 한다고 지적하고 일본 패전을 기해야 한다는 견해를 피력함. (다케다 아파트에서 Y)

6월 하순, 송몽규가 고희욱에게 태평양 전쟁 종결과 조선 독립을 논함. (송몽규 하숙에서 S)

6월 하순, 송몽규로부터 찬드라 보스 같은 독립운동가에 대한 대망론을 들음. 송몽규가 조선 독립 달성을 위해 궐기해야 한다고 격려함. (다케다 아파트에서 YS)

6월 하순, 시라노 기요히코에게 미시나 아키히데(三品彰英)의 『조선사 개설』을 빌려줌. (다케다 아파트에서 Y)

7월 초부터 중순, 우에노 교수 집에서 스파이라는 말을 듣고 "그런 것이 아니다"라고 반박함. (Y)

7월 10일, 송몽규 체포됨.

7월 중순, 마쓰바라 데루타다에게 문학은 민족의 행복에 입각해야만 한다는 민족적 문학론을 폄. (다케다 아파트에서 Y)

7월 14일, 윤동주 체포됨. 고희욱 체포됨(후에 불기소).

6. 교토에서 무슨 일이 있었나

판결문에서 '죄상(罪狀)'이 된 행위는 기본적으로는 하숙집 등에서 동포 유학생과 논의한 일에 지나지 않는다. 당국이 그것을 '조직활동[오르그활동(オルグ活動)]'이라고 판단한 것으로 보이지만, 정치운동으로서의 조직성이나 활동성은 미미하다. 1943년 봄에 조선의 근황을 보고 온 송몽규와 함께 윤동주가 도쿄로 백인준을 찾아갔고, 얼마 지나지 않아 이번에는 백인준이 교토로 찾아와 이야기를 한 대목이 약간의 조직성, 활동성을 띠는 부분이지만, 안병욱의 증언으로는 음악을 듣기도 했으므로 정치색만을 띤 것은 아니다. 정치도 포함해 고국의 정세와 미래상을 나눴다는 것이다.

1943년 3월 2일, 조선에서는 병역법 개정이 발표되면서 이전에는 지원병제에 한정되었던 조선인들에게 본토의 일본인과 같은 징병제에 따른 병역 의무가 부과되었다. 귀성 중에 이러한 법 개정 공포를 접한 송몽규가 교토에 돌아오자마자 징병제 문제를 중심으로 논한 것은 당연한 것이었다. 또한 송몽규는 식민지 사람들에게까지 징병제를 실시해야 했던 일본의 절박한 상황을 냉정하게 분석해 패전이 멀지 않았다고 인식하기에 이르렀다. 물론 일본 패전의 그날에 조선은 독립의 비원(悲願)을 이루게 된다. 이렇게 1943년 봄 이후 송몽규를 중심으로 한 그들의 모임에서는 징병제 문제와 독립을 위한 논의가 갑자기 활발해진다. 다만 송몽규가 조선인을 대상으로 징병제에 대한 단순한 비판을 넘어, 장기의 말을 한 칸 전진시키듯 징병제를 역으로 이용한 무장봉기론으로 나아감으로써 (이는 그 나름대로 송몽규의 탁월한 총명함을 나타내는 것이지만) 경찰로서는 '위험 구역'에 들어갔다고 판단해 검거에 이르렀다고 생각된다. 구체적으로 무장봉기 계획을 추진한 것은 아니었더라도 일본 당국의 눈에 그 논의는 충격적인 위험 사상으로 비친 것이었다.

이런 논의가 전개되는 가운데 윤동주도 귀국을 결정했다. 판결문에서는 5월 하순에 윤동주가 동포 유학생 마쓰바라 데루타다에게 전쟁의 앞날과 조선 독립을 관련지어 논하면서 일본 패전을 기했다고 말한다. 이는 우지행 소풍과 시기적으로 상당히 가까운 때에 이뤄진 일이었을 것이다. 소풍이 귀국을 결정한 송별회의 의미를 가지고 있었던 점을 고려하면, 윤동주의 귀국 결심은 아무래도 일본의 패전을 예측한 것이었다고 보인다.

다만 판결문을 정독해도 윤동주가 했던 말에 무장봉기론은 없다. 4월 중순과 하순 그리고 6월 하순에 송몽규는 조선 징병제를 논하면서 이를 무장투쟁으로의 계기로 삼아야 한다는 견해를 밝혔지만, 송몽규가 없는 자리에서 윤동주는 무장투쟁에까지 발을 디디지 않았다. 여기서, 어릴 적부터 친했던 사촌이자 친구이기도 했던 두 사람의 미묘한 차이를 엿볼 수 있다.

여기까지 이해되었을 때, 교수 집에서 말한 "그런 마음이 아니다"라는 반론의 진의가 겨우 보인다. 심한 말을 주고받은 것은 아주 잠시 동안이었다고 하지만, 윤동주의 기분을 알기 쉽게 말한다면 아마도 이런 것이 아니었을까?

"나는 스파이를 하려고 일본에 온 것이 아니다. 여기서 배우고 싶다는 마음은 진지한 것이다. 일본인에게 칼을 겨누고 적측과 통해 일본의 멸망을 책동하려는, 그런 목적을 위해 교토에 있는 것이 아니다. 그렇기 때문에 일본인 동급생들과 소풍도 갔다. 교수의 집에도 이렇게 함께 찾아온 것이다. 그러나 이런 일본이라면, 지금과 같은 일본이 계속된다면, 일본은 스스로 망하게 된다. 그때 조선은 독립한다. 그렇기에 나는 그날을 대비해야 한다. 새로운 조선을 위해 자신은 문화의 밭에서 힘을 다해야 한다. 그것은 '남의 나라'로 유학까지 와서 배운 조선 지식인 청년으로서의 사명이다……."

한 가지 더 주목해야 할 점이 있다. 7월 중순에 윤동주가 마쓰바라 데루타다에게 문학은 민족의 행복에 입각해야 한다는 민족적 문학론을 폈다고 되어 있는데, 그 시기를 주의해서 살펴볼 필요가 있다. '중순'은 10일부터 20일까지를 말한다. 송몽규가 체포된 것이 7월 10일이다. 따라서 윤동주가 민족적 문학론을 말한 것은 아마도 송몽규가 체포된 다음의 일일 것이다. 윤동주가 과연 송몽규가 체포된 사실을 알고 있었을까 하는 의문마저 든다. 바로 피신했더라면 자신은 체포를 면했을지도 모른다. 반대로 자신에게 소리 없이 다가오는 경찰의 마수를 예감했더라면 마쓰바라 데루타다에게 말한 것은 '유언'으로서 한 말로 볼 수 있다.

과격한 민족주의 색으로 칠하는 것밖에는 '죄'를 물을 방법이 없었기에 경찰과 사법 당국은 어디까지나 민족적 문학론을 강조했다. 그러나 필자에게 인상적인 것은 '유언'이 되어버린 최종 논의가 문학에 관한 것이었다는 점이다. 윤동주는 '문학이란 무엇인가'라는, 시인이자 소설가이자 문학자로서의 출발점이며 결승점이기도 한 영원한 명제에 대해 말했던 것이다. 당국이 억지스럽게 정리한 판결문에 의해서조차 윤동주는 끝까지 문학의 사람이었다.

이때, 예컨대 장 콕토의 이야기는 나오지 않았을까? 새로운 조선의 건설을 향한 청년 문화인으로서의 사명과 프랑스 현대 시에 이끌린 시인의 창조적 영위를 어떻게 융합하고 어떤 시 세계의 우주를 열고자 했던 것일까? 귀국을 결심했던 교토 시절 말기, 윤동주가 도달한 경지에 대한 궁금증이 그치지 않는다.

너무나 안타까운 점은 교토 시절에 쓴 시 작품이 하나도 남아 있지 않다는 것이다. 릿쿄 시절의 시는 「쉽게 씌어진 시」를 포함해 다섯 편이 서울의 친구 강처중에게 보내져 간직되었다. 하지만 교토 시절의 작품은 어떤 시였는지 단서조차 없다. 1994년 취재 당시 윤동주를 체포한 시모가모(下鴨) 경찰서에 조사를 신청했지만, 유고를 비롯한 자료는 아무것도 남아 있지 않다는 답변을 받았다. 민족주의가 노골적이고 반일·항일적인 기분을 부추기는 것이었다면,

생명의 시인 윤동주

경찰은 시를 간과하지 않았을 것이다. 문학과 인연이 먼 형사가 틀림없이 일본어로 번역시켰을 시는 치안유지법 위반으로 물을 만하지 않다고 판단된 것으로 보인다. 역설적이기는 하지만, 그렇기 때문에 더욱 도달점으로서의 그 시를 알고 싶다. 교토에서의 나날, 윤동주의 시는 쉽게 씌어진 것이었을까?

판결문에 '시라노 기요히코'라는 이름으로 등장한 장성언의 행방을 어렵게 수소문한 끝에 그가 뉴욕 교외에 살고 있다는 것을 알아내 연락을 취했지만, 자신과 관련된 윤동주의 '죄상 행위'에 관해서는 조금도 기억이 없다고 했다. 『조선사 개설』을 건네받았던 것도 기억하지 못했고, 원래 윤동주와는 학교 내에서 이따금 보는 정도였을 뿐 정치적 이야기는 나눈 적이 없다는 것이다.

다만 한 가지만은 그의 기억에 뚜렷이 남은 일이 있었다. 그것은 1943년 여름방학 때 조선까지 함께 귀성하기로 해서 같은 기차를 타기 위해 약속한 교토역에서 윤동주를 기다렸다는 기억이었다. 하지만 윤동주는 나타나지 않았고, 어쩔 수 없이 장성언은 홀로 기차를 탔다. 아마도 체포된 날 또는 그다음 날의 일이었을 것이다.

당국에 의해 귀국을 저지당해 기차를 탈 수 없었던 윤동주. 그가 서쪽으로 향하는 기차를 타게 된 것은 1944년 봄, 형이 확정되고 후쿠오카 형무소로 향하던 때였다. 하지만 여명의 날을 믿고 조국 조선으로 돌아가려던 그의 계획은 영원히 이뤄질 수 없었다.

＊ ＊ ＊

　윤동주가 일본에서 읊은 시 중에 현존하는 것은 불과 다섯 편으로, 그중 완전한 형태로 남은 최후의 시는 「쉽게 씌어진 시」다. 도쿄의 릿쿄대학 시절에 읊은 시이기는 하지만, 이국땅에서 배우는 고독한 심정, 그리고 기도하는 듯한 마음가짐은 교토에서도 변함없었을 것이다.

　전시하의 일본, 시대의 거악이 학창에까지 소리 없이 다가오는 숨 막히는 답답함 속에서 윤동주의 마음에는 이 시에 담긴 생각이 항상 반복되어 연주되고 있었을 것이다. 그것은 어느 초여름날 즐거운 마음으로 함께 소풍을 떠난 일본 동급생들에게는 결코 말할 수 없고 밝힐 수 없는 숨은 사정이었다.

쉽게 씌어진 시

窓(창)밖에 밤비가 속살거려
六疊房(육첩방)은 남의 나라,

詩人(시인)이란 슬픈 天命(천명)인 줄 알면서도
한 줄 詩(시)를 적어볼까,

땀내와 사랑내 포근히 품긴
보내주신 學費封套(학비봉투)를 받아

大學(대학) 노트를 끼고
늙은 敎授(교수)의 講義(강의) 들으러 간다.

생각해보면 어린 때 동무를
하나, 둘, 죄다 잃어버리고

나는 무얼 바라
나는 다만, 홀로 沈澱(침전)하는 것일까?

人生(인생)은 살기 어렵다는데
詩(시)가 이렇게 쉽게 씌어지는 것은
부끄러운 일이다.

六疊房(육첩방)은 남의 나라.
窓(창)밖에 밤비가 속살거리는데,

등불을 밝혀 어둠을 조금 내몰고,
時代(시대)처럼 올 아침을 기다리는 最後(최후)의 나,

나는 나에게 작은 손을 내밀어
눈물과 慰安(위안)으로 잡는 最初(최초)의 握手(악수).

제5장

후쿠오카 형무소, 최후의 나날 1

의문사의 진실을 찾아

너의 귀뚜라미는 홀로 있는 내 감방에서도 울어 준다.

고마운 일이다.

윤동주가 동생 윤일주에게 보낸 편지에서

1. 절망적인 '벽' 저편에

드디어 윤동주의 마지막 나날에 관해 써야 한다. 슬프도록 마음이 무겁다. 아픔 없이는 한 줄도 나아갈 수 없다. 27년이라는 짧은 생애의 최후. 게다가 통상의 죽음이 아니다. 후쿠오카 형무소에 수감되어 돌아갈 수 없는 사람이 된 것이다. 그 죽음에는 인체실험이라는 끔찍한 의혹까지 따라다니고 있다. 돌이킬 수 없는 상실, 한탄할 방법도 없는 희생…….

마음에 누름돌을 남기는 또 하나의 이유는, 이미 교토 시절부터 그러했지만, 시 작품이 하나도 남아 있지 않은 데에도 기인한다. 시인이란 천명이라는 것을 자각하고 있었던(「쉽게 씌어진 시」) 그 사람의 마지막을 말하는데 시는 단 한 편도 등장하지 않는다. 아무리 발버둥을 쳐도 시인의 마음에는 닿을 수가 없다. 시뿐만이 아니다. 그의 육성과 사람됨을 느낄 수 있는 기록, 기억이 전무에 가깝다. 이 점은 동급생들의 기억 속에 사람으로서의 온기를 갖고 살았던 교토 시절의 윤동주와는 천양지차다. 형무소라는 그야말로 세상과는 격리된 벽을, 그 절망적인 높이를 통감할 뿐이다.

이 시절 윤동주에 관한 윤동주다운 기억이라면, 동생 윤일주가 남긴 증언으로 형무소에서 고향의 가족에게 보낸 엽서에 "영일대조 신약성경을 보내주길 바란다"라고 부탁한 것(매달 한 번은 가족에게 엽서를 쓰는 것이 허락되었다. 그렇다 해도 검열을 받아 시꺼멓게 먹으로 지워진 부분도 적지 않았다고 한다)과 "붓 끝을 따라온 귀뚜라미 소리에도 벌써 가을을 느낍니다"라고 보낸 윤일주의 글월에 역시 엽서로 "너의 귀뚜라미는 홀로 있는 내 감방에서도 울어 준다. 고마운 일이다"라고 답장을 보냈다는 정도밖에 알려져 있지 않다.

그렇다 하더라도 객관적 사실을 가능한 한 추구해야 한다. 본인의 음성에 닿을 수 없다면, 주변 사정 파악에 힘씀으로써 마지막 날들의 실체에 다가갈 수밖에 없다. 윤동주가 수감되었던 1944년 봄부터 사망한 1945년 2월까지 후쿠오카 형무소는 어떤 상황이었는지, 의식주를 비롯해 생활환경은 어땠는지, 그 주위에는 어떤 복역수가 있었는지, 윤동주를 기억하는 사람은 정말로 없는 것인지, 그 존재를 기록하고 최후의 시간들을 말하는 공문서는 어디에도 없는 것인지, 일본에 없다면 혹시 전쟁이 끝난 뒤에 일본을 점령한 미군이 압수한 자료 속에 있지는 않은지…….

1944년 3월 22일, 교토지방법원에서 징역 2년형을 선고받은 윤동주는 후쿠오카 형무소로 보내졌다. 덧붙여 말하면, 교토대학에 유학했던 송몽규 역시 2년의 징역형 판결을 받고 같은 시기에 후쿠오카 형무소에 수감되었다. 후쿠오카 형무소 복역수는 전부 남성이었고, 윤동주, 송몽규와 같은 치안유지법 위반자(사상범)는 모두 북3사(北三舍)라 불리는 전용 감옥에 수감되었다. 후쿠오카 형무소에는 부지 북쪽에 부채꼴로 펼쳐진 세 동의 옥사동이 지어져 있었는데, 동측에서부터 각각 북1사, 북2사, 북3사로 불렸다.

옥사동은 모두 빨간색 벽돌로 지어진 2층 건물로, 북3사는 중앙 통로를 사이에 두고 양쪽으로 독방이 위치해 있었고 다른 복역수와의 접촉이 일체 금지되어 있었다. 접촉을 금지했기에 기본적으로는 일반 죄수처럼 복역 중에 노동은 시킬 수 없었다(다만 독방 내에

후쿠오카 형무소가 찍힌 항공사진으로, 사진 중앙부에 있는 건물이 형무소이며, 부채형으로 펼쳐진 옥사 중 좌측이 북3사다.

자료: 일본 국토지리원 지도·항공사진 열람서비스(http://mapps.gsi.go.jp/maplib Search.do?specificationId=208760)(1948년 4월 7일 미군이 촬영)

서 실내 작업이 주어지는 경우도 있었고, 이를 통해 출소 시에 받는 보수가 있었다). 철문으로 닫힌 좁은 감방 안에서 하루 종일 혼자 시간을 보낼 수밖에 없고, 독방을 나오는 것은 하루에 한 번 약간의 허용된 운동 시간과 일주일에 한 번 형무소 내 목욕실에 갈 때 정도로, 이

때도 죄수끼리 이야기하지 못하도록 엄격히 감시되었다.

형무소 내에서 입는 죄수복도 독방 수감자는 붉은색(감색)으로 일반 죄수가 입는 파란색 옷과는 확연히 구별되었다. 윤동주도 틀림없이 붉은색 옷을 입었을 것이다. 독방의 복역수들이 이름으로 불리는 일은 없었으며, 모두 각자에게 부여된 번호로 불렸다. 이름으로 불리지 않았으므로 복역수들의 존재가 주위에 노출되는 일은 드물었다. 독방 입구에는 '엄정독거(嚴正獨居)'라는 붉은 글씨로 적힌 푯말이 걸려 있었다고 하는데, 그야말로 엄격한 독거가 의무화된 완전히 폐쇄된 공간이었다.

2. 북3사의 '거주자'들

독방 복역수끼리 교제할 기회가 극단적으로 제한되었다고는 하지만, 우선 윤동주와 비슷한 시기에 후쿠오카 형무소 북3사에 수감되었던 사람을 한국인이든 일본인이든 가능한 한 찾기로 했다. 그 결과, 1994년 취재 당시 한국에서는 세 명, 일본에서는 두 명의 북3사 전 '거주자'를 만날 수 있었다. 양인현, 손시헌, 최도균, 그리고 야마나카 이치로(山中一郎), 구기미야 요시토(釘宮義人)다.

한국인 세 명은 윤동주와 마찬가지로 독립운동에 따른 치안유지법 위반으로 몰린 사람들로서, 양인현은 1943년 4월부터 1944년 9월 무렵까지, 손시헌과 최도균은 함께 1944년 4월부터 1945년 10월까지 후쿠오카 형무소 북3사에 수감되었다. 일본인, 조선인을 막론하고 1945년 8월 15일 종전까지 수감되었던 치안유지법 위반 수형자들은 기본적으로는 전후에도 여전히 2개월가량은 형무소에 유치되었다가 10월 10일 자로 전국에서 일제히 석방된다.

야마나카 이치로는 공산주의자로, 이전부터 형무소 입소와 퇴소를 반복했던 골수 운동가였다. 후쿠오카 형무소에는 1941년 12월에 입소해 전후에 석방되었다. 구기미야 요시토는 징병을 거부한 기독교인으로, 1944년 2월부터 1945년 1월까지 후쿠오카 형무소에서 복역했다. 애초에 처음 3개월 정도는 착오로 일반 죄수가 들어가는 잡거감방에 수감되었다가 그 후에 '정규' 북3사로 보내졌다고 한다.

이 다섯 명의 북3사 전 '거주자'들을 한 사람 한 사람 직접 만나 인터뷰했다. 인터뷰 기록은 지금도 모두 내가 가지고 있다. 하지만 결론부터 말하자면, 복역한 수형 시기가 일부 또는 전부 윤동주와 겹치는 전 '거주자'들은 직접적으로는 윤동주의 기억을 갖고 있지 않았다. 그만큼 독방 수형자는 죄수 간 접촉이 엄격히 금지되어 있었던 탓에, 사실 손시헌은 유학지였던 도쿄에서 최도균과 '나라당'이라는 항일민족운동단체를 조직해서 함께 싸운 사이이면서도 같은 후쿠오카 형무소에 최도균이 수감된 것을 모른 채 석방 때가 되어서야 비로소 과거의 동지가 가까이에 있었다는 사실을 알았다고 한다.

그렇기는 했지만 구기미야는 "너, 조선놈이지!"라는 교도관 또는 잡역부가 내뱉은 욕설이 복도에 울리는 것을 들은 적이 있다고 말했고, 윤동주 사후의 일이기는 하지만 야마나카는 1945년 6월 19

일 후쿠오카 대공습 때 피신했던 형무소 내 방공호에서 중국 한커우(漢口)에서 체포된 조선인 독립운동가와 함께 있었다고 했다. 서로 격리된 상황에 있었다고는 하지만 북3사에 조선인 복역수가 존재했다는 것 자체는 일본인 복역수에게도 자연스레 짐작할 수 있는 일이었다.

또한 1994년 취재 당시 이미 고인이었으나, 나는 전시 중에 후쿠오카 형무소 북3사에 수감되었던 또 다른 인물도 만났다. 요시다 게이타로(吉田敬太郎). 중의원 의원이었던 그는 국민에게 진실을 알리지 않은 채 무모한 전쟁을 수행하는 정부, 군부에 과감히 반대해 조언비어(造言蜚語)죄 외에 기타 죄가 적용되어 1945년 봄 후쿠오카 형무소에 수감되었다.

요시다는 전후에 목사가 되었고 그 후 사람들의 지지로 와카마쓰(若松) 시장이 되었는데, 1983년에 나는 그의 일대기를 다큐멘터리로 만들기 위한 취재에서 그를 만났고, 또 내가 윤동주에 관심을 갖게 된 이후, 아마도 1985년으로 기억하는데, 그를 다시 방문해 전쟁 말기 후쿠오카 형무소의 상황을 묻기도 했다. 요시다는 윤동주가 옥사하고 2개월 정도 후에 후쿠오카 형무소에 수감되었으므로 윤동주를 직접 알 리는 없었지만, 비참하기 그지없는 옥중 생활 속에서 기독교와 만나게 된 일을 중심으로 엮은 『너 복수하지 말지라(汝復讐するなかれ)』(キリスト教出版社, 1971)라는 작은 책자에 북3사의 옥중 모습을 구체적으로 기록했다.

책에서 요시다는 북3사의 수감자와 관련해 "같은 '엄정 독거'로 취급되었던 사람은 나 외에도 17~18명이 있었다. 한국인 한 사람,

생명의 시인 윤동주

기독교 목사 한 사람, 그 밖에 미국과 영국 병사 포로 등도 있었다"라고 썼다. 17~18명이라는 인원은 어디까지나 그의 신변에서 지각할 수 있었던 숫자일 뿐 북3사 전체를 들여다본 것은 아니었겠지만, 상호 접촉이 엄격히 금지되었다 하더라도 그 정도의 주변 상황은 자연히 눈에 들어왔을 것이다. 요시다에게도 한국인(조선인)의 존재는 가시적이었다.

또한 상기한 사람들 외에 재일 2세 르포작가 김찬정이 쓴 『저항시인 윤동주의 죽음(抵抗詩人尹東柱の死)』(朝日新聞社, 1984)에는 독립운동으로 후쿠오카 형무소에 수감되어 그곳에서 사망했다는 조선인 조금동에 관한 기술이 있다. 옥사한 것은 1945년 3월 10일이라고 되어 있으나, 윤동주에 관한 증언은 남아 있지 않다. 또한 이 책에는 공산주의 운동으로 후쿠오카 형무소에 수감되어 전후에 석방된 일본인 복역수 후쿠오카 준지로(福岡醇次郎)가 등장하는데, 그에게 윤동주에 대한 기억은 없었다고 한다. 내가 KBS와의 공동 제작으로 관계자들을 취재했던 1994년에 후쿠오카는 이미 고인이 되어 있었다.

또한 최도균의 증언에 따르면, 그는 도쿄에서 함께 체포된 '나라당'의 동지 박오훈을 교도소 내에서 지나는 길에 딱 한 번 본 일이 있었다. 엿보기만 했을 뿐 말도 걸지 못했는데 오랜만에 본 동지는 심하게 부어 보였다. 최도균에 따르면, 그 후 박오훈은 윤동주와 같은 무렵에 옥사했다.

수감된 이들뿐 아니라 수감한 쪽, 즉 교도관 등 후쿠오카 형무소에서 근무했던 사람들에게서도 북3사 '거주인'들에 대한 기억을 찾아보기로 했다. 그 결과 윤동주가 수감되었던 당시의 교도관 중에서 후루타 미노루(古田稔), 오쿠마 마사요시(大隈正義), 사카키 도모유키(榊朝之) 등 세 명을 만날 수 있었다. 후루타는 1940년부터 후쿠오카 형무소에서 교도관으로 근무했으며, 1945년 6월에 군에 소집되었다가 전후에 복직해 1947년까지 후쿠오카 형무소에서 일했다. 그 후에는 일본 전국의 형무소를 옮겨 다니다가, 1975년부터 2년 정도는 친정 격인 후쿠오카로 다시 돌아와 후쿠오카 형무소장으로 근무하기도 했다. 오쿠마는 1942년부터 후쿠오카 형무소에서 근무했으며, 1945년 7월에 군에 소집되었다가 전후에 복직해 1980년에 퇴직할 때까지 후쿠오카 형무소 한곳에서 줄곧 교도관으로 근무했다. 사카키는 1928년부터 후쿠오카 형무소에서 근무했으며, 전후 1년이 안 되어 퇴직하고 후쿠오카 시청으로 전직했다.

1994년에 이 전직 교도관들에게 확인한 바에 따르면, 독방이 있던 북3사에 수용되었던 사람들은 원칙적으로 다음과 같은 사람들이었다. ① 치안유지법 위반자로서, 구체적으로는 공산주의자나 천황제 이데올로기와 양립할 수 없는 종교인, 그리고 조선인을 비롯해 일본 통치에 반대하는 민족주의 운동가 등, ② 원래 일반 죄수였으나 형무소에서 문제를 일으켜 격리가 필요한 자, ③ 일반 죄수들과는 격리할 필요가 있는 특수한 복역수(서양인 등 외국인이나 정치인 등).

계속해서 교도관들에게 1944년부터 1945년까지 구체적으로 기억에 남는 북3사의 '거주인'에 대해 물어보았지만, 그들의 기억에 공통적으로 등장하는 것은 군법 위반 군인, 예컨대 중국 대륙, 특히

생명의 시인 윤동주

'만주' 방면에 주둔하던 중 어떤 죄를 지어 들어온 사람이나, 미국인 포로, 사상범으로 투옥된 좌익 인사와 국회의원 등이었다. 기본적으로 미국인 포로는 일본 각지에 설치된 포로수용소(POW)에 수용되었는데, 탄광 등 노동 현장에서 문제를 일으키거나 도망하려고 했을 때 형무소로 보내지는 경우가 있었다. 여기서 언급된 국회의원은 분명히 요시다 게이타일 것이다.

윤동주, 아니 당시에는 창씨개명을 한 일본 이름을 사용했던 '히라누마 도주'에 대한 기억은 없는지 집요하게 물어보았지만, 만족스러운 결과를 얻을 수는 없었다. 윤일주 등 가족의 증언에 따르면, 윤동주의 사후에 시신을 거두러 간 가족에게 윤동주가 절명 직전에 무언가를 조선말로 외쳤다며 그 최후의 모습을 알려준 교도관이 있었다는데, 그 일화를 던져보아도 반응은 없었다. 윤동주와 관련된 것 이외에도 북3사의 조선인 복역수에 대해 무언가 기억이 없는지 거듭 확인해보았으나, 확실히 조선 출신 복역수도 몇 명인가 있었다는 정도에 불과했다. 당시는 조선인 복역수라 할지라도 '일본인'으로 취급되었기 때문에 특별히 기억에 남지 않았다는 것이 전 교도관들의 이야기였다.

놀랍게도, 전 교도관들의 기억에 남는 형무소 내에 있었던 조선인의 이야기로 들어가자, 복역수가 아니라 전시 중에 고용되었다는 두 명의 조선인 직원(교도관)의 이야기가 나왔다. 미국과의 전쟁이 수렁에 빠져드는 동시에 탄광 등 일본 본토의 노동 현장에 많은 조선인이 보내졌는데, 이와 더불어 법에 저촉되는 행위를 저지르고 형무소에 수감되는 사람도 늘어났다. 그런 사람들 중에는 반드시 일본어에 능통하지 않은 이들도 있었기 때문에 조선인 교도관을 임시로 고용하게 되었다는 것이다. 다만 이것은 어디까지나 일반 죄수로서의 조선인 복역수를 관리하기 위해 고용된 것이며, 독립운동으로 북3사에 수감된 조선인은 모두 지식층으로 일본어에 불편함이 없었기 때문에 북3사에 한해서는 조선인 교도관을 둘 필요가 없었다. 또한 이 조선인 교도관들은 전후 퇴직하고 고국으로 돌아갔다고 한다.

3. 미국에 있는 자료 속 윤동주와 치안유지법 위반 수형자들

1994년 취재 시에는 살아 있는 증인을 찾는 것과 동시에 문서와 기록을 조사·발굴하는 데도 힘썼다. 당연한 일이지만 후쿠오카 형무소에 대해서도 NHK 이름으로 공식적으로 조사 요청을 했다. 후쿠오카 형무소는 윤동주가 수감된 당시 후쿠오카 시내 후지사키(藤崎)에 있었으나, 1965년 가스야군(粕屋郡) 우미정(宇美町)으로 이전해 지금에 이르고 있다. 후지사키 시절의 중요 기록 등은 이전한 곳으로 옮겨졌을 것이다. 하지만 공영방송 NHK의 공식 신청으로도 기록 공개는 이뤄지지 않았다.

일본 국내에서는 결말이 나지 않아 미국에 남은 점령 관련 자료 중 윤동주에 관한 것, 그리고 후쿠오카 형무소에 관한 것을 찾기로 했다. 후쿠오카 형무소는 전후 미군이 진주하면서 그 관리하에 놓인 시기가 있어 압수 자료 중 윤동주 관련 기록이 존재할 가능성이 있었다. 국립공문서관(National Archives), 의회도서관(Library of Congress), 이에 더해 CIC(Counterintelligence Corps: 방첩부대)의 아카이브까지 조사를 의뢰했다.

전후 일본을 점령한 미군에 압수된 문서 자료는 일단 모두 워싱턴문서센터(WDC)로 보내졌으며, 그 후 국립공문서관과 의회도서관으로 구분되었기 때문에 기본적으로는 이 양쪽을 찾으면 충분하다. 그러나 어쩌면 일본 점령 후 통치를 추진한 GHQ(연합국 총사령부) 산하에 있던 첩보기관 CIC가 수집한 정보 가운데 전시 중 후쿠오카 형무소에 관한 기밀 사항이 있지 않을까 해서 조사 대상에 넣었던 것이다.

그러자 얼마 지나지 않아 의회도서관이 소장한, 전시 중 내무성이 정리한 치안유지법 위반자 관련 자료 속에서 '소무라 무게이(宋村夢奎)', '히라누마 도주(平沼東柱)', '다카시마 기아사히(高島熙旭)'라는 이름이 연명된 문서가 두 점 발견되었다. 이 이름들은 송몽규와 윤동주, 그리고 송몽규와 같은 하숙에 살았던 삼고(제3고등학교) 학생 고희욱(체포되었으나 불기소)의 창씨개명을 한 일본 이름이다.

한 점은 전국 경찰서에서 내무성 경보국으로 보낸 피의자 일람표 리스트였는데, 다른 한 점은 세 명으로 압축해 지면이 할애되어 각각의 이름과 주소를 올린 뒤 "오른쪽 조선인, 민족주의 그룹을 결성해 조선 독립운동을 함"이라고 해설문이 덧붙어 있었다. 새로운 자료가 나온 줄 알고 잠시 흥분되었지만, 특별히 알려지지 않은 새로운 정보를 얻은 것도 아닌 데다, 훗날 알게 된 것이지만 미국에 압수된 이 내무부 자료는 마이크로필름 복사본 형태로 도쿄의 국립국

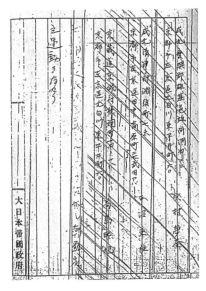

치안유지법 위반자 관련 자료에 표기된 '平沼 東柱(히라누마 도주)'(하단 오른쪽에서 두 번째)(사진에 있는 사선은 마이크로필름에 난 상처)

회도서관에도 소장된 것이었다.

후쿠오카 형무소에 수감된 치안유지법 위반자에 관한 자료도 의회도서관이 작성한 마이크로필름 자료 속에서 한 점이 발견되었다. 1945년 10월 1일 자로 사법성 형정국장이 일본 전국 각 형무소장에게 보낸, 치안유지법 위반 수감자에 대한 보고를 요청하는 문서였다. 요점은 전쟁이 끝날 때까지 살아남은 치안유지법 위반 수형자가 제대로 석방된 것인지 확인과 보고를 요청한 것이었다. 이 문서의 후쿠오카 형무소 칸에는 시게무라 메이소(重村命祚), 시게오카 슈이쓰(重岡秀逸), 하마즈 요시카쓰(浜津良勝), 후쿠오카 준지로(福岡醇次郎), 이충익(李忠翼) 등 다섯 명의 이름이 실려 있었다. 이 중 시게무라와 시게오카의 이름 밑에는 '(民)'이, 하마즈와 후쿠오카의 이름 밑에는 '(共)'이라고 부기되어 있었다. 이는 각각 '민족운동'과 '공산주의'를 나타내는 말로 추측되었다.

후쿠오카 준지로는 앞에서 설명한 대로 김찬정의 『저항시인 윤

생명의 시인 윤동주

동주의 죽음』을 통해 이미 알고 있던 인물이다. 하마즈 요시카쓰라는 인물에 대해서는 누구인지 바로 알아볼 수 없었지만, 그 뒤 1942년 '중공첩보단 사건'이라 불린 첩보 사건에 연루되어 검거된 인물로 판명되었다. '만주국' 진저우시(錦州市)에서 지방행정직에 종사하면서 반일 첩보활동을 했던 것으로 알려졌다. 조르게 사건(1941년에 발각된, 소련이 보낸 독일인 간첩 리하르트 조르게를 중심으로 한 첩보단 사건)으로 구속된 오자키 호쓰미(尾崎秀実)와 중국공산당과도 연결되는 인물이었던 것 같다. 전후에 풀려나 구마모토현에서 공산당 활동에 참가했으나 얼마 지나지 않아 사망했다.

이 리스트에 야마나카 이치로(山中一郎)가 포함되지 않은 것이 잘 이해되지 않았는데, 그는 아무래도 어떤 사정에 의해 다른 치안유지법 위반 수형자보다 더 빨리 석방된 듯하다. 본인의 기억으로는 9월이나 10월 초에 출소했다고 하는데, 다른 복역수와 함께가 아니라 혼자만 풀려났다고 밝혔다. 또한 요시다 게이타로는 단순한 치안유지법 위반이 아니라 본래 신분이 국회의원으로 육군 군법회의에서 조언비어죄, 황실불경죄, 언론출판단속법 위반 등의 죄로 3년형이 선고되었기 때문에, 이 명단에는 포함되지 않았다.

민족주의 운동으로 체포된 것으로 보이는 시게무라 메이소, 시게오카 슈이쓰 두 사람에 대해서는 처음에 누구인지 전혀 몰랐으나, 한국에서 손시헌과 최도균을 만나 취재하는 사이에 각각의 창씨개명을 한 일본식 이름인 것으로 밝혀졌다. 두 사람 모두 자신의 존재가 미국에서 입수한 자료에 기록으로 남겨져 있다는 것을 알고 놀라는 모습이었는데, 나 또한 자료와 눈앞의 인물이 선명히 이어짐으로써 엉켰던 실타래가 풀리는 기분이 들었다.

　남은 것은 이충익인데, 아마도 그는 야마나카 이치로가 1945년 6월 후쿠오카 대공습 때 방공호에서 함께하게 되었다는, 중국에서 온 조선인 독립운동가가 아닐까 생각된다. 손시헌과 최도균은 석방될 당시 다른 한 사람, 중국에서 잡힌 조선인과 함께였다고 기억했는데, 이 인물이야말로 이충익이었을 것이다. 손시헌과 최도균은 석방된 이후 조선에도 그 인물과 함께 돌아가 헤어졌다고 한다. 그 이후의 행방은 알려져 있지 않다.

4. 악화하는 식량 사정

　문서 기록을 일단 떠나, 내가 면담해 취재한 전 복역수들의 생생한 목소리로 돌아가 보자. 북3사에서의 나날에 관해 했던 그들의 말 중에서 가장 강하게 인상에 남은 것은 형무소 내의 어려웠던 식량 사정을 호소하는 소리였다.

　형무소에서 복역수들의 식사는 원래 규정에 따라 1등부터 5등까지 나뉘어, 노동이 부과되지 않는 독방 수형자들은 그중에서도 가장 하등(즉, 양이 가장 적은)의 식사로 견뎌야 했다. 가뜩이나 체력 유지도 겨우겨우 할 분량밖에 지급되지 않던 식사가 전황의 악화와 함께 눈에 띄게 열악해져, 주어지는 것을 한없이 기다릴 수밖에 없었던 독방 수형자들은 조선인, 일본인을 막론하고 엄청난 배고픔과 싸워야 했다.

생명의 시인 윤동주

최도균은 식사라 해도 주먹만 한 콩밥과 건더기가 들어 있지 않은 싱거운 소금물 같은 된장국이 하루에 세 번 지급될 뿐이어서 항상 공복에 시달리고 눈에 띄게 몸무게가 빠져 몇 개월 안 되어 뼈와 가죽만 남았다고 증언한다. 걸을 때도 휘청거릴 정도로 힘들었다고 한다. 구기미야 요시토는 1945년 1월에는 출소했지만 그래도 음식 섭취량 부족으로 대변이 일주일에 한 번 토끼똥처럼 똥글똥글 나오는 정도였다고 한다. 1944년 9월에 출소한 양인현만이 특별히 식사 부족에 시달린 적이 없었다고 말한 점을 생각해보면, 1944년 가을 이후부터 형무소 내 식량 사정이 급속히 악화되었을 것으로 추측된다.

요시다 게이타로가 후쿠오카 형무소에 수감된 것은 윤동주가 사망한 지 2개월 후인 1945년 4월의 일이었는데, 입소와 동시에 부딪힌 가장 큰 시련이 바로 이 열악한 식량 사정이었다. 요시다의 저서 『너 복수하지 말지라』에도 적혀 있는데, 당시 독방 식사는 콩깻묵에 쌀과 보리를 1할 정도 섞은 '밥', 그리고 고구마 잎을 2~3장 얹은 물 같은 '된장국'이었고, 더구나 고구마 잎도 어느새 사라지고 형무소 뒤에 있는 해변에서 주워온 듯한 해초로 바뀌었는데, 이것이 딱딱하고 좀처럼 씹을 수 있는 것이 아닌 데다 잔모래까지 섞여 있어서 먹으면 언제나 설사를 했다고 한다. 설사할 것을 알면서도 극심한 공복에 먹어버리면 다시 설사를 하는 악순환이 거듭되면서 쇠약해질 뿐이었다. 결국에는 형무소 내의 '병감(病監: 병동)'으로 보내졌는데 거기서 우연하게도 교도관과 잡역부 중에 자신을 알아봐주는 사람과 이전에 자신이 돌본 적이 있던 사람이 나타나 요시다는 어떻게든 버틸 수가 있었다.

구기미야가 말하는 1944년 가을 이후의 상황, 그리고 최도균의 증언, 여기에 1945년 4~5월 요시다의 체험까지, 일본의 패전이 가까워지면서 후쿠오카 형무소 북3사의 식량 사정이 어떻게 되어갔는지, 일단의 흐름은 헤아릴 수 있을 것이다. 비탈길을 굴러 떨어지는 듯한 이 악화의 길에 윤동주가 있었던 것이다. 직접적인 사인이 무엇이든지 간에 윤동주도 틀림없이 배고픔에 시달리며 여위어간 것이다.

5. 죽음의 대합실

태평양 전쟁 말기의 식량 사정 악화는 후쿠오카 형무소뿐 아니라 일본 전국의 형무소가 동일하게 안고 있는 문제였다. 일반 사회에서도 식량이 결핍되고 도회지 주민들은 옷 등을 대가로 농촌으로 물건을 사러 가지 않으면 연명하기가 어려웠다. 사바세계가 그 정도라고 한다면, 형무소는 더욱 극심한 식량난에 휩싸였어도 이상하지 않았다. 그 결과 영양장애 등에서 파생되는 병으로 사망하는 복역수의 수가 뚜렷하게 늘어나는 참상이 초래되었다.

사법성에서 발행한 『제사십팔행형통계연보(第四十八行刑統計年報) 쇼와 21년』에 따르면, 전국 형무소 병사자 수는 전쟁이 끝난 해인 1945년에 7047명에 이르는데, 이는 전쟁이 개시된 해인 1941년의 약 8배나 된다. 『전시행형실록(戰時行刑実録)』(矯正協会, 1966)

　　　　　　　　　　　　　　　　생명의 시인 윤동주

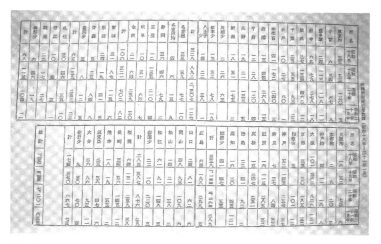

『전시행형실록』(1966)에 실린 형무소별 사망자 수 조사 일람표

에 실린 '형무소별 사망자 수' 일람표를 보더라도 1943년부터 1945년 일본의 어느 형무소에서든 사망하는 복역수 수가 심하게 불어난 것을 알 수 있다.

이 일람표에서 후쿠오카 형무소만 보면, 사망자 수가 1943년에 64명, 1944년에 131명, 1945년에 259명으로 절정에 이르고, 전후 1946년에는 38명으로 급격히 줄었다. 이전의 『행형통계연보(行刑統計年報)』에서는 1945년 후쿠오카 형무소 내 사망자 수가 265명으로 되어 있어 약간의 차이를 볼 수 있는데, 어쨌든 1943년과 비교하면 약 4배나 되는 사망자를 내게 되었다. 1945년 후쿠오카 형무소의 전체 복역수가 2436명이므로 약 9명 중 1명 비율로 사망한 셈이 된다.

아울러 이는 일반 죄수를 포함한 숫자이므로 지급되는 식량이 가장 적었던 북3사의 독방 수감자들로만 따진다면, 그 숫자를 기록한 구체적 자료가 나오지 않았다고는 하나, 사망률은 더 높아질 것이다. 윤동주가 마지막 나날을 살았던 형무소 환경이 얼마나 열악했을지, 등골이 서늘해지는 느낌이 든다.

다만 1945년 사망자 수를 1943년의 것과 비교한 약 4배라는 후쿠오카 형무소의 숫자는 다른 형무소와 비교했을 때 두드러지는 것은 결코 아니다. 예컨대 오사카 형무소는 8.2배(101명에서 826명), 히로시마 형무소는 4.7배(64명에서 299명), 요코하마 형무소는 무려 17배(27명에서 462명)나 증가했다. 일람표 중에서 1943년과 대비한 비율이 가장 높은 곳은 와카야마(和歌) 형무소로 34배(3명에서 101명)이며, 반대로 비율이 가장 낮은 곳은 홋카이도의 오비히로(帯広) 형무소로 이곳은 전국에서 유일하게 예외적으로 1943년에 10명이었던 것이 1945년에는 3명으로 줄었다.

전국 총수를 보면 사망 복역수 수는 1350명에서 7201명으로 5.3배로 증가해, 후쿠오카 형무소는 전국 평균 상승률보다 조금 낮은 수치를 기록했다. 4배로 불어난 후쿠오카 형무소만의 숫자를 보고 윤동주의 죽음과 관련지어 이것이 형무소 내에서 인체실험이 있었다는 증거라고 논하는 경우가 여기저기에서 보이는데, 다른 형무소의 사정을 고려하지 않은 채 후쿠오카만의 숫자를 그 근거로 다루는 것은 무리가 있다고 할 수밖에 없다.

그럼 전국의 형무소에서, 그리고 후쿠오카 형무소에서 옥사한 이 복역수들은 도대체 어떤 원인으로 목숨을 잃게 된 것일까? 앞에서도 인용한 『행형통계연표』의 1945년 전국 통계를 보면, 전국 형무소 수감자의 사망 원인은 많은 순서대로 결핵, 비타민결핍증, 영양장애로 인한 전신증, 위장병, 폐렴이라고 되어 있다. 『행형통계연표』에는 전국 형무소 병사자 총수의 질병별 통계도 들어 있으므로 분명히 형무소별로 그러한 기록이 있었을 텐데, 후쿠오카 형무소의 사인별 통계를 밝힌 자료는 발견되지 않았다.

문서 자료로는 한계가 있어 교도관 출신들을 대상으로 한 개별 인터뷰 취재도 거듭했는데, 그들의 기억에 따르면 영양장애에서 오는 결핵으로 쓰러지는 자가 많았다. 또한 마찬가지로 영양실조로 옴에 걸리는 사람이 많았고, 때로는 그것 때문에 사망하는 사람도 있었다. 정신에 이상이 오거나 목을 매 자살하는 사람도 있었다. 그런 자살자가 나오면 교도관들은 자신의 과실로 여겨져 시말서를 쓰는 것 외에도 감봉 처분을 받았다.

어쨌든 태평양 전쟁 말기에 형무소 내 식량 사정의 악화와 더불어 환자와 사망자가 급증한 것은 교도관들의 눈에도 명백했다. 후쿠오카 형무소 명부계였던 사카키 도모유키는 사망자가 나올 때마다 유족에게 연락해 유해를 인수하러 오게 하는 일이 많아졌다고 했으며, 오쿠마 마사요시는 밤에 형무소 내를 순찰할 때 '시실(屍室, 시체실)'이라고 불렸던 시신안치실을 지나면 늘 시신을 담은 관이 네다섯 개가 놓여 있어 섬뜩한 기분이 들었다고 회고했다. 교도관들의 일과 중에 복역수들의 죽음의 냄새가 일상적으로 스며들게 되었던 것이다.

독방 수형자는 다른 복역수와의 교제가 금지되어 있기는 했지만, 혹시 형무소 내에 퍼졌던 병이나 죽음에 대해 보고 듣거나 체험한 것은 없었을까. 공복에 시달려 점차 쇠약해진 최도균은 급기야 옴이 심해져 병동에 1~2일 정도 머물면서 치료를 받게 되었다. 그곳에는 옴 등 피부병 치료를 받는 환자가 많았다고 한다. 치료를 받을 때 옆으로 누우라는 지시를 받았는데, 침대에는 죽은 자가 흘린 것인지 피가 말라붙은 채로 있었다. 손시헌은 자신이 병에 걸린 것은 아니었지만 목욕할 때 욕탕에 옴 치료약이 섞여 있는 것을 보면서 형무소 내에 옴이 만연해 있다는 것을 알았다고 한다.

설사를 계속했던 요시다 게이타로가 '병감'(최도균이 말한 '병동'과 같은 곳일 것이다)으로 옮겨진 것은 앞서 기록했는데, 그에 따르면 그곳 상황도 눈 뜨고는 볼 수 없을 정도로 비참했다. '병감'에서도 그는 독방에 갇혔는데, 그 앞에 있던 일반 죄수용 잡거감방에서 폐병 환자 몇 명이 밤낮 신음하며 괴로워하고 있었다. 또한 영양실조로 피골이 상접해 깡마르고 배는 비정상적으로 부푼 사람이 휘청거리는 몸으로 어딘가에 부딪쳐 쓰러진 채로 숨을 거두기도 했다. 발광하고 고함을 지르는 사람도 있었다. 그곳에서 이틀에 3명꼴로 수형자가 죽어 나간다는 말을 들었다고 한다. 그의 표현을 빌리자면, 그야말로 '죽음의 대합실'이라고밖에 표현할 수 없는 지옥 같은 양상을 보이고 있었던 것이다.

요시다가 말했던 이틀에 3명이라는 '병감' 사망률은 아마도 잡역부의 입을 통해 들은 숫자였던 것 같은데, 어디까지가 정확한 통계인지는 보증할 수 없다. 하지만 시험 삼아 이 비율로 1945년 후쿠오카 형무소의 사망자 총수인 259명(다른 기록에서는 265명)에 이르기까지 어느 정도의 기간이 걸리는지 계산해보면 약 반년이라는 답

생명의 시인 윤동주

이 나온다. 8월 종전과 미군에 의한 점령 때까지 가혹함이 절정에 달했던 것을 생각하면, 이 '이틀에 3명'이라는 일견 대략적인 숫자도 크게 빗나간 것은 아닐지도 모른다. 어쨌든 전쟁 말기의 후쿠오카 형무소는 연일 죽은 자의 행렬을 쌓아 올리기만 하는 비참하기 그지없는 상황이었던 것이다.

6. 후쿠오카 형무소에서 윤동주를 본 남자

내가 직접 만나서 취재한 북3사의 전 수형자와 교도관 중에 윤동주를 기억하는 자는 없었다. 그러나 지금까지 후쿠오카 형무소에서 윤동주를 봤다는 증언자가 없었던 것은 아니다. 1988년에 대구에서 작고한 김헌술은 후쿠오카 형무소에서 윤동주와 얽힌 기억을 생전 두 차례에 걸쳐 발표했다(≪정경문화≫, 1985년 8월호; ≪빛≫, 1987년 8월호). 아래에 김헌술이 엮은 윤동주의 기억을 정리해본다.

김헌술은 교토 유학 중 독립운동으로 체포되어 1년 6개월의 징역형의 선고받고 1943년 6월부터 1944년 9월까지 후쿠오카 형무소에서 복역했다. 치안유지법 위반 수감자로서 북3사의 '거주인'이 된 것이다. 복역 중이던 어느 날, 그는 복도 맞은편 108호 독방에 조선 사람인 듯한 남자가 들어가는 것을 독방의 문 틈새로 엿보았다. 다음 날 아침에 운동하러 밖으로 나갈 때 신참인 그 남자를 복도에서 만났다. 교도관의 눈을 속여 조선인이냐고 묻자 남자는 '도시샤대학 윤동주'라고 답했다는 것이다.

김헌술의 기억에 남은 윤동주는 말수가 적은 남자로, 이쪽에서 말을 건네도 미소로 답하거나 눈으로 신호하는 정도였다. 몸이 많이 쇠약해 있어 밤새 콜록거리기도 하고, 때로는 매일 운동에 나오지 못할 때도 있었다. 독방에서 사용하는 변기를 복도의 제자리에 내놓는 것조차 너무나 힘들어 보이는 모습이었다. 1944년 9월에 김헌술은 만기 출소했는데, 헤어지기 전에 몸조심하라고 말하자 윤동주는 그저 고개만 끄덕였다고 한다. 이 모두는 교도관의 눈을 속이고 한 짧은 교환이었다.

1994년의 취재 당시에 이미 6년 전 유명을 달리한 김헌술과 만나는 것은 불가능했지만, 나는 대구에 살던 미망인 김정환을 찾아가 상기 내용에 대해 확인했다. 미망인에 따르면, 윤동주가 민족 시인으로 평가가 높아지는 것을 알게 되고, 또한 그 생전의 사진을 알아보게 된 이후 김헌술은 자주 이 이야기를 부인에게 들려줬다고 한다. 그는 독립운동의 공으로 1977년 대통령 표창을 받았는데, 윤동주와의 인연을 말하기 시작한 것은 그즈음 혹은 조금 뒤였던 것으로 부인은 기억했다. 자신이 윤동주 시인과 함께 감옥 생활을 했었다고 말하고, 이에 놀라서 묻는 부인에게 형무소에서 있었던 일을 들려주었다. "그분(윤동주)은 이렇게나 고생하신 거야"라고도 말했다고 했다. 물론 윤동주가 시인이라는 것은 형무소에서 만난 당시에는 알 수 없었고, 도시샤의 동포 학생으로서만 오래 기억해왔던 것이었다.

김헌술의 증언은 후쿠오카 형무소 시절 윤동주에 관해 직접 말한 유일한 것이다. 그럼에도 그의 증언을 지금에 이르기까지 충분히 돌아보지 못했다는 느낌이 든다. 이것은 그가 잡지에 발표한 글에서 상기의 증언에 덧붙여 자신이 본 윤동주의 쇠약한 모습에서 그 사인을 폐결핵에 의한 것으로 추측해버린 것에 따른 것이라고 생각된다.

예를 들면, 윤동주의 생애를 상세히 기록한 노작『윤동주 평전』의 저자인 송우혜는 후쿠오카 형무소 부분에서 김헌술에 관해 언급하고는 있지만, 그의 증언이 믿을 만한 것이 아니라고 기술했다. 윤동주가 형무소에서 가족에게 쓴 엽서 속에 병을 호소하는 기술이 없었다는 것을 이유로 반론하고 있으며, 게다가 윤동주의 사인을 폐결핵이라고 추측한 김헌술의 주장은 윤동주의 사망 전보를 받고 유해를 받으러 간 가족에게 송몽규가 했다는 말, 즉 자신도 윤동주도 정체를 알 수 없는 주사를 맞았다는 증언, 그리고 거기에서 도출된 인체실험설을 경시한 망언이라며 배척하고 있다.

확실히 그렇다. 김헌술이 후쿠오카 형무소를 출소하고 나서 윤동주가 숨지기까지 반년이라는 시간의 경과가 있다. 최후의 모습을 목격한 것도 아닌데 사인에 대해 말하는 것은 어차피 추측일 뿐이다. 추측에 불과한 것을 배제하는 자세는 옳다. 그러나 추측이 아니라 직접 목격한 1944년 9월까지 윤동주의 상태에 관한 증언은 역시 중요한 정보로서 다루어져야 한다. 가족에게 보낸 소식에 병에 관한 내용을 언급하지 않은 것은 고향의 가족이 걱정할까 염려했기 때문이었을지도 모르며, 원래 형무소의 처우에 관해 부정적인 이미지를 주는 내용이라면 검열에서 먹물로 지워져 가족에게는 알려질 수도 없었을 것이기 때문이다.

1994년 김헌술의 미망인 김정환을 찾아갔을 때 잊지 못할 체험을 했다. 그보다 앞서 나는 후쿠오카 근교에 사는 교도관 출신 후루타 미노루를 찾아가 전쟁 말기 후쿠오카 형무소의 모습을 물어보았다. 그리고 그에게 윤동주라는 시인이 북3사 독방에 갇혀 있었는데 그에 관해 기억하는 사람을 찾지 못해 곤란한 상황이라고 털어놓았는데, 그때 그는 이 사람이라면 혹시 알고 있을지도 모른다며 어떤 한국인의 존재를 말해주었다. 그에 따르면, 후루타가 후쿠오카 형무소장으로 있던 1975년 무렵 한국으로부터 편지가 왔는데, 자신이 전시에 독립운동으로 후쿠오카 형무소에 수감되어 있었고 한국에서 그것을 증명할 필요가 생겼으니 증명서를 보내달라고 의뢰하는 내용이었다. 형무소 내의 문서를 확인하자 확실하게 그 사람의 기록이 있었기에 후쿠오카 형무소장의 이름으로 증명서를 작성해 한국으로 보냈다. 훗날 그 사람으로부터 감사 편지가 왔고, 그 후 몇 년 동안은 연하장 등 서신 교환이 이어졌다고 한다. 후루타는 그 사람의 이름까지는 기억하지 못했다. 그래도 집에 남아 있는 오래된 편지 등을 한참 동안 찾아주었으나, 안타깝게도 없어져 결국 그 사람의 이름도 모르던 채였다.

그랬던 것이 대구에서 김정환이 남편의 유품을 보여주었을 때 거기서 전혀 예상치 못했던 후루타의 증명서와 편지가 나온 것이다. 증명서에 첨부되어 있던 편지에는 전시에 겪은 김헌술의 고난을 슬퍼하고 불굴의 민족정신에 경의를 표한다는 말이 씌어 있었다. 미국 의회도서관 자료에 있었던 1945년 10월 석방 요청 리스트 중 시게무라 메이소, 시게오카 슈이쓰라는 이름이 손시헌과 최도균과 만나 비로소 당사자라는 것을 알게 되었을 때처럼, 나는 엉클어진 실타래가 또 하나 풀리는 느낌을 강하게 받았다.

그 긴 시간 어둠 속에 묻혀 있던 사실이 바로 눈앞에서 확인되는 상황이 펼쳐졌으므로 나로서는 김헌술이 직접 증언한 부분에 대해 충분한 사실성을 느낄 수밖에 없었다. 말수가 적고 조용한 미소로만 답했다는 인상 역시 서울에서 도쿄, 교토로 이어진 영락없는 윤동주 그 사람의 모습이었다. 윤동주는 건강상 문제를 안고 있으면서도 북3사의 108호 독방에 계속 기거했던 것이다.

덧붙여 말하면, 김헌술은 윤동주의 사인 규명에 관해서도 절대로 없어서는 안 되는 존재다. 폐결핵을 말하는 것이 아니다. 사실 김헌술이 남긴 글 중에는 자신이 복역 중 주사를 맞아 투약실험에 참여했다는 체험담이 등장한다. 주사를 맞은 생체실험 경험을 말했던 증언자는 이전에도 이후에도 김헌술 이외에는 존재하지 않는다. 윤동주의 사인을 검증하고 인체실험 사망설을 확인하고자 한다면, 이 사람의 증언은 귀중하기 이를 데 없다.

후쿠오카 형무소에서는 어떤 일이 있었던 것일까? 전쟁이 끝나기까지 반년, 열악한 환경 가운데 형무소에서 어떤 흉사가 벌어질 수 있었던 것일까? 인체실험을 축으로 하는 윤동주의 사인을 둘러싼 수수께끼에 관해서는 다음 장에서 집중적으로 다뤄본다.

* * *

윤동주가 후쿠오카에서 동생 윤일주에게 "너의 귀뚜라미는 홀로 있는 내 감방에서도 울어 준다. 고마운 일이다"라는 글을 적은 엽서를 보낸 것은 1944년 가을이었다. 그로부터 6년 전, 윤동주는 어린 동생과의 추억을 「아우의 인상화」라는 한 편의 시로 엮었다.

1938년 윤동주가 서울 연희전문학교에 입학하고 맞은 첫 여름방학 때 귀향해 동생과 보낸 한때의 추억이 시의 기초가 되었다. 장래의 꿈을 물어보려고 무심코 던진 형의 질문에 "사람이 되지"라고 답한 아우. 순수한 소년이 내놓은 뜻밖의 대답에 움찔 가슴이 찔린 형. 살며시 잡은 손을 놓으며 물끄러미 아우의 얼굴을 들여다볼 정도로, 사람이 되기란 어려운 시대였다. 형무소에서 아우에게 보낸 엽서를 쓸 때 윤동주의 가슴에는 분명코 이 시와 시의 배경이 되었던 그리운 고향의 정경이 메아리치고 있었을 것이다.

아우의 인상화

붉은 이마에 싸늘한 달이 서리어
아우의 얼굴은 슬픈 그림이다.

발걸음을 멈추어
살그머니 앳된 손을 잡으며
「너는 자라 무엇이 되려니」
「사람이 되지」

아우의 설은 진정코 설은 對酌(대답)이다.

슬며—시 잡았던 손을 놓고
아우의 얼굴을 다시 들여다본다.

싸늘한 달이 붉은 이마에 젖어,
아우의 얼굴은 슬픈 그림이다.

제6장

후쿠오카 형무소, 최후의 나날 2

영원한 생명의 시인

히라누마 씨는 마지막에 무언가 조선어로 외치면서
절명하셨습니다.

윤동주의 시신을 인수하러 후쿠오카 형무소를 방문한 윤영석, 윤영춘에게
교도관이 전한 말

1. 윤영춘의 회상

1945년 2월 18일, 북간도 용정에 사는 윤동주의 가족 앞으로 후쿠오카 형무소에서 한 통의 전보가 도착했다. 매달 오던 윤동주의 엽서가 끊어진 것을 걱정하던 가족들에게는 너무나 무정하고 잔혹한 소식이었다.

"16일 동주 사망, 시체 가지러 오라."

슬픔에 잠길 새도 없이, 윤동주의 아버지 윤영석과 당숙 윤영춘 두 사람은 가족을 대표해 후쿠오카로 향했다. 공교롭게도 두 사람이 출발한 후에 별도의 우편 통지가 배송되었다. "동주 위독함. 보석할 수 있음. 만약 사망 시에는 시체를 인수할 것. 그렇지 않으면, 규슈제국대학 의학부에 해부용으로 제공됨. 즉답 바람."

한 해 전 봄인 1944년 4월에 수감된 이후 10개월 가까이 후쿠오카 형무소 독방에서 지낸 윤동주였지만, 27세의 젊은 나이로 불귀의 객이 되어버린 것이었다.

그렇게 후쿠오카 형무소에 도착한 두 사람은 윤동주의 시신을 대면하기 전, 후쿠오카 형무소에 복역 중이었던 송몽규와 면회하기로 했다. 윤영춘은 당시 경험을 1976년 ≪나라사랑≫(제23집)에 발표된 「명동촌에서 후쿠오카까지」를 통해 글로 자세히 남겼다. 윤동주가 사망한 지 31년 뒤에 쓰인 회고인데, 윤동주의 죽음에 관해 언급될 때면 반드시라고 해도 좋을 만큼 인용되어왔다. 인체실험 사망설의 근거가 되기도 해 인구에 널리 회자된 글이다. 후쿠오카 형무소에서 윤동주의 죽음에 관해 현재 다양하게 언급되고 있는 모든

송몽규(앞줄 가운데)와 윤동주(뒷줄 오른쪽)

글의 원점이 되는 문장이기에, 그 부분을 먼저 허심탄회하게 살펴
보고자 한다.

　(송몽규와의) 면회 절차 수속을 밟으며 뒤적거리는 놈들의 서류를 보
아한즉 '독립운동'이라는 글자가 한자(漢字)로 판 박혀 있는 것이었다.
옥문을 열고 안으로 들어서자 간수는 우리더러 몽규와 이야기할 때는
일본말로 할 것, 너무 흥분한 빛을 본인에게 보여서는 안 된다는 주의를
주었다. 시국에 관한 말은 일체 금지라는 주의를 듣고 복도에 들어서자
푸른 죄수복을 입은 20대의 한국 청년 근 50명이 주사를 맞으려고 시약
실(試藥室) 앞에 쭉 늘어선 것이 보였다.
　몽규가 반쯤 깨어진 안경을 눈에 걸친 채 내게로 달려온다. 피골이

상접이라 처음에는 얼른 알아보지 못하였다. (중략) "왜 그 모양이냐"고 물었더니, "저놈들이 주사를 맞으라고 해서 맞았더니 이 모양이 되었고 동주도 이 모양으로……" 하고 말소리는 흐려졌다. 물론 이때는 우리말로 주고받은 것이다. (중략)

너무 억울해서 무슨 말이 잘 나오지 않았다. 시간이 됐으니 나가라는 말에 밀리어 나오고 말았으니, 이것이 몽규와 이세상에서의 마지막 이별이었다.

윤동주의 죽음과 관련해 매우 중요한 증언이 되는 글이지만, 사실 ≪나라사랑≫에 발표·게재된 이 글에는 기억의 차이인지, 문장 구성이 치밀하지 못했던 것인지, 혹은 편집상의 실수 때문인지 후세에 오해를 줄 여지를 남겨버린 부분이 있다.

결정적인 오류는 송몽규와 만난 장소다. 면회 신청을 하고 형무소 내로 들어선 두 사람에게, 이 글에서는 마치 시약실 앞에 줄지어 서 있던 푸른 죄수복을 입은 청년들 속에서 송몽규가 달려온 것처럼 보인다. 문맥상 그곳에 서서 송몽규와의 대화가 이어진 것처럼 읽힌다.

그렇지만 가족이 복역자를 면회할 수 있는 곳은 오로지 면회실로, 그곳에서 교도관의 입회하에 면회하는 것이 절대적 원칙이다. 아무리 가족이라 할지라도 그곳 이외에 자유롭게 형무소 내를 걸어다니는 것 등은 허용되지 않는다. 면회 신청 수속을 마치고 형무소 내로 들어간 두 사람이 향한 곳은 후쿠오카 형무소의 현관을 들어서면 바로 오른쪽(동쪽)에 있던 면회실이었다. 후쿠오카 형무소 전체 조감도가 남아 있으므로 위치와 관련해서는 윤영춘이 쓴 내용의 모호함을 보완해 정확하게 파악하는 것이 가능하다.

"옥문을 열고 안으로 들어서자 간수는 우리더러 몽규와 이야기할 때는 일본말로 할 것, 너무 흥분한 빛을 본인에게 보여서는 안 된다는 주의를 주었다"라는 내용에서는 면회를 앞두고 교도관이 전한 주의 사항을 말하고 있다. 거기까지는 정상적으로 일이 진행되고 있다.

하지만 윤영춘의 글은 무슨 연유에서인지 여기에서 "복도에 들어서자 푸른 죄수복을 입은 20대의 한국 청년 근 50명이 주사를 맞으려고 시약실 앞에 쭉 늘어선 것이 보였다"라며 시약실 앞 복도로 장소를 건너뛴다.

시약실이란 의무실을 말하는 것으로, 현관을 끼고 면회실과는 반대편인 왼쪽(서쪽 방향) 복도를 꽤 가서 오른쪽에 있다. 혹시 면회실에 들어가기 전에, 반대편 복도 끝에 푸른 죄수복의 젊은이들이 줄지어 있는 것을 슬쩍 엿보았다는 것일까? 그렇다면, 이 글의 서두는 "복도에 들어서자"가 아니라 "면회 수속을 마치고 면회실로 향하는 도중, 반대편 복도 끝에서"라는 설명이 있어야만 한다. 그리고 이 문장 뒤, "몽규가 반쯤 깨어진 안경을 눈에 걸친 채"로 시작하는 다음 문장 앞에는 "면회실로 들어가서 기다리고 있으니"라는 기술이 빠져 있는 것이 된다. 거기에 "교도관에게 이끌려 송몽규가 면회실로 들어온다. 몽규가 반쯤 깨어진 안경을 눈에 걸친 채 내게로 달려온다"는 식으로 이어져야 하는 문장이다.

면회실에서 송몽규와 면회 종료 시간이 되어 '시간이 됐으니 나가라'고 입회한 교도관에게서 재촉을 받고 두 사람은 그곳을 나왔다. 피골이 상접한 송몽규에게 "왜 그 모양이냐"고 물었고, 송몽규가 주사를 언급하며 답한 것은 면회실에 송몽규가 나타났을 때나 헤어지면서 떠날 때 중 하나일 것이다. 교도관의 눈을 피해서 금지된 조선말로 짧은 대화를 나눈 것이다.

면회실을 나선 윤영석과 윤영춘은 윤동주의 시신을 인수하기 위해 교도관의 안내를 받아 서쪽 방향의 복도를 걸어갔다. 복도를 쭉 가면 구석에 시체보관실(영안실)이 있다. 그 도중, 복도를 반쯤 가면 오른쪽에 의무실이 있었다. 윤영춘이 '시약실'이라고 쓴 그 장소다. 이때 윤영춘은 면회실로 들어가기 전에 엿본 약 50명의 젊은 복역자들이 줄지어 서 있던 것이 이 의무실(시약실)에 가기 위한 것이었다고 추측한 것이 틀림없다.

아니, 혹은 어쩌면 "복도에 들어서자 푸른 죄수복을 입은 20대의 한국 청년 근 50명이 주사를 맞으려고 시약실 앞에 쭉 늘어선 것이 보였다"라는 것은 실제로 복도를 걸어가 의무실 앞에 다다른 곳에서 목격한 내용일지도 모른다. 그렇다면 이 부분은 "시간이 됐으니 나오라는 소리에 밀리어 나오고 말았으니, 이것이 몽규와 이세상에서의 마지막 이별이었다"라는 기술 뒤에 이어져야 한다. 이렇게 본다면, 어떤 사정 때문인지 이 한 문장만이 본래 놓여야 할 위치보다 앞서 삽입된 것이 된다.

면회실에 들어가기 전 멀리서 눈에 띈 것인지, 면회 후에 실제로 복도를 걸어가 의무실 앞에서 목격한 것인지, 어쨌든 50명의 푸른 죄수복을 입은 젊은 복역자들을 본 것은 틀림없으리라. 다만 이를 모두 '조선인' 수형자라고 기술해버린 것은 윤영춘의 선입견 내지는 문장의 지나친 비약일 것이다. 면회실에서 주사와 관련한 이야기를 송몽규로부터 들었기 때문에 아마도 그 인상을 안은 채 의무실에 줄지어 있는 복역자 역시 그 주사를 맞는 사람들이 틀림없다고, 그렇다면 윤동주, 송몽규와 같은 조선인일 것이라고 굳게 믿어버린 것 같다.

실제로 그곳에 줄지어 선 수형자들은 조선의 독립운동과는 아무런 상관도 없는 사람들이었다. 그들은 푸른 죄수복을 입고 있었기 때문에 모두 일반 죄수였던 것이다. 즉, 절도나 폭행 등 일반 범죄로 수감된 복역자이며, 붉은색(감색) 죄수복이 의무화된 엄정 독거 치안유지법 위반 수감자와는 수감된 이유도, 수감 후의 대우도 전혀 다른 사람들이었다. 그러나 윤영춘은 죄수복의 색상에 따라 이러한 차이가 있음을 모른 채 동일시해버린 것으로 보인다.

윤동주의 죽음과 관련해, 후쿠오카 형무소에서 윤동주를 비롯한 조선인 50명의 고귀한 생명이 인체실험으로 빼앗겼다는 주장을 접한 적이 있다. 구체적인 숫자까지 등장한 것은 윤영춘의 글을 답습한 것이 틀림없는데, 그의 착오와 문장 기재상의 오류를 그대로 가져와 버린 결과라 하지 않을 수 없다.

그러나 이처럼 잘못을 바로잡은 상태에서, 윤영춘의 증언은 여전히 매우 귀중하다. 귀를 기울여야 할 중요한 핵심 부분이 있다. 말할 것도 없이, 송몽규가 말한 "주사를 맞으라고 해서 맞았더니 이 모양이 되었고 동주도 이 모양으로……"라는 대목이다.

이는 윤동주의 동생 윤일주가 남긴 글에서도 확인할 수 있다.

1955년 2월에 집필되어 그해에 간행된『하늘과 바람과 별과 시: 윤동주 시집』(정음사)에 수록된 「망형(亡兄)의 생애」라는 글에서는 윤영석과 윤영춘이 면회한 송몽규가 "'동주!' 하며 눈물을 흘리고 매일같이 이름 모를 주사를 맞아 그는 피골이 상접해 있었다"라고 말했다고 되어 있다.

윤동주의 죽음으로부터 10년 후의 글이며, 윤동주의 죽음이 가족들에게 어떻게 전해지고 반추되어 왔는지를 잘 알 수 있다. 1976년에 발표된 윤영춘의 글에서는 꼭 주사를 여러 차례 맞았다는 식으로 기술되어 있지는 않으나 윤일주의 글에서는 '매일같이'라고 되어 있어, 이는 원래 이렇게 전해졌거나 가족들 사이에서 증폭된 것이거나 어느 한쪽일 것이다.

어쨌든 송몽규가 남긴 '주사'와 관련한 말은 너무나도 중대하다. 이 말을 무시하고 후쿠오카 형무소에서 맞은 윤동주의 최후를 말하는 것은 불가능하다.

2. 형무소 내의 '질서'와 빠져나갈 구멍이 된 규슈대 의학부

1994년 한일 공동 제작 프로그램 취재 당시 최대 목표 중 하나는 송몽규가 남긴 말을 뒷받침하는 후쿠오카 형무소에서의 생체실험 의혹의 진상을 규명하는 것이었다. 어떤 의미에서 볼 때 일본 공영방송인 NHK와 합작하면서 한국 측으로서는 가장 기대가 컸던 부분이 이 사건이었다고도 말할 수 있다. 그런 기대를 짊어진 채 열심히 취재했지만, 성과는 거의 없었다.

앞에서도 밝혔듯이 조사 범위를 미국의 관계 기관으로까지 확대했는데도 그것을 입증하는 기록은 하나도 나오지 않았다. 후쿠오카 형무소는 전후 미군이 진주해 관리한 시기가 있고, 더군다나 당시는 전범을 찾느라 기를 쓰고 있었으므로 형무소에서의 불상사, 전쟁 범죄로 이어지는 행위가 있었다면 약간이라도 탄로가 났을 텐데, 언제까지나 송몽규의 '증언'만이 따로 돌아다니며 다른 증언 및 자료와 뒤섞여 엉킨 실이 풀리는 느낌을 잡을 수 없는 것이다.

물론 당시의 교도관들과도 만나보았다. 그러나 그들은 한결같이 그런 사실을 부인했다. 말단에서 일하던 교도관은 자신이 보고 들은 것에 한해서는 그런 일은 모른다고 단언했다. 형무소의 전체적인 상황을 파악하는 총무 일을 하고 있던 사람은 그 가능성 자체를 인정하지 않았다. 전쟁 말기로 식량난 등 여러 가지 어려움을 겪었다고는 하지만, 형무소는 그에 합당하게 일정한 '질서' 아래 운영되고 있었다며, 그 질서를 무너뜨리는 사건(예컨대 복역자 자살 등)이 발생하면 교도관도 책임을 지게 되고, 의무실에서의 치료에 대해서도 투약 하나부터 모든 것이 기록되어 관리되므로 이상한 일은 일어날 수 없다고 말했다.

그들이 전 교도관이라는 입장 때문에 무언가 지키고자 숨기는 것일 가능성은 있다. 그러나 그들 상당수가 종전 후에도 같은 형무소에서 계속 일했거나 군에 소집되어 휴직했다가 전후에 복직한 것은 그들에게 '악행', '흉사'에 관여했다는 의식이 없었음을 보여준다. 혹시 형무소에서 끔찍한 일이 벌어져 자신이 연루되었더라면 패전

생명의 시인 윤동주

으로 체제가 전복된 이상 다시 원래의 상태로 돌아가 계속 일한다는 것은 있을 수 없다. 숨거나 가명으로 살아가는 등 세상의 이목을 피하는 몸으로 전락할 수밖에 없기 때문이다. 유대인 학살에 관계한 나치 관계자가 전후에 과거를 숨기고 남미로 도피한 것처럼 말이다.

'질서'라는 말이 나왔다. 그곳에서 목숨을 잃은 자와 그 유족들의 입장에서 보면 비참한 상황이요, 잔혹한 운명이었다고는 하나, 아마도 윤동주의 죽음을 두고 유족 측에 대해 취한 일련의 조치는 전 교도관이 말한 '질서'에 일단은 입각하고 있었다.

병이 깊어져 위독해진 상태에서 가족에게 연락이 갔다. 우편이어서 북간도에 있는 가족에게 도착하기까지는 꽤 시간이 걸리고 말았다. 위독해지고 나서 사망하기까지가 의외로 짧아서 위독하다는 소식이 사망 통지보다도 나중에 도착하는 일이 생겼다. 가족은 놀라고 기가 막혔겠지만, 형무소 측이 숨기기 위해서 고의로 꾸민 것은 아니었다. 유족이 시신을 인수하지 않으면 규슈제국대학 의학부 해부용으로 제공된다는 것도 통상의 관례였다. 수형자가 복역 중에 사망하면 예외 없이 이런 조치를 취하게 되어 있었다.

윤영석, 윤영춘 두 사람이 후쿠오카 형무소를 방문했을 때의 처우도 규칙에 따르고 있다. 면회실에서 송몽규와의 면회도 문제없이 허가되었다. 면회를 앞두고 "일본어로 이야기하도록" 등 주의를 받고 있는데, 이것도 통상적인 것이다. 그 뒤에 교도관의 안내를 받아 복도 서쪽으로 진행해 시신안치실로 안내되었고, 그곳에서 윤동주의 시신과 대면했다. 이 일련의 수속, 순서에는 조금의 변칙적인 점도 없다.

　시신안치실로 향하는 길에 의무실 앞을 통과하게 되는데, 만약 이 의무실에서 흉사가 행해졌다고 한다면, 당연히 유족을 그 장소로 통과시키는 등의 일은 있을 수 없었을 것이다. 유족이 느꼈을 슬픔은 감히 상상할 수조차 없지만, 형무소 측의 대처에서 꺼림칙한 일을 감추려고 하는 부자연스러움은 발견되지 않는다. 한국인 전 복역자 중에서도 손시헌처럼 식량 사정의 악화는 몰라도 형무소 내에서 나름대로 질서가 유지되고 있었다고 증언한 사람도 있다.

　하지만 후쿠오카 형무소가 일단은 '질서' 아래 운영되고 있었다 하더라도 그 '질서'가 물샐틈없을 정도로 견고하고 쥐 한 마리도 빠져나갈 구멍조차 없었던 것일까? 아니, 추태나 사고, 실수 등이 아니라 '질서' 그 자체 속으로 불길함이 미끄러져 들어갈 여지는 없었을까?

　그런데 내가 직접 만난 후쿠오카 형무소의 북3사(치안유지법 위반자를 수용하는 독방 전용 옥사)의 전 거주자들 중 단 한 사람, 양인현만은 복역 중 '투약실험'의 범주에 포함된다고 생각되는 매우 희한한 경험을 했다. 그의 증언에 따르면, 어느 날 다른 조선인 독방 복역자 두 명과 함께 호출되어 교도관들의 안내로 형무소 내의 한 방(의무실은 아니라고 했다)에 모였다. 그곳에 규슈제국대학 의학부 조교수라고 밝힌 남자가 나타나 특공대가 돌격하기 전에 사용하는 카페인의 약효를 확인하고 싶어 협조를 구한다고 말했다.

　치명적인 것은 아닌 듯하고 매일 독방 안에만 있는 것도 지루하기도 해서 협조 요청에 응했더니 약을 먹게 하고 종이가 배포되고 계산 문제가 주어졌다. 덧셈 문제에서 7과 8이 있으면 더해서 15가 되는 그 끝자리수의 숫자 5만 필기하는 그런 형태의 문제가 이어졌다. 약 기운이 돌고 곧 몽롱해졌지만, 계산 문제에 집중하려고 노력했다. 실험은 한 시간 반 정도 만에 끝났으며 그 뒤 2개월 동안 매일 계속되었다고 한다. 몸에 후유증과 부작용을 느끼지는 않았다고 한다.

이해할 수 없는 체험인데, 이 사건에서 짚어봐야 할 지점은 두 가지로 좁혀진다. 하나는 후쿠오카 형무소에 소속된 복역자들의 병치료를 책임지는 담당 의사가 아니라 규슈제국대학 의학부 조교수가 형무소 내에 들어와 의학실험을 행한 점이다. 어떻게 외부 의료 관계자가 형무소 내에 들어갈 수 있었을까? 다른 하나는 조선인 독방 수감자만을 대상으로 삼았다는 점이다. 일반수를 대상으로 하지 않은 것은 아마도 실험의 성격상 일정 이상의 지식과 지능을 가진 자를 대상으로 하고 싶었기 때문이겠지만, 조선인 수형자만이 선택된 것이 의대 조교수의 의향이었는지, 담당 교도관(내지는 잡역부)의 판단이었는지는 수수께끼다.

우선 첫 번째 점, 규슈제국대학 의학부 사람이 후쿠오카 형무소를 방문한 것에 대해 전 교도관들에게 물어보았다. 이를 통해 규슈대 의학부와 후쿠오카 형무소의 접점은 다음 세 가지 경우로 정형화된 것으로 판명되었다.

첫째로, 형무소 내 의무실은 주로 내과 진료를 행했고, 외과 치료가 필요하거나 형무소 내 의사가 감당할 수 없는 병자가 발생했을 때는 규슈대에 왕진을 의뢰했다. 이때 진료는 형무소 의무실에서 이뤄졌으며, 진료 보조는 형무소의 간호원이 곁에서 했고, 의무실에서 보존하는 차트에 진료 결과가 기록되었으며, 그 차트에 근거해 형무소 약국에서 약이 주어졌기 때문에, 기록은 모두 형무소에 남아 어디까지나 형무소 관리하에 진료 및 치료가 행해졌다.

둘째로, 형무소 내에서 사망자가 발생했는데 유족이 시신 인수를 하지 않으면 시신은 규슈대학 의학부에 해부용으로 제공되었다. 북간도에 있던 윤동주 가족에게 전해진 위독 소식에도 이런 취지가 기록되어 있다. 덧붙여 말하면, 당시 명부계였던 전 교도관 사카키 도모유키는 규슈대학뿐 아니라 구루메(久留米)대학 의학부에서도 시신을 인수하는 일이 있었다고 증언했다.

셋째로, 연구 목적으로 규슈대 의학부에서 후쿠오카 형무소를 방문해 복역자를 대상으로 조사 연구를 실시한 적이 있었다고 한다. 이는 예컨대 사람을 구금 상태로 오랫동안 두면 어떻게 되는지, 정신과 의사가 형무소 복역자를 실례로 '구금성(拘禁性) 반응'을 조사하려는 목적이 있었다고 전 교도관이 알려주었다.

앞서 언급한 양인현의 경험은 세 번째 경우에 해당한다고 여겨진다. 특공대의 돌격에 사용하는 약의 테스트가 정신과 연구를 위한 것이라고는 도저히 믿기지 않지만, 중요한 점은 일단 적절한 '질서' 아래 운영되고 있던 후쿠오카 형무소에서 규슈대 의학부 의사들이 형무소 복역자를 직접 대상으로 삼아 실험 조사를 실시하는 일이 가능했다는 사실이다. 물론 실험이 즉각적으로 피실험자들의 몸에 이상을 초래할 것 같으면 형무소 내의 '질서'를 파괴해 문제가 불거졌을 것이지만, 그렇지 않는 한은 특별히 그 행위가 시빗거리가 되

생명의 시인 윤동주

지는 않았던 것이다. 실제로 형무소 전체를 두루 살피는 총무 일을 했던 후루타 미노루를 비롯해 전 교도관들은 양인현이 경험했다고 밝힌 투약실험에 관해 전혀 그 사실을 알지 못했다.

양인현이 받은 이 투약실험을 자신도 당했다고 주장한 인물이 있었다. 앞 장에서 언급한, 옥중에서 윤동주를 보았다는 유일한 증언을 남긴 김헌술이다. 1994년 취재 때는 이미 작고한 뒤였기 때문에 미망인밖에 만나지 못했지만, 그가 남긴 글(≪정경문화≫, 1985년 8월호와 ≪빛≫, 1987년 8월호)에서 김헌술은 양인현 등과 함께 투약실험에 참여했다고 밝혔다.

다만 양인현이 먹는 약으로 기억한 것과 달리 김헌술은 주사를 맞았다고 기술했다. 게다가 김헌술은 그 자리에 동석한 조선인 복역자의 이름을 기억하고 양인현을 포함해서 기술했으나, 양 씨 측은 김헌술이 함께 있었다는 것을 기억하지 못했다. 그런 기억의 차이는 다소 있었지만, 양인현과 김헌술 등이 규슈대 의학부 조교수가 후쿠오카 형무소에서 실시한 투약실험에 참가한 것은 분명하다. 양인현은 실험을 한 의사가 규슈제국대학 조교수라고 밝힌 것과 특공대를 위한 약이라고 설명한 점은 선명하게 기억했다. 의외의 인물의 의외의 등장이 상당히 참신한 인상을 남긴 것이리라.

그렇다면 양인현과 김헌술 등이 투약실험을 당한 것은 언제였을까? 정확한 시기를 판명해내기는 어렵지만, 두 사람 모두 1943년 봄에 수감되어 1944년 가을에는 형기를 마치고 출소했으므로 실험은 이 기간 사이에 있었을 것이다. 윤동주의 사망으로부터 적어도 반년 이상은 앞서 일어난 일이 되지만, 후쿠오카 형무소에서는 교도관들을 포함해 형무소 전체가 그 상세한 내용을 모른 채 그러한 실험이 은밀히 진행되고 있었던 것이다.

3. 최도균의 이상한 체험

또 한 사람, 전 '북3사의 거주자'들 중 매우 희한하고 이상한 이야기를 들은 사람이 있다. 바로 최도균이다. 그는 옴이 심해져 며칠간 치료를 받기 위해 병동에 입원했다. 그곳에서 그는 의사 밑에서 간호원으로 일하는 잡역부로부터 "자네는 조선인인가" 하고 추궁을 당한 뒤 다음과 같은 발언을 들었다고 한다.

"조선인을 매일 몇 명인가 죽이고 있다. 너도 언제 죽을지 모른다……."

최도균을 만났을 때 나는 잡역부가 한 말이 조선인이 매일 '죽고 있다'가 아니라 조선인을 '죽이고 있다'였는지 집요하리만큼 몇 차례에 걸쳐 확인했다. 한국말로는 '죽다', '죽이다'가 어간이 같아 비슷하게 들리지만, 이를 일본어로 하면 '死ぬ(시누)'와 '殺す(코로스)'로 어간 자체가 명확히 다르다. 최도균은 기억의 끝을 더듬듯이 잠시 침묵했지만, 그가 나름대로 확인한 대답은 역시 '죽다'가 아니라 '죽이다'였다. 이것은 말 자체의 기억 이상으로 그 말이 던져졌을 때의 두려움을 강렬하게 기억하고 있기 때문이며, 단순히 '죽다'였다면 그런 공포를 기억할 리가 없었을 것이기 때문이다.

최도균은 잡역부로부터 그런 말을 들었을 때 너무도 큰 공포에

생명의 시인 윤동주

사로잡힌 나머지 구체적으로 무슨 말인지 몰랐지만, 전쟁이 끝나고 출소해 한국으로 귀국한 뒤 윤동주가 자신이 있던 후쿠오카 형무소에서 '인체실험'으로 사망했다는 소문을 듣고 나서야, 그때 잡역부가 말했던 것이 그 일이었을 것으로 이해되었다고 한다.

그러나 이 증언을 어떻게 해석해야 할지, 거기에서 어떻게 객관적 사실을 이끌어내 형무소 내에서 은밀히 행해진 흉사에 다가갈 수 있을지 나는 계속 고민했다. 우선 애초에 이 잡역부가 최도균에게 왜 이런 말을 흘렸는지 근본 배경이 보이지 않기 때문이다. 잡역부가 어떤 의도로 그런 것을 알렸다고 생각하는지 몇 번이나 확인했지만, 최도균 역시 그것은 모르겠다고 답했다. 그때까지 딱히 안면이 있거나 교류가 있던 인물은 아니었다고 했다.

객관적으로 검증하려고 한다면 양극단의 추측이 가능할 것이다. 한쪽 시각에서는 잡역부가 최도균을 동정해 밝혀서는 안 될 비밀을 털어놓으며 주의를 촉구했다고 해석할 수 있다. 이 경우에 최도균 본인 내지는 조선인 복역수에 대한 잡역부의 호의나 동정심이 기본 조건이 된다. 선한 사람의 선한 행위로 봐야 할 것이다. 그러나 다른 한쪽 시각에서는 이 잡역부가 조선인에 대한 차별적 감정의 소유자로 상대의 취약한 상황을 이용해 위협과도 같은 가시 돋친 말을 던진 것으로 볼 수도 있다. 악한 사람의 악한 행위다.

최도균의 체험에 좀 더 디테일이 풍부하고 주변에서 상황을 부각시킬 만한 부피감이 있었더라면 하는 생각이 드는데, 그의 기억도 잡역부로부터 들은 말 한마디에만 한정되어 있어, 그런 의미에서는 돌발적이라는 인상을 지우기 어렵다. 형무소 내에서 그는 그 이전이나 이후로 조선인 복역자에 대한 '살인 행위'를 보고 들은 적이 없고, 그 유사한 일과 직접 맞닥뜨린 적도 없다.

잡역부가 호의로 충고한 것이라고 한다면, 과연 어떻게 해야 무서운 사태에 휘말리는 것을 모면할 수 있다는 것이었을까? 그런 후속 대처로 이어질 만한 내용은 전혀 없다. 예컨대, 정체를 알 수 없는 주사를 맞아서는 안 된다거나 투약실험에 참가해서는 안 된다는 등의 '주의'라도 더해졌다면 잡역부의 말이 어떤 입장에서 나온 것인지 윤곽이 뚜렷해져 진실성이 한층 커졌을 것이다.

잡역부는 자신 역시 죄수다. 선참 일반수 가운데 도움이 될 만한 사람을 형무소 측이 뽑아 잡무나 보조 역할에 사용한다. 뽑힌 자는 교도관 등 형무소 쪽 사람들에게는 허리를 낮출 수밖에 없지만, 복역자에 대해서는 자신도 같은 입장이면서 중간관리자처럼 착각하고 무례한 행동을 하는 경우가 적지 않다. 위에는 아첨하고 아래에는 심하게 구는, 형무소라는 폐쇄적인 권력구조에 기생해 소권력을 잡은, 성격적으로 상당히 삐뚤어진 존재가 많은 것이다.

왠지 최도균에게 "죽이고 있다" 운운한 것도 진심 어린 충고라기보다는 고약한, 게다가 조선인에 대해 차별 의식을 가진 인간이 내뱉은 폭언일 가능성이 커 보인다. 적어도 최도균에게 던진 말을 보충하는 인간미가 담긴 선의는 어디에서도 발견되지 않는다. "너도 언제 죽을지(죽임을 당할지) 모른다"라는 끔찍한 말을 던진 잡역부의 입가는 음험한 조소로 일그러져 있었던 것은 아니었을까.

사실 병동에서 간호를 맡은 잡역부가 등장하는 기록이 있다. 이미 몇 번 언급한 바 있는 요시다 게이타로의 저서『너 복수하지 말

생명의 시인 윤동주

『지라』에는 그가 입원한 형무소 내 병동에서 잡역부 덕분에 생명을 건지게 되는 장면이 등장한다.

영양실조와 설사로 쇠약해져 빈사 상태로 병동으로 옮겨진 요시다는 그 참상을 눈으로 보고 죽음을 각오할 수밖에 없었지만, 뜻밖에 그곳에서 일하는 잡역부가 산양의 젖을 섞은 두유를 넣어주어 그 덕분에 기적적으로 체력을 회복해 겨우 죽음을 면할 수 있었다는 것이다.

요시다는 체포되어 수감되기 이전에는 국회의원을 했는데, 부친인 요시다 이소키치(吉田磯吉)는 와카마쓰항 항만 노동자들의 우두머리로서 거친 사내들을 통솔하는 '두목'으로 알려진 인물이었다. 병동의 잡역부는 요시다 두목에게 신세를 진 생선가게 아들이라고 밝혔다고 한다. 국회의원이 수감되었다고 해서 누군가 했더니 보은해야 할 두목의 아들이라기에 발 벗고 돕기로 했다는 것이다.

이 일화만 보면 비정한 형무소에 활짝 핀 인정의 꽃과 같은 풍경이 비치는데, 그럼 이 병동의 잡역부는 최도균에게 "조선인을 죽이고 있다"라고 말한 남자와 동일인일까, 아니면 같은 잡역부 동료라 해도 전혀 다른 사람인 것일까? 설령 두 증언에 등장한 병동의 잡역부가 다른 사람이라 할지라도 약간의 동질성은 띠고 있다고 여겨진다. 적어도 요시다를 도운 잡역부는 선인, 최도균을 위협한 잡역부는 악인이라고 딱 잘라 결론짓는 것은 불가능할 것이다.

요시다를 도운 잡역부는 요시다 두목에게 부자 모두 신세를 졌다고 한다. 혈기가 왕성하고 난폭한 남자들 축에 껴서 함께 일했을 것이다. 아마도 칼부림 등 폭력 사건과 같은 일로 수감되었을 것이다.

표현이 좀 거칠기는 하지만, 일반적으로 '깡패'라 불리는 하층 서민이 두목을 섬기는 사바세계의 생활을 옮겨온 듯 형무소에서는 잡역부라는 역할을 얻은 것이다.

그런 하층 서민의 감정으로 당시 사회를 생각한다면, 조선인에 대한 교육과 깊은 생각도 없이 차별 감정을 가지고 있었을 것이라는 점은 충분히 가늠할 수 있다. 신세를 진 '두목'의 피붙이라는 것을 알면, 초법적 수단까지 강구해서 옥바라지를 할 수도 있다. 하지만 상대가 아무 연고도 없는 조선인, 그것도 일본 본토의 대학에서 배우고 독립운동에 투신한 인텔리 조선인 학생이라면, 그에 대해 질투와 시샘이 섞인 차별적 태도를 취했다 해도 전혀 이상한 일이 아니다.

병역 거부로 북3사 독방에 수감된 구기미야 요시토가 "너, 조선놈이지!"라는 욕설이 복도에 울리는 것을 들은 적이 있다는 내용을 앞서 기록했는데, 이 차별적 언사를 한 것도 교도관보다는 잡역부였을 가능성이 클 것으로 생각된다. 형무소 내에서 조선인 복역자와 직접 접하는 사람들 중에는 병동에 상관없이 그런 차별적 감정의 소유자가 적지 않게 있었다는 것이다.

내가 면담한 전 교도관들은 한결같이 형무소 내에서의 질서를 강조하면서 조선인 역시 당시에는 일본인으로 취급받았다고 주장했지만, 형무소 내에서의 일상적 운영에 잡역부와 같은 소권력을 휘두르는 '특별 죄수'가 개입된 이상, 일단은 형무소 측 그리고 교도관들이 유지하려고 노력했던 질서는 자주 틈을 드러낼 수밖에 없었다. 최도균이 병동에서 들은 이야기는 바로 이 질서의 균열로 분출된 끔찍한 비인간성의 독소와 다름없었던 것이다.

4. 송몽규의 증언에서 도출된 것

높은 벽으로 둘러싸여 원래는 사회와 격리되어 있어야 할 형무소에, 빠져나가는 구멍과도 같이 외부세계와 연결되는 어둠의 경로가 확립되어 있었던 것이다. '질서'의 그물을 빠져나가 규슈제국대학 의학부 의사는 연구 명목으로 후쿠오카 형무소를 출입하고 수형자를 대상으로 한 실험을 할 수 있었다.

1943년 4월부터 1944년 9월까지 후쿠오카 형무소에서 복역한 양인현이 체험한 투약실험에서는 규슈대 의학부 조교수가 자신을 밝히고 연구 목적(특공대에 사용할 약의 효능 조사)도 설명한 후에 협조를 요청했다. 요즘 식으로 말하자면, '인폼드 콘셉트(informed concept)' 절차를 밟은 것이다. 수형자에 대한 투약실험 자체의 시비를 차치하고 생각하면, 비밀스럽게 몰래 한 일이라는 그늘은 거의 걷힌다.

그러나 만약 그 후 전쟁 판국이 악화되고 여러 상황이 절박해지면서, 혹은 연구자의 극단적인 야심으로, 더 나아가 조선인에 대한 차별 감정을 드러낸 잡역부가 한몫 보탰다면, 이 경로를 통해 일정한 틀을 벗어난 흉사가 벌어졌을 가능성은 없을까. 드러내놓고 '질서'를 무너뜨리는 일도, 그 균열이 표면에 노출되는 일도 없이 수면 아래에서 은밀하게 악행을 저질렀을 가능성이 있었다고 여겨진다.

거듭 말하지만, 자료나 증언을 통해 아무리 조사해보아도 후쿠오카 형무소 전체적으로 아우슈비츠 같은 형태의 학살 행위는 발견되지 않는다. 윤영춘의 회상에 있는, 송몽규가 교도관의 눈을 피해 짧게 조선어로 말했다는 주사 관련 부분 이외에는 투약실험, 인체실험을 의심케 하는 것은 아무것도 없는 것이다.

그러나 한편 규슈대 의사는 '연구'를 목적으로 후쿠오카 형무소에 들어갔다. 윤동주와 송몽규의 사정이 양인현이 복역하고 있을 무렵과 다른 것은 당시 형무소 내 식량 사정의 악화로 병사자가 급증했다는 점이다. 형무소에서의 사망자 통계는 1943년에 64명, 1944년에 131명, 1945년에는 259명이나 된다. 너무 지나친 생각일지 모르겠지만, 이는 다시 말해서 매일같이 병사자가 나오는 상황을 이용해 생명에 관계되는 터무니없는 실험을 행했다 하더라도 눈에 띄지 않았을 것이라는 말도 된다. 자연사가 아닌 인위적 원인에 의한 죽음이 있었다 할지라도 2년 전의 4배, 전년과 비교해서도 2배나 늘어난 엄청난 사망자 무리를 이용해 혼란을 일으키는 일은 가능했을 것이다. 형무소 내의 '질서'를 무너뜨리는 돌출된 비정상적인 뿔을 숨긴 채, 수면 아래에서 악행을 감행할 수 있었으리라 추측되는 것이다.

양인현과 김헌술이 투약실험 대상자로 뽑힌 이유는 계산 문제가 주어지는 실험 성격상 두뇌가 우수한 복역자가 필요한 데다 독방 거주자인 점을 들 수 있겠다. 다른 복역자와 일상적인 접촉이 단절된 만큼, 실험에 대해 누설할 가능성이 차단되어 있다. 거기에 조선인 차별도 가세해서 북3사에 복역하는 조선인 독립운동가들이 선

별된 것이었으리라.

윤동주와 송몽규가 어떤 투약실험 또는 인체실험 때문에 죽음으로 내몰린 것이라면 역시 다른 수형자와의 접촉이 금지된 독방에 복역하고 있었기 때문일 것이다. 그리고 이와 동시에 독방 거주자 중에서도 조선인 독립운동가들은 특정한 의식의 소유자라는 입장에서 보면 낮게 보이고 모멸적으로 취급당할 수 있었을 것이다. 생명에 관계된 실험이라면 그 대상자로는 민족적 편견 때문에 목숨이 가벼이 다뤄지는 인간이 선택되었을 가능성을 부정할 수 없다.

양인현이 체험한 투약실험과 달리 송몽규가 말했다는 "이름 모를 주사"라는 표현은 '인폼드 콘셉트'가 이뤄지지 않았다는 것을 추측하게 한다. 즉, 그만큼 상황은 급격히 열악해졌고, 실험 내용은 공개하기 꺼려지는 것이었다는 말이 될 것이다. 어쨌든 일단은 '질서'를 유지하려고 노력했던 형무소의 관리 체계의 그물을 뚫고 끔찍한 사태가 일어날 수 있었던 것이다. 규슈대 의학부 교수인지 조교수인지 모르겠지만, 한 개인이 악의를 확고히 품었다면 형무소 전체에 그 끔찍함을 알리지 않고 악마에 이끌린 사적 '연구'를 수행할 여지는 있었다는 것이다.

후쿠오카 형무소에서 옥사한 윤동주의 죽음이 열악한 환경에서 얻은 병 때문이 아니라, 송몽규의 증언에서 유추되는 바와 같이 형무소 내에서의 인위적인 범죄라 할 수 있는 행위 때문이라고 한다면, 상기와 같은 경로에 기인했으리라는 것이 필자의 결론이다. 조사에 조사를 거듭하며 유일하게 가능한 길로 보이는 것이, 규슈대 의학부에서 '연구' 목적으로 들어간 교수 내지는 조교수가 행한, 바른길을 벗어난 의료 실험에 의한 것이었다는 말이 되는 것이다.

5. 규슈대 의학부와 바닷물을 이용한 대용 혈액 연구

한편 규슈제국대학 의학부는 전쟁 말기에 끔찍한 오욕의 역사를 남긴 것으로 알려진다. 1945년 5월, 공습으로 내습한 미군의 B29 전투기가 추락해 포로가 된 미군 여덟 명이 규슈제국대학 의학부에서 생체해부실험을 당해 전원이 사망한 사건이다. 전후 미국 점령군에 의해 폭로되어 전쟁범죄로서 재판을 받고 책임자는 사형 판결을 받았다.

사건은 규슈대의 조직적 범죄는 아니었다고 여겨지나, 주범인 이시야마 후쿠지로(石山福次郎) 교수(점령군에 의해 전범을 심판하는 재판으로 구류 중에 자살)가 군의 의향을 바탕으로 조교수 등 의학부 관계자와 간호사까지 끌어들여 백주에 당당하게 의학부 시설을 사용해 실시한 일이었다.

본래 사람의 생명을 구해야 할 의사가, 아무리 전쟁 중 적국 병사에 대한 처치라고 해도, 처음부터 죽음에 이르게 하는 것을 전제로 한 생체해부실험에 손을 댄 것은 광기 서린 행위였다고밖에 달리 할 말이 없지만, 여기서는 그 시시비비에 대해 깊이 다루지는 않고 윤동주와 관련된 부분에 초점을 맞춰 살펴보고자 한다.

당연하게도 나는 후쿠오카 형무소에 규슈대 의학부 관계자가 '연구' 명목으로 출입한 사실을 알았을 때부터 미군에 대한 이 생체해

생명의 시인 윤동주

부실험과 관련이 있는지를 조사했다. 광기의 인체실험에 의학생으로서 보조하라는 명령을 받아 실정도 모른 채 휘말려버린 도노 도시오(東野利夫)가 이 문제에 대해 두 번 다시 있어서는 안 되는 일이라며 그 실태를 밝힌 저서[『오명: '규슈대 생체해부사건'의 진상(汚名 －「九大生体解剖事件」の真相)』(週刊文春, 1979)]를 쓴 것을 비롯해 의사의 윤리를 묻고 기회가 있을 때마다 강연 등의 활동을 벌였기에 필자도 그에게 연락해 윤동주 옥사와의 관련성에 대해 물어보았다.

특히 미군을 대상으로 한 생체해부실험에서 주요 실험 항목 중 한 가지로, 상병자 수혈용 혈액 부족에 대응하고자 바닷물을 이용한 대용(代用) 혈액 연구가 있었고, 구체적으로는 주사로 인체에 주입하는 것이었던 만큼, 이것이 송몽규가 남긴 "이름 모를 주사" 증언과 관련될 가능성은 없는지 거듭 질문했다.

그러나 도노의 견해는 부정적이었다. 당시 대용 혈액의 필요성이 인식된 것은 미군의 본토 공습으로 일반인이 다수 사상했기 때문인데, 구체적으로는 하룻밤에 8만 명에서 10만 명 정도로 추정되는 사망자를 낸 1945년 3월 10일의 도쿄 대공습 이후 갑자기 그 연구가 매우 시급한 과제가 되었다 것이다. 윤동주가 세상을 떠난 것은 1945년 2월 16일이므로 그런 실험이 요청되는 상황에는 아직 이르지 않았다는 것이 그의 견해다.

덧붙여, 도쿄 대공습 이후 나고야, 오사카, 고베, 요코하마의 순으로 일본 전역의 도시에서 대규모 공습이 이어졌는데 각각 수천 명 단위의 희생자를 냈고, 6월 19일에 대공습이 벌어진 후쿠오카에서는 1000명이 넘는 사람들이 사망 또는 행방불명이 되어 후쿠오카 형무소에서도 복역자를 방공호로 대피시켜야 하는 상황에 이르렀다.

공습에 따른 피해의 확대와 대용 혈액을 연결시켜 생각하는 한, 도노가 말한 바와 같이 윤동주의 사망 시기에는 그것이 '시기상조'라 할 수 있을 것이다. 나는 1994년에 취재를 시작한 지 얼마 지나지 않아 도노에게 연락해 당시 규슈대 의학부의 상황을 직접 파악했는데, 분명한 양심에 따라 역사적 책임을 다하고자 노력하는 그의 입으로 명확하게 부정적인 견해를 들었기에 대용 혈액에 관한 방향으로는 더 이상 취재를 시도하지 않았다.

사실 도노에 대해서는 한국 언론에서도 몇 번 취재했었는데, 내가 아는 한, 이를 통해 그의 견해가 공개된 적은 없다. 윤동주의 인체실험 사망설과 연관되지 않는 증언은 무조건 버리는 것이 그동안 언론의 '왕도'였기 때문이다. 그러나 좀 더 고차원적인 미디어 리터러시 측면에서 말한다면, 그의 견해는 소개되었어야 한다. 사건의 '소용돌이' 속에 있었던 인물의 귀중한 증언이므로 적어도 그 견해에 한 번쯤은 귀를 기울여야 하는 것이다. 부정할 근거가 있다면, 그 위에 비판을 덧붙여야 한다.

이처럼 나는 도노의 견해를 옳다고 여기면서도, 한편으로는 최근 들어 궁금한 부분이 생겼다. 그것은 양인현의 투약실험 증언을 반복해서 검증하던 중에, 뜻밖이지만 실제로는 극히 기본적인 사실을 깨달은 것이다.

양인현은 자신에게 연습문제를 주고 약을 먹였다는 규슈대 의학부 조교수가 그 약을 '특공대'에 사용할 것이라 밝혔다고 했다. 이

부분에 대한 그의 기억은 확실해서 증언은 명확했다. 태평양 전쟁사를 펼쳐보면, 가미카제 특공대가 벌인 최초의 적함 들이받기 공격은 1944년 10월 25일에 이뤄졌다. 특공 전술 검토 자체는 그해 봄부터 시작되었지만, 그것이 실시된 것은 그해 가을 이후다. 양인현은 1944년 9월에 이미 형기를 마치고 출소한다. 즉, 특공대 출격이 실제로 시작되기도 전에 출소한 그가 특공대에 사용할 약의 효과를 확인하기 위한 실험에 참가하게 된 것이다. 이것은 규슈대 의학부와 군부의 깊은 관련성을 시사한다. 요컨대, 국가가 정규 전술을 결정하기 전에, 군부의 의향을 받아서인지, 또는 점수를 따려고 스스로 알아서 군부에 힘을 다하려 했기 때문인지, 규슈대 의학부의 아무개가 형무소의 복역자를 대상으로 투약실험에까지 이르게 되었다는 것이다. 이 조교수의 연구가 그 후 어떤 결실을 맺어 실시되었는지는 알 방법이 없지만, 어떤 의미에서는 지극히 '선구적'인, 시대의 분위기를 미리 파악한 연구였던 셈이다.

그렇다면, 마찬가지로 시대를 앞선 연구의 '선구성'이 충분히 발휘된 경우, 즉 바닷물을 이용한 대용 혈액의 연구도 시대적 요청이 발생하기 전에 연구자의 직관에 따라 시작되었을 가능성도 있을지 모른다. 일반론으로서는 그 필요성을 사회가 깨닫지 않더라도, 군부의 눈치를 살피듯 은밀히 연구실험을 시작하고 있었는지도 모를 일이다. 그럴 경우에 형무소라는 장소는 동료와 조수 등 주위의 눈에 어쩔 수 없이 노출되는 대학의 연구소나 연구실보다는 훨씬 기밀성이 보증된 특수한 '실험장'이었음이 분명하다.

미군 생체해부실험 사건이 전후에 밝혀지면서 당연히 점령군은 생체해부실험을 한 규슈대 의학부와 군부의 관계를 추궁하려고 했다. 그러나 주범인 이시야마 교수가 구류 중에 자살한 일도 있어 핵심 부분은 여전히 애매한 상태로 역사의 어둠에 묻히고 말았다. 규슈대 의학부와 군부를 잇는 어둠의 라인은, 그 내용이 공개되지 않은 채 후쿠오카 형무소까지 뻗쳤을 가능성도 없다고는 볼 수 없다.

6. 여전히 가로막힌 '벽'

지금까지 윤동주 죽음의 진상을 좇아 다각도로 검증을 거듭해왔다. 그 결과 일본 규슈대학 의학부 관계자가 '연구'를 목적으로 후쿠오카 형무소를 방문할 수 있었고, 그 관리 체계의 구멍과도 같은 경로를 통해 광기의 사태가 벌어졌을 가능성을 결론으로 이끌어냈다.

하지만 솔직히 이것만으로 윤동주의 인체실험 사망설의 결정적 확증을 얻었다거나 설을 완벽히 증명했다고 말하기는 어렵다. 이는 어디까지나 송몽규가 남긴 "이름 모를 주사를 맞고"라는 말을 토대로, 인체실험이 있었고 그 때문에 윤동주가 사망했다는 전제 위에 논리를 쌓아 올린 것이다. 그런 사실이 있었다면 이런 가능성만이 존재할 수 있다는 것을 논리로 전개했다는 것이다. 그런 점에서 이는 어디까지나 가정을 바탕으로 한 추론이다. 윤동주의 죽음이 인체실험 때문이라고 100퍼센트 단정하는 데까지는 이르지 않았다.

역사를 다루는 글을 쓰는 사람으로서 필자는 역사에 대한 책임이 있다. 객관성이 뒷받침된 논고나 언설이 아니라면 역사의 '사실'로 제창하는 것은 삼가야 한다. 역사에 대해 엄숙한 자세, 좀 더 엄밀한 객관성을 가지고 일하고자 한다면, 논리의 근본이 된 '가정'에 앞서 여전히 넘어야 할 몇 가지 장벽이 가로막고 있다는 것을 인정하지 않을 수 없다.

우선, 이것이 최대의 '벽'이 될 것이라 생각되는데, 시신에 사반(死斑)과 같은 의문사의 흔적이 남아 있지 않았다는 사실이다. 윤동주의 유해를 거둔 윤영석과 윤영춘 두 사람은 시신이 깨끗했다고 증언했다. 윤영춘이 쓴 「명동촌에서 후쿠오카까지」에는 "사망한 지 열흘이 되었으나 규슈제대(九州帝大)에서 방부제를 써서 몸은 아무렇지도 않았다"라고 되어 있다. 인위적인 죽음이라면 통상적으로 사반 등 자연사가 아니라는 것을 가늠할 수 있는 흔적이 시신에 남을 것이다. 하지만 윤동주의 시신에는 그런 흔적이 남아 있지 않았다. 끔찍한 흉사가 은밀히 행해졌다면, 그런 흔적이 남지 않도록 주도면밀하게 계산·배려된 후에 '실험'이 이뤄졌다는 말이 된다. 예를 들어 대용 혈액으로서 바닷물을 주입한 것이 사인이라면, 그에 따른 흔적은 시신에 나타나지 않는 것일까?

실은, 전후에 미군 등 일본 점령군이 집행한 전범을 재판하는 극동국제군사재판 중 주로 BC급 재판이 열린 요코하마 군사법정에서 이 규슈대 생체해부 사건과 관련해 후쿠오카 형무소에도 의혹의 눈길이 쏠렸다. 왜냐하면 후쿠오카 형무소에도 소수의 미군 포로(생체실험 사건과는 무관)가 수용되었기 때문인데, 그들을 잔학하거나 비인도적으로 대우하지 않았는지에 대해 추궁을 받아 요시다 게이타로도 소환되어 증언대에 섰다. 요시다의 저서 『너 복수하지 말지라』에 따르면, 그는 일본계 2세 재판 담당관으로부터 미군 포로 학대를 목격한 일은 없었는지 상당히 집요한 힐문을 받은 듯하다(요시다는 "모른다"라는 말로 일관했다고 한다).

거기서 문제가 된 것은 어디까지나 미군 포로에 대한 잔학 행위의 유무였을 뿐, 조선인 복역자가 시야에 들어 있었던 것은 아니다. 그렇지만 일단은 규슈대 의학부에서 일어난 생체해부 사건과 관련해 후쿠오카 형무소까지 추궁의 손길이 미쳤던 것은 사실이다. 그 과정에서 생체해부 사건으로 이어지는 흉사의 증거가 있었다면, 당연히 공격의 대상이 되었을 것이다. BC급 재판은 냉정한 심판으로 알려져 있다. 때로는 피고인 본인이 죄의 자각 없이 기소되어 사형선고를 받는 경우도 있었다. 그러면서도, 그 집요한 심판의 장에서도 후쿠오카 형무소는 유죄를 받지 않았다.

송몽규의 증언으로 후세 사람들은 온전히 조선인을 대상으로 한 제노사이드(집단학살)로서의 인체실험에 눈을 돌리고 있는데, 일단 그 선입견을 배제하고 있는 그대로 그의 말을 다시 보면, 송몽규는 윤동주와 자기가 이름 모를 주사를 맞고 있다고 언급했지만 그것이 조선인을 대상으로 한 것이라고는 말하지 않았다. 여기에는 분명 후세 사람들의 선입견이 개입되어 있다.

야나기하라 야스코가 알려준 것인데, 각지의 형무소에서 병사자가 급증한 현실이 알려지면서 정부에서 일본 전국 형무소에 대해 수형자에게 티푸스 예방주사를 접종하라고 명령한 기록이 있다. 1944년 4월 28일 형정국장에 의해 통지된 「형정갑(刑政甲) 제1118호」라는 문서가 그것으로, 여기에서는 "급성전염병, 특히 티푸스 등의 격리에 대해 실수가 없도록 하고 있다고 사료되나, 매년 부분적 발생이 나타나는 실정에 비추어, 금후 전 수용자에 대해 봄과 여름 2회 반드시 장티푸스, 파라티푸스 AB 혼합 백신 주사를 실시하고 그 멸종을 기하도록 통첩한다"라고 되어 있다. 중앙으로부터 명령을 받고 후쿠오카 형무소에서 실제로 어떻게 대처했는지에 관해서는 아쉽게도 기록이 발견되지 않으나, 주사에 관한 지령인 만큼 무시할 수는 없다.

여기에서 생각나는 일은 윤동주의 시신을 인수하러 후쿠오카 형무소를 찾아간 윤영춘이 남긴 글, 의무실 앞에 늘어선 50명의 푸른 죄수복을 입은 수형자들을 보았다는 증언이다. 푸른 죄수복이므로 윤동주와 같은 치안유지법 위반으로 독방에 구금된 자가 아니라 어디까지나 일반수인데(더욱이 그들이 조선인 수형자였다는 확증은 없다), 그렇게 많은 사람이 쓰러져가는 것도 아니고 줄지어 늘어서 있었다는 것은 쇠약한 병자들이 진료를 받으러 간 것이 아니라 의무실에서 이뤄지는 검사, 진단, 또는 병 예방을 위한 처치를 받기 위함이었다고 생각하는 것이 타당하지 않은가 하고 여겨진다.

앞서 언급한 정부의 통지를 고려해, 만약 그것이 형무소 측에서 복역자들을 대상으로 실시한 예방주사였다고 한다면, 그리고 전쟁 말기의 약제 부족 등의 혼란 속에서 충분한 인폼드 콘셉트가 없는 상황에서 행해졌다고 한다면, 송몽규가 말한 이름 모를 주사가 형무소 내에서 이뤄진 의료 행위의 일환이었을 가능성을 완전히 부정할 수는 없을 것이다.

윤동주가 후쿠오카 형무소 내에서의 끔찍한 인체실험으로 사망했다는 전제를 놓고 검증을 거듭해 가능성으로서 하나의 결론을 도출하기는 했지만, 확증을 잡는 데까지는 여전히 넘어야 할 '벽'이 몇 가지나 존재한다.

그러한 의미에서 윤동주의 죽음의 진상은 여전히 수수께끼다. 하지만 지금까지 더듬어온 검증이 헛수고라고는 생각하고 싶지 않다. 이런저런 우여곡절을 거듭하며 논리를 쌓아왔는데, 적어도 검증 과정에서 항간에 쉽게 회자되기 쉬운 다양한 '설'에 대해 세부 디테일의 오류와 불확실성을 지적해온 셈이며, 진실로 향하는 길을 열어온 셈이다.

명확한 결론을 바라면서, 명확한 결론이 나오지 않는 문제에 대해 장황하게 지면을 할애해온 것 역시, 조사와 고찰을 가능한 한 생략하지 않고 널리 소개함으로써 앞으로 윤동주의 생애를 끝까지 밝히고자 애쓰는 분들이 필자가 수집한 정보를 발판 삼아 진실을 해명하는 데 한 걸음 더 나아가기를 바라 마지않기 때문이다.

7. 생명의 숨결, 생명의 시인

죽음의 진상을 둘러싸고 논리를 전개해왔으나, 거기서 윤동주의 사람됨을 엿볼 수 있는 부분은 좀처럼 발견되지 않았다. 후쿠오카 형무소에서의 마지막 나날, 젊은 시인의 가슴에 오가던 생각에 대해 알 수 없다는 것은 그 부조리한 죽음에서 느끼는 애처로움과 겹쳐져 원통함을 더할 뿐이다. 형무소에서 윤동주의 모습을 보았다는 김헌술의 추억 가운데 말이 없고 조용한 미소가 인상적이었다는 부분에서 너무나도 윤동주다운 모습을 간신히 보게 된 듯했지만, 이것만으로는 그의 마음속 깊은 곳에는 닿을 수 없었다.

그런 의미에서는 동생 윤일주에 의해 전해진 후쿠오카 형무소에서 보내왔다는 엽서의 내용이 유일하게 만년(이라 말하기에는 아무리 생각해도 너무 젊지만!)의 윤동주의 마음에 닿을 수 있게 해준다. 그 것은 1944년 초가을, 윤일주가 형무소에 있는 형에게 "붓 끝을 따라온 귀뚜라미 소리에도 벌써 가을을 느낍니다"라고 써 부친 편지에 대해 윤동주가 답장을 보낸 것으로, "너의 귀뚜라미는 홀로 있는 내 감방에서도 울어 준다. 고마운 일이다"라는 내용이었다고 한다.

정치적인 것, 민족적인 것을 비롯해 여러모로 자유롭게 말하는 것이 허용되지 않았던 형무소의 안팎을 이어주는 제한된 통신으로 형과 아우 사이에 이런 아름다운 왕래가 있었다는 것은 기적과도 같다는 느낌이 든다. 아우의 편지에서 귀뚜라미는 계절인사로 등장한 것이었으나, 그에 대해 메아리처 울리듯 보내온 형의 답장에서 귀뚜라미는 상당히 깊은 뜻을 안고 있다.

독방에 있는 자신과 멀리 북간도 고향에 있는 아우를 서로 이어주는 마음의 띠를 상징하는 것은 물론, 마치 넓은 세계와 자신을 이어주는 하나님의 사자라도 되는 듯이, 또는 끊임없는 억압 속에 갇혀버린 자신에게 시들지 않는 생명의 증거이기도 한 듯이, 윤동주는 귀뚜라미 울음소리에 귀를 기울이는 것이다. 여기에 영락없는 윤동주 그 사람이 있다. 시인의 풋풋한 감성이 여전히 빛을 발하고 있다.

1944년 가을이면 김헌술이 출소한 무렵인데, 그의 증언에 따르면 윤동주는 밤중에 심하게 콜록거리거나 독방의 변기를 처리하기 위해 복도의 지정된 장소까지 기어가야 할 정도로 병을 앓고 있었다. 그런 몸으로 윤동주는 놀랍게도 "고마운 일이다"라고 감사의 말을 덧붙였다. 자신의 육체적·정신적 고통을 넘어 그는 이 작은 생명에, 그 무구한 생명의 발로에 마음으로부터 공감을 보낸 것이다.

1장에서 언급한, 유한한 삶을 열심히 사는 'mortal life'에 대한 공명(共鳴)을 떠올려주기를 바란다. '모든 죽어가는 것', 즉 유한한 생명을 사랑해야지라고 읊은 「서시」의 1행이 되살아난다. 자유를 빼앗긴 독방에서의 나날, 죽음의 그림자가 드리운 자신의 'mortal'한 운명이 확실히 보인다. 그런 가혹한 나날 속에서도 윤동주는 여전히 작은 생명의 숨결에 귀를 기울이고 공감하며 생명의 발로에 접할 수 있다는 것에 대한 감사를 가슴에 품은 것이다.

일찍이 시집 『하늘과 바람과 별과 시』를 정서한 원고지 여백에 "미를 구하면 구할수록 생명이 하나의 가치임을 인정한다. 왜냐하면 미를 인정하는 것은 생명에 대한 참여를 기꺼이 승인하고 생명에 참가하는 것과 다름없기 때문이다"라고 월도 프랭크의 말을 인용해서 엮은 윤동주다. 정말이지 윤동주라는 사람이야말로 진정한 의미에서 '생명의 시인'이라고 느껴지지 아니할 수 없다.

그런데 독방에 있던 윤동주의 마음을 엿볼 수 있는 기록은 안타깝게도 앞서 언급한 동생 윤일주에게 보낸 엽서 이외에는 남아 있지 않다. 다만 북3사의 독방에, 귀뚜라미뿐 아니라 어떤 '자연의 숨결'이 다닐 수 있었는지는 요시다 게이타로가 남긴 옥중에서의 나날을 엮은 단가(5·7·5·7·7의 음운으로 구성된 일본의 전통적인 단시형)를 통해 알 수 있다. 모두 그의 『너 복수하지 말지라』의 권말에 실린 것인데, 그곳에 기록된 생명의 숨결에 분명히 옥중의 윤동주도 시선을 쏟고 귀를 기울이고 있었을 것이라 여겨진다. 그중 몇몇을 이곳에 인용한다.

独房の　まどべの梧桐　やわらかに
　　　新芽をふきて　我をなぐさむ

독방 창가로 보이는 오동나무
　　　살포시 새싹을 틔우며 나를 위로하네

遠蛙　ききつつねむる　獄窓に
　　　月光淡く　射しいたりけり

멀리 개구리 우는 소리에 잠드는 옥창으로
　　　달빛이 희미하게 비치는구나

夕食の　箸をとどめて　しばらくは
　　　ひぐらしの声に　耳すましいつ

저녁 먹던 젓가락을 멈추고 잠시
　　　매미 울음소리에 귀를 기울였네

봄에는 독방 창가로 보이는 오동(벽오동)의 신록이 눈을 위로한다. 초여름에는 밤 동안 멀리서 개구리 울음소리가 들린다. 한여름 밤에는 매미 울음소리도 들려온다. 모두 윤동주의 독방에서도 분명 감지할 수 있는 자연의 숨결이었을 것이다.

형무소 내의 상황은 한결같이 악화되었다. 시대의 어둠도 깊어질 뿐이었다. 그런데 끝도 없이 잔인한 암흑의 지배를 벗어나 그 누름돌을 견디며 여전히 열심히 살아가려는 무구한 생명의 빛이 독방 주변에 숨 쉬고 있었던 것이다.

雲のいろ　しだいにあせて　山々の
　　姿も消えて　今日もくれけり

구름 빛 점점 희미해져 산들의 모습도 스러지고
　　오늘 하루도 또 저물어가는구나

독방의 작은 창문에서는 하늘로 떠올라 흘러가는 구름도 보였다. 황혼이 되면, 점차 구름의 빛깔도 바래 멀리 산들도 거무스름해지고, 머지않아 어둠 속으로 형태가 희미해져 간다. 낮에는 구름이 보이던 하늘에 밤이 되면 별들의 반짝임도 보였을 것이다.

시집『하늘과 바람과 별과 시』의 제목에서 읊어진 하늘, 바람, 별은 후쿠오카 형무소의 옥창에서도 감지되는 것들이었다. 최후의 나날, 윤동주는 그런 자연의 숨결을 어떻게 보고 듣고 느꼈을까. 분명 그곳에서 하늘의 뜻을 느끼고, 생명의 발로에 깊이 공명하며, 시심이 깊어졌으리라. 상상조차 할 수 없는 절망적인 상황에서 그의 눈동자는 여전히 감동의 눈물을 머금고 있었던 것은 아닐까.

しずもれば 夜汽車のわだち 聞こえきぬ
そぞろに旅の してみたくなり

사위가 고요해지며 밤기차 바퀴소리 들려왔네
괜스레 여행이 하고 싶어지누나

깊은 밤의 정적을 깨고 밤기차 달리는 소리가 흘러왔다. 그것은 일찍이 윤동주가 살았던 도쿄와 교토로 향하는 기차였을까. '남의 나라'에서 배운 1년 반 정도의 세월이 주마등처럼 스쳐 지나간다. 대학노트를 끼고 노교수의 강의를 들으러 다닌 도쿄 릿쿄대학에서의 나날, 여학생과 둘뿐인 수업에서 "틀렸을 때 부끄럽습니다"라고 말한 교토 도시샤대학에서의 나날, 급우들과 짧은 시간 자유를 즐긴 우지강에서의 송별 소풍…….

윤동주의 마음속에 펼쳐진 철로는 어느새 일본을 지나 조국의 품에 안겨 청춘을 구가한 서울로 향했을 것이다. 담쟁이넝쿨로 뒤덮인 학사, 언더우드 총장의 동상, 그리운 친구들의 얼굴이 떠오른다. 누상동 하숙집에서 아침마다 산책을 나갔던 인왕산 바위, 산속 우물, 석양 속에 솟아 있던 교회당의 높은 첨탑과 십자가, 식민지의 현실을 살아가는 어딘가 '손님 같은' 사람들…….

도쿄에서 쓴 시「사랑스런 추억」속에도 기차는 추억 속 서울과 타향의 하숙집을 이어주며 왕래하고 있다.

사랑스런 追憶(추억)

봄이 오던 아침, 서울 어느 쪼그만 停車場(정거장)에서
希望(희망)과 사랑처럼 汽車(기차)를 기다려,

나는 플랫폼에 간신한 그림자를 떨어트리고,
담배를 피웠다.

내 그림자는 담배연기 그림자를 날리고,
비둘기 한 떼가 부끄러울 것도 없이
나래 속을 속, 속, 햇빛에 비춰, 날았다.

汽車(기차)는 아무 새로운 소식도 없이
나를 멀리 실어다 주어,

봄은 다 가고── 東京(동경) 郊外(교외) 어느 조용한 下宿房(하숙방)
에서, 옛 거리에 남은 나를 希望(희망)과 사랑처럼
그리워한다.

오늘도 汽車(기차)는 몇 번이나 無意味(무의미)하게 지나가고,

생명의 시인 윤동주

오늘도 나는 누구를 기다려 停車場(정거장) 가차운
언덕에서 서성거릴 게다.

—— 아아 젊음은 오래 거기 남아 있거라.

드디어 철로는 아득히 먼 북간도로 이어진다. 조선을 오갈 때마다 넘었던 두만강의 물살, 태어난 고향 명동촌의 소박한 모습, 용정의 소도회지, 농구부 선수로 땀 흘리던 운동장, 방학에 귀향하면 현지의 아이들을 가르치던 감리교회, 그리고 소중한 가족들, 여동생과 남동생의 얼굴, 간도 사투리의 조선어…….

어머님,
그리고 당신은 멀리 북간도에 계십니다.

시집 『하늘과 바람과 별과 시』의 마지막에 놓인 「별 헤는 밤」의 한 구절이다. 밤하늘에 빛나는 별을 보면서 시인은 일찍이 연희 언덕에 섰던 때와 마찬가지로 후쿠오카 형무소에서의 마지막 나날에도 어머니를 생각하고 사랑하는 사람들을 그리워하며 모든 생명을 사랑하고 소중하게 생각했던 것이리라.

고독하리만큼 지순, 고상한 그 마음을 생각하면 절로 눈물이 흐른다. 큰 원통함과 운명의 가혹함에 아픔을 느끼는 동시에, 27년이라는 짧은 생을 산 고귀한 생명을 앗아간 시대의 거악에 대해 다시금 그 잔혹함과 광포함을 통감하지 않을 수 없다.

옥중에 있던 윤동주의 가슴에 깃든 생각을 더듬어가다 보면, 언젠가는 마지막 외침을 향해 가게 된다. 시신을 인수하러 찾아간 윤영석과 윤영춘 두 사람에게 교도관이 전한, 윤동주가 마지막 임종 때 무언가 외쳤다는 그 외침이다. 조선어였기에 일본인 교도관은 그 의미를 알 수 없었다.

그 최후의 한마디는 과연 무엇이었을까?

「별 헤는 밤」에서처럼 "어머님!" 하고 고향에 계신 어머니를 부르는 외침이었을까. 아니면 민족적인 것, 예를 들어 "대한 독립 만세!" 같은 비원의 절규였을까. 또는 "주여!"와 같은 그리스도인으로서의 기도가 응집되어 토해낸 곡성이었을까.

지금으로서는 그 말을 확인할 길이 없다. 그것은 이제 우리 한 사람 한 사람, 윤동주와 마주한 자의 가슴에 메아리치는 것이리라.

＊ ＊ ＊

시집 『하늘과 바람과 별과 시』에는 그리스도와 자신을 포개며 자기희생에 대한 동경을 읊은 시가 있다. 「십자가」가 그것이다. 지금까지 봐온 시 중에서도 「병원」, 「장미 병들어」와 같이 이웃과 타인의 병, 아픔을 자신의 몸으로 짊어지려는 자세가 여실히 드러난다. 윤동주다운 사랑의 모습이리라. 이 「십자가」는 짧은 생애를 마친 부분에서 돌이켜보면, 마치 미래의 자연스러운 운명을 예견한 듯 보여 슬프고 안타깝다. 후쿠오카 형무소 독방은 십자가 지는 것을 스스로에게 부여한 윤동주가 향한 골고다 언덕이었던 것일까.

생명의 시인 윤동주

十字架(십자가)

쫓아오던 햇빛인데
지금 敎會堂(교회당) 꼭대기
十字架(십자가)에 걸리었습니다.

尖塔(첨탑)이 저렇게도 높은데
어떻게 올라갈 수 있을까요.

鐘(종)소리도 들려오지 않는데
휘파람이나 불며 성성거리다가,

괴로웠던 사나이,
幸福(행복)한 예수 그리스도에게
처럼
十字架(십자가)가 許諾(허락)된다면

모가지를 드리우고
꽃처럼 피어나는 피를
어두워가는 하늘 밑에
조용히 흘리겠습니다.

제7장

그리고 시와 책이 남았다

소장 일본어 서적으로 보는 윤동주의 시 정신

완전한 이해를 동반했을 때, 과연 미는 완전한 것으로 존재하는가.

소장 서적 중 빌헬름 딜타이의 『근세 미학사』 여백에 윤동주가 직접 적은 일본어 메모

1. 유품 중 일본어 서적

1945년 2월 16일, 윤동주는 후쿠오카 형무소에서 숨을 거두었다. 27년의 짧은 생이었다. 그가 교토에서 체포되었을 때, 갖고 있었을 시고는 유족의 품으로 돌아오지 않았다. 안타깝기 그지없지만, 그 가치를 모르던 경찰에 의해 처분되어버린 듯하다. 그렇지만 이미 언급했듯 그의 죽음으로부터 3년여 전 친우 정병욱에게 맡긴 『하늘과 바람과 별과 시』의 자필 시고가 마룻바닥 아래 항아리에 담겨 관헌의 눈을 피해 간직됨으로써 1948년에 시집으로 출판되었다. 연희전문학교 시절, 친우 강처중 또한 도쿄에서 보내온 다섯 편의 시와 「참회록」 등의 시고를 지켜내 조국 해방과 함께 윤동주가 시인으로서 '부활'할 수 있도록 힘썼다.

북간도에 있었던 유족 가운데 윤동주의 동생 윤혜원과 그녀의 남편 오형범 역시 고향 집에 두었던 윤동주의 시고 "나의 습작기의 시 아닌 시"라는 제목이 쓰인 '문조'와 '원고 노트 창'을 어렵게 서울로 가지고 왔다. 이것들은 시인이 중학교 시절부터 엮어온 시를 모은 것이었다. 이런 힘들이 이어지고 모여 지금 우리가 보는 윤동주 시집이 완성되었다. 시인 본인은 타향의 형무소에서 고독한 죽음을 맞을 수밖에 없었지만, 남겨진 시는 유지를 이어받은 사람들의 마음을 묶으면서 기적처럼 지켜져 긴 어둠에서 해방된 것이다.

그런데 이처럼 남겨지고 간직된 것은 시고만이 아니었다. 또 한 가지, 그것이 '작품'으로서 세상에 나올 일은 없었겠지만, 시와 마찬가지로 소중하게 전해진 것이 있었다. 바로 그의 소장 서적이다.

강처중

모두 42점. 이것들은 윤동주가 일본 유학길에 오르면서, 학우인 강처중에게 보관해줄 것을 부탁했다가 훗날 동생 윤일주에게 건네진 것이다. 조선어 서적 10권, 일본어 서적 27권, 영어 번역 성서를 포함해 영어 서적 5권이 남았다. 조선어 서적은 『정지용 시집』(시문학사, 1935)과 서연주의 『화사집』(1941) 등 모두 개인 시집이다. 그중에는 『백석 시집 사슴(鹿)』(1936)과 같이 100부 한정으로 나온 것을 윤동주가 모두 필사한 것도 있다.

남은 소장 도서 중 가장 많은 부분을 차지하는 일본어 서적에는 시집은 물론 철학과 예술학, 미학 관련 서적도 있어 소장자가 열심히 공부한 흔적을 엿볼 수 있다. 또한 「별 헤는 밤」에 등장하는 프랑시스 잠, 라이너 마리아 릴케의 책 등 번역서도 포함되어 있어 이들 서양 시인의 서적을 윤동주가 먼저 일본어 번역으로 읽었다는 것을 알 수 있다. 이 일본어 서적의 책 이름은 『윤동주 자필 시고전집(사진판)』(민음사, 1999)에서 확인할 수 있다. 극히 일부이기는 하지만, 이 시고전집에는 일본어 소장 도서에 곁줄(가로쓰기에서의 밑줄과 같다─옮긴이)이 그어져 있거나 직접 적은 메모가 있는 것을 볼 수 있는 사진까지 실려 있다.

처음 그 사진을 보았을 때는 뭐라 말하기 어려운 충격을 받았다.

생명의 시인 윤동주

일본에 유학까지 하여 릿쿄대학과 도시샤대학에서 배운 사람이기에 일본어 서적을 봤다는 것이 머리로는 이해가 되면서도 계속적으로 한글을 고집했던 시인이 한편으로는 일본어의 다양한 서적을 열심히 읽고 거기에서 배우려고 한 모습을 직접 보며 놀라움을 감출 수 없었던 것이다.

그런 충격은 이 일본어 서적을 자세히 보면서 곧 영감으로 바뀌었다. 그가 어떤 책의 어디에 흥미를 가지고 글을 따라가 시선을 멈추고 곁줄을 긋는 등의 행동을 하며 공감의 흔적을 책에 새겼는지, 윤동주의 독서 체험을 추체험하면서 윤동주 시 정신의 모습이나 행방을 좇아볼 수는 없을까…….

말하자면, 독서의 흔적으로 더듬어보는 윤동주 삶의 궤적이다. 써놓은 메모로 헤아려보는, 장서 속에 그려진 마음의 드라마다. 윤동주의 시 작품으로 이어진 시 정신의 궤적을 또 다른 시각으로 뒷받침할 수 있도록 다가갈 수 있지 않을까 하고 바랐던 것이다.

2011년, 나는 시인의 조카인 윤인석 교수에게 부탁해 당시 그의 자택에 보관되어 있던 윤동주의 일본어 서적 27권을 모두 볼 수 있었다(지금은 윤동주의 모교 연희전문학교의 후신인 연세대학에 기증되었다). 곁줄과 메모가 있는 부분을 카메라로 촬영하는 것도 허락해주었다. 윤동주의 시선에 자신의 눈을 포개는 감동을 느끼면서 나는 계속해서 사진을 찍는 데 몰두했다. 그러나 독서의 흔적을 찾아 카메라에 담아가는 과정에서 바로 이 시도가 용이하지 않다는 것을 깨달을 수 있었다.

물론 1930년대부터 1940년대까지 일본 시단, 시의 조류에 관한 나의 지식이 받쳐주지 못한다는 사정도 있었다. 더욱이 철학과 미학사 서적은 오늘날 일반적으로 쓰지 않는 전문용어도 있어 매우 난해하다.

그런데 또 하나, 물리적 어려움이 있었다. 윤동주는 많은 서적을 고서점에서 구입했다. 메모 등 체크한 흔적이 과연 윤동주가 직접 한 것인지 확신이 서지 않는 경우가 있었다. 잘 모르는 사람이 보기에도 왠지 다른 사람이 쓴 것은 아닌지 의심스러운 메모도 있었다. 경우에 따라서는 형의 책을 물려받은 동생 윤일주가 한 메모 같은 것도 있어 더욱 복잡해졌다. 비슷하지만 다른 글씨체를 만나면 나는 하나씩 윤인석에게 확인을 구했다. 윤인석이라 해도 필적이 당숙의 것인지, 아버지의 것인지 확실히 알기 곤란한 때가 있었다.

아이디어는 좋았지만 실제 작업으로 들어가니 큰 벽에 가로막힌 것을 인정하지 않을 수 없었다. 귀중한 자료이며 그곳에 새겨진 흔적에서 무언가 피어오르는 것은 명백했지만, 흐린 구름을 통해 태양을 바라보는 듯한 답답함을 감출 수 없었다.

몇 년이 그렇게 지났다.

어느 날, 오랜만에 사진 자료를 보고 있는데, 과거에는 높게만 느껴졌던 장벽이 그만큼의 장애물이 아니라는 생각이 들었다. 흐려진 구름 속을 통과하는 듯한 모호함은 사라지지 않았지만, 그곳에서 들여다보이는 윤동주의 진정에 가슴이 먼저 반응한 것이다. 그곳에서 만난 윤동주가 너무나 소중하다는 마음이 모든 어려움을 이겨낼 수 있게 해주었다. 일본어 서적을 통해 시 정신을 새롭게 펼치고 싶다는 바람을 처음 품은 지 5년이 지나, 필자는 다시 이 주제를 마주하기로 결심했다.

2. 윤동주가 소장한 일본어 서적 27권

윤동주가 남긴 일본어 서적 27권은 과연 어떤 책일까? 윤동주는 꼼꼼한 사람으로, 대부분의 책에 그 책을 구입한 날짜와 시기를 자신의 서명과 함께 적어놓았다. 그래서 발행 연도와는 별도로 윤동주가 구입한 연도 순서로 일본어 소장 서적을 정리해보았다. 구입 시기가 기입되지 않은 것이 3권 있는데, 이것은 목록 마지막에 정리했다. 왼쪽부터 순서대로 저자, 책 이름, 출판사, 발행 연월일, 윤동주의 구입 시기를 표기하고, 구입 장소가 확인될 때는 이를 마지막에 덧붙였다.

- 다카오키 요조(高沖陽造), 『예술학(芸術学)』

  비에이도(美瑛堂) / 1937년 6월 22일 발행 / 1939년 구입

- 프랑시스 잠(フランシス·ジャム), 『밤의 노래(夜の歌)』

  미요시 다쓰지(三好達治) 옮김 / 노다쇼보(野田書房) / 1936년 11월 25일 발행 / 1940년 1월 31일 구입

- 야마우치 요시오(山内義雄), 『야마우치 요시오 번역 시집(山内義雄訳詩集)』

  하쿠스이샤(白水社) / 1933년 12월 10일 발행 / 1940년 4월 구입

- 폴 발레리(ポール·ヴァレリー), 『시학서설(詩学叙説)』

가와모리 요시조(河盛好蔵) 옮김 / 고야마쇼텐(小山書店) / 1938년 8월 15일 발행 / 1940년 5월 구입 / 유길서점(有吉書店)

- 미요시 다쓰지(三好達治) 시집, 『봄의 곶(春の岬)』

  소겐샤(創元社) / 1940년 3월 3일 발행(3쇄) / 1940년 9월 7일 구입

- 다카무라 고타로(高村光太郎), 구사노 신페이(草野心平), 나카하라 주야(中原中也), 구라하라 신지로(蔵原伸二郎), 진보 고타로(神保光太郎), 『현대시집(現代詩集) 1』

  가와데쇼보(河出書房) / 1939년 12월 15일 발행 / 1940년 12월 8일 구입 / 유길서점

- 마루야마 가오루(丸山薫), 미야자와 겐지(宮沢賢治), 다치하라 미치조(立原道造), 다나카 후유지(田中冬二), 이토 시즈오(伊藤静雄), 『현대시집(現代詩集) 2』

  가와데쇼보(河出書房) / 1940년 3월 23일 발행(3쇄) / 1940년 12월 8일 구입 / 유길서점

- 하기와라 사쿠타로(萩原朔太郎), 기타가와 후유히코(北川冬彦), 다카하시 신기치(高橋新吉), 가네코 미쓰하루(金子光晴), 미요시 다쓰지(三好達治). 『현대시집(現代詩集) 3』

  가와데쇼보(河出書房) / 1940년 3월 25일 발행(3쇄) / 1940년 12월 8일 구입 / 유길서점

- 폴 발레리(ポオル・ヴァレリイ). 『문학론(文学論)』

  호리구치 다이가쿠(堀口大学) 옮김 / 다이이치쇼보(第一書房) / 1938년 7월 10일 발행 / 1941년 2월 28일 구입

- 라이너 마리아 릴케(ライネル・マリア・リルケ). 『기수 크리스토

프 릴케의 사랑과 죽음의 노래(旗手クリストフ・リルケの愛と死の歌)』

시오타니 다로(塩谷太郎) 옮김 / 쇼신샤(昭森社) / 1941년 4월 30일 발행 / 1941년 5월 4일 구입

• 빌헬름 딜타이(ディルタイ). 『근세 미학사(近世美学史)』

도쿠나가 이쿠스케(德永郁介訳) 옮김 / 다이이치쇼보(第一書房) / 1934년 6월 15일 발행 / 1941년 5월 구입 / 유길서점

• 빌헬름 딜타이(ディルタイ). 『체험과 문학(体験と文学)』

핫토리 마사미(服部正己) 옮김 / 다이이치쇼보(第一書房) / 1939년 4월 15일 발행(2쇄) / 1941년 5월 구입 / 유길서점

• 알베르 티보데(ティボーデ). 『소설의 미학(小説の美学)』

이쿠시마 료이치(生島遼一) 옮김 / 하쿠스이샤(白水社) / 1940년 8월 20일 발행(재판) / 1941년 6월 28일 구입 / 문광당서점(文光堂書店)

• 모모타 소지(百田宗治). 『시 작법(詩作法)』

시노키샤(椎の木社) / 1934년 10월 25일 발행 / 1941년 9월 9일 구입 / 호산방(壺山房)

• 미키 기요시(三木清). 『구상력의 논리(構想力の論理) 1(第一)』

이와나미쇼텐(岩波書店) / 1939년 7월 15일 발행 / 1941년 9월 9일 구입 / 유길서점

• 폴 발레리(ポール・ヴァレリイ). 『고정관념(固定観念)』

가와마타 고노스케(川俣京之介) 옮김 / 하쿠스이샤(白水社) / 1941년 9월 5일 발행 / 1941년 10월 3일 구입

• 미요시 다쓰지(三好達治) 시집. 『구사센리(艸千里)』

소겐샤(創元社) / 1940년 8월 1일 발행(재판) / 1941년 10월 6일 구입

- 『조이스 시집(ヂオイス詩集)』

  니시와키 준자부로(西脇順三郎) 옮김 / 다이이치쇼보(第一書房) / 1933년 10월 15일 발행 / 1941년 10월 구입

- 가와이 에이지로(河合栄治郎) 엮음.『학생과 역사(学生と歴史)』

  니혼효론샤(日本評論社) / 1940년 4월 1일 발행 / 1941년 10월 구입 / 문예서방 (文藝書房)

- 마르셀 프루스트(マルセル・プルウスト).『즐거움과 나날(愉しみと日日)』

  사이토 이소오(齋藤磯雄)·곤도 고지(近藤光治)·고라이 도루(五来達) 옮김 / 미카사쇼보(三笠書房) / 1941년 10월 23일 발행 / 1941년 11월 13일 구입

- 일본시인협회 엮음(日本詩人協会 編).『쇼와 16년 춘계판 현대시(昭和16年春秋季版 現代詩)』

  가와데쇼보(河出書房) / 1941년 5월 30일 발행 / 1941년 12월 정병욱의 졸업 기념 선물

- 일본시인협회 엮음(日本詩人協会 編).『쇼와 16년 추계판 현대시(昭和16年秋季版 現代詩)』

  가와데쇼보(河出書房) / 1941년 11월 20일 발행 / 1941년 12월 정병욱의 졸업 기념 선물

- 폴 클로델(ポール・クローデル).『전조와 우화(前兆と寓話)』

  하세가와 요시오(長谷川善雄) 옮김 / 리쓰메이칸슈판부(立命館出版部) / 1939년 9월 15일 발행 / 1942년 2월 2일 구입

- 하루야마 유키오(春山行夫).『시 연구(詩の研究)』

다이이치쇼보(第一書房) / 1939년 9월 15일 발행(3쇄) / 1942년 2월 19일 구입

※ 아래는 구입 또는 입수 시기를 알 수 없는 것

- 간다 도요호(神田豊穂). 『철학사전(哲学辞典)』
  류분샤(龍文社) / 1934년 4월 15일 발행(3쇄)

- 하야시 다쓰오(林達夫). 『사상의 운명(思想の運命)』
  이와나미쇼텐(岩波書店) / 1939년 7월 17일 발행

- 이쿠다 슌게쓰(生田春月). 『상징의 오징어(象徴の烏賊)』
  다이이치쇼보(第一書房) / 1940년 6월 20일 발행

※ 각 서적에 표기된 것을 그대로 따라 썼기 때문에 '폴 발레리'의 일본어 표기가 서
  로 다름. 또한 옛날 표기는 현대식으로 바꿈.

물론 이 27권이 윤동주가 읽은 일본어 서적의 전부였던 것은 아
니다. 예를 들면, 윤일주가 정리한 윤동주의 연표에는 일본 체류 중
에 읽은 책으로 『고흐 서간집(ゴッホ書簡)』, 『고흐의 생애(ゴッホの
生涯)』, 『다치하라 미치조 시집(立原道造詩集)』이 들어 있지만, 남
겨진 소장 도서에는 포함되어 있지 않다. 교토에서 체포되었을 때
경찰에 압수되어 돌아오지 않았을 것이다.

그런 의미에서 독서 경험의 전부를 엿볼 수 없지만, 그렇다고 해
서 간과할 수도 없다. 윤동주가 시인으로서의 경향과 스스로 어떤
양분을 주려고 했는지는 이 목록을 들여다보는 것만으로도 파악할
수 있다.

바로 알 수 있는 사실은 일본인 저서로는 역시 모더니즘 계열 시
인의 서적이 많다는 것이다. 특히 미요시 다쓰지의 책으로는 『봄의

미요시 다쓰지의 『봄의 곳』과 『구사센리』

곳』, 『구사센리』 등 개인 시집이 두 권 있고, 시인 다섯 명이 함께 엮은 『현대시집 3』에도 미요시가 참여했다. 프랑스 잠의 시집 『밤의 노래』도 미요시 다쓰지가 번역한 것이다. 윤동주에게 일본 시인 중 미요시 다쓰지가 특별한 위치를 차지했던 것은 의심할 여지가 없어 보인다.

서양 시인으로는 프랑스 시인 폴 발레리의 책이 세 권에 달해, 그의 시에 심취했음을 알 수 있다. 또한 독일 철학자인 빌헬름 딜타이의 책이 두 권 있어 큰 관심이 있었다는 것을 엿볼 수 있다.

구입 시기에 주목하는 것도 흥미롭다. 1940년 12월 8일, 가와데쇼보에서 나온 『현대시집』 1~3권 세트를 윤동주는 유길서점에서 한꺼번에 샀다. 어쩌다 들른 가게에서 구입한 것은 아닐 것이다. 일본의 대표적 현대 시인의 작품을 모으려는 확실한 의도로 구입에까지 이르렀을 것이다. 아마도 세 권 세트가 서점에 나왔다는 것을 사전에 알고 이날 구입할 돈을 마련한 후에 서점으로 간 것이라 여겨진다.

또한 유길서점은 서울의 적선동에 있던 고서점으로, 윤동주는 자주 이곳에서 책을 샀다. 서점 라벨이 권말에 붙어 있어 구입한 장소를 알 수 있다. 고서점을 오가며 여러 서점에서 책을 산 날도 있었다. 1941년 9월 9일 윤동주는 호산방이라는 서점에서 모모타 소지의 『시 작법』을 구입하고 유길서점에서 미키 기요시의 『구상력의 논리 1』을 구입했다.

정병욱이 남긴 글(「잊지 못할 윤동주」, 《나라사랑》, 1976)에 따르면, 연희전문학교에서 수업이 끝나면 윤동주와 학우들은 마치 일과처럼 충무로에 있던 서점(고서점뿐 아니라 신간서점도 있었다)으로 향하고, 음악다방에 들러 조금 전 산 책을 펼쳐봤다. 재미있어 보이는 영화가 있으면 명동극장에서 보고, 아니면 관훈동을 돌아 그곳의 서점을 다시 순례하며, 거기서 또 걸어서 적선동 유길서점에 들러 서가를 훑고, 그렇게 서점을 나올 무렵에는 이미 가로등이 켜지는 시간이 되어 있었다. 1941년 9월 9일 윤동주의 행동은 정병욱의 증언이 실제로 옮겨진 것이다.

이 책에서 윤동주가 소장했던 조선어 서적에 관해서는 정리하지 않았지만, 미요시 다쓰지의 시집 『구사센리』를 산 것은 사실 정지용의 『백록담』을 산 날과 같은 1941년 10월 6일이었다. 구입 장소는 알 수 없지만, 그날도 서점을 돌아다니다가 두 권을 사게 되었는지도 모르겠다.

중학교 시절, 모더니즘적 시 세계를 동경하던 윤동주가 정지용의 동시와 만나 점차 작풍을 바꾸어갔던 것은 제3장에서 언급했는데, 그날 그는 존경하고 사랑하는 조선과 일본의 선배 시인의 작품집을 모두 손에 넣은 것이다. 두 권의 책을 끼고 서점에서 하숙집으로 돌아가는 윤동주의 들뜬 발걸음이 눈앞에 선하다.

직접 산 것이 아니라 선물로 받은 책도 있다. 일본시인협회에서 엮은 『쇼와 16년 춘계판 현대시』, 그리고 같은 해에 나온 '추계판'

은 연희전문학교 졸업 기념으로 정병욱에게서 받은 것이다. 정병욱은 『하늘과 바람과 별과 시』의 시고를 받고 학도병으로 가게 되었을 때 시고를 가족에게 맡겨 마룻바닥 아래 항아리에 넣어 지켜낸 사람이다. 그는 윤동주의 서점 순례에 날마다 동행하는 사이였다. 졸업 기념으로 무엇을 선물할지, 윤동주가 가장 기뻐할 만한 것이 무엇인지 잘 알고 있었을 것이다.

그럼 이제 드디어 책을 펴볼 차례다. 윤동주는 책을 읽으면서 무엇을 느끼고 페이지 위에 어떤 흔적을 남겼을까? 곁줄과 메모, 동그라미 표시 등 다양한 흔적에서 젊은 시인의 어떤 마음의 모습을 들여다볼 수 있을까? 인식과 이해는 물론이고 흥분과 공감, 의심, 반발과 같은 독서 중의 감정을 읽어내면서 윤동주의 내면에 다가서고 싶다.

3. 다카오키 요조의 『예술학』, 정독한 흔적으로 보는 마음의 모습

27권의 일본어 서적 중 메모가 눈에 띄는 것은 철학, 미학사, 시론 등 학술서의 색채가 짙은 서적이다. 특히 다카오키 요조의 『예술학』과 딜타이의 『근세 미학사』에는 곁줄과 메모가 뚜렷하게 남아 있어 정독했음을 엿볼 수 있다. 어떤 의미에서 보면 이는 당연할 것이다. 윤동주는 이 연구서들을 학습의 의도를 가지고 읽었다. 논리를 좇는 데 중요하다고 생각된 부분에는 표시가 들어갔다. 그에 비해 시집류에는 메모가 훨씬 적다. 시를 우선 맛보며 감상했기 때

생명의 시인 윤동주

문일 것이다. [한편으로 소
장 도서 중 조선어 시집과
관련해서는 1935년에 구입
한 『정지용 시집』에 꼼꼼한
체크와 메모가 보여 그 영향
의 크기를 엿볼 수 있다. 또
한 1937년에 갖게 된 『영랑

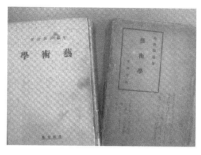

다카오키 요조의 『예술학』

시집』(김영랑의 시집), 그리고 같은 해에 필사한 『백석 시집』에도 나름대
로 체크한 흔적이 있지만, 그 밖에 일본어 소장 서적을 포함해 주로 1939
년부터 1942년에 걸쳐 입수한 시집에서는 메모를 거의 볼 수 없다.] 그러
한 전제를 고려하면서 다카오키 요조의 『예술학』을 살펴보자.

다카오키 요조는 전쟁 전후에 걸쳐 큰 족적을 남긴 좌익계 문화
인으로, 1920년대에는 노동운동에 몸을 담았고, 당시에는 비합법
이던 공산당에 입당해 체포·투옥되었다. 출소 후 1930년대에는 서
양 사상을 소개하는 데 힘쓰면서 마르크스주의를 바탕으로 한 문예
평론, 연극론 등을 썼다. 1937년에 발행된 『예술학』은 서양 예술의
역사를 정리한 책으로, 제1편 '예술철학', 제2편 '예술학설사' 등 2
부로 구성되며, 제1편에서는 예술이란 무엇인가라는 명제에 관해
서술하고, 제2편에서는 미학과 문예학에 관해 저자 특유의 유물론
적 사관을 바탕으로 역사적으로 조망·해설한다.

윤동주는 이 책을 1939년에 구입했다. 그해 9월에 윤동주는 산
문시 「투르게네프의 언덕」 등 네 편의 시를 읊었지만, 그 외에는
날짜를 알 수 없는 한 편이 있을 뿐 과작으로 끝냈다. 이듬해인

1940년에도 12월에 읊은 두 편의 시 외에는 한 편뿐, 시를 쓰지 않았다. 연희전문학교 2학년부터 3학년에 걸친 시기였는데, 중학교 시절 이후 끊임없이 지속해온 시 쓰기를 일단 쉬면서 새로운 비약을 향해 토대를 견고히 하고 싶은 마음이었을 것이다. 그런 의식으로 다카오키 요조의 『예술학』도 정독한 것으로 보인다.

책을 펼치면 본문이 시작되고 곧 위쪽 여백에 윤동주의 자필 메모가 나타난다. '카를 뷔허 『노동과 운율』.' 이어서 다음 쪽 상단 여백에도 '에른스트 그로세'라는 메모가 있다. 이는 본문에 등장한 인명과 그 저서를 기록한 것으로, 윤동주에게는 새로운 지식이었으리라 생각된다. 학습적 태도로 책을 대했음을 보여주는 것이리라.

『예술학』 여백에는 자필 메모가 많은데, 드디어 단어 차원을 넘어 문장에 곁줄을 친 부분이 나타난다. 제1편 '예술철학'이 시작되는 '서론: 예술학이란 무엇인가'의 제3절 '예술적 인식: 예술의 본질에 대해서'에는 시작 부분에 곁줄이 그어져 있고 다시 그 위 여백에 이중 동그라미 '◎'가 기입되어 있다. 윤동주의 열의가 강하게 느껴지는데, 여기에서 이어지는 약 2쪽 분량을 살펴보자.

만약 과학의 본질적 내용이 객관적인 세계의 진리를 파악하는 데 있다면, 예술의 본질적 목적도 마찬가지로 현실적 세계의 진리의 형상화에 있다 해도 좋을 것이다. (중략)

객관적 세계의 진실, 즉 법칙을 폭로하지 않는 과학이 무가치한 것처럼, 형상적인 타입을 창조하지 않는 예술도 또한 결코 가치가 높은 예술이라고는 말할 수 없을 것이다. 만약 예술가가 이 타입을 창조하지 않

생명의 시인 윤동주

고 자아의 아무 내용도 없는 심리적 환상만을 표현하거나 어떤 <u>사소한 현상</u>만을 묘사하고 있다면, 그야말로 타락한 주관주의 예술이든, 또는 자연의 메마른 모방의 예술이든 둘 중 하나일 것이다. (중략)

기술한 바에 의해서도 알 수 있듯이, <u>진정으로 가치가 높은 예술작품은 형상을 통해 적극적·능동적</u>

<u>으로 이 현상 세계를 바르게 해석할 수 있게 해주는 예술작품이다.</u>

『예술학』 중에서

'만약 과학의'로 시작하는 첫 부분 외에, 인용한 마지막 부분 '기술한 바에 의해서도 알 수 있듯이'라는 문장에도 역시 '◎'가 표시되어 있다. 상당히 중요한 곳이라고 인식된 것이리라.

다카오키 요조는 유물론적 입장에서 예술을 사회과학으로 읽어내려고 한다. 윤동주는 그러한 다카오키가 펼친 길에서 미아가 되지 않도록 포인트가 되는 곳마다 이정표를 표시하면서 따라간다. 곁줄은 이해하는 데 중요한 곳뿐 아니라 저자와 서로 뜻이 통하고 가슴을 울릴 때 그었을 것이다. 눈동자를 반짝이며 수긍하면서 독서를 해나가는 윤동주의 모습이 눈앞에 보이는 듯하다. 곁줄에 '◎'

까지 덧붙인 것은 강연과 연설의 곳곳에서 청중이 박수를 보내는 듯한 공감의 증거로 보인다.

예술의 본질을 말한 장에서 적극적으로 반응한 윤동주는 얼마 동안은 차분히 독서를 한 뒤, '서론: 예술학이란 무엇인가'의 제7절 '예술의 가치'에 이르러 다시 화려한 흔적을 전개한다.

이렇게 예술은 형상적인 내용과 형식을 갖고 있다. 이러한 형식적인 것은 이에 접하는 사람들의 이성적 사유에 호소하는 것 이상으로 정서적인 감정에 호소하며, 이것을 움직이는 것임은 말할 나위도 없다. 확실히 이는 예술적 인식에서 생기는 곳의 당연한 귀결이기 때문이다. <u>이리하여 인간의 정조(情操)를 고귀하게 하고 인간의 생활 감정을 고양하며 인간의 감정 내용을 풍부하게 하는 결과를 예술이 주는 것이다. 그리고 이것이 예술의 본성에 있어 중요한 가치와 의의를 가지게 한다.</u>

여기서 곁줄을 친 부분 '이리하여 인간의 정조를'로 시작하는 문장에는 윤동주의 솔직한 공감이 보인다.

예술의 본질을 설명한 제3절에서도 '◎'를 붙인 부분, 즉 예술의 본질을 현실적 세계의 진리의 형상화에 있다고 말한 부분과 현상 세계의 올바른 해석을 하게 해주는 예술작품이야말로 진정으로 가치가 높다는 부분에는 역시 윤동주의 공감이 우러난다. 예술의 본질과 예술의 가치, 윤동주는 관심의 축을 여기에 놓으면서 다카오키의 글을 계속해서 열심히 따라간다.

그런데 다음 제3절 '방법론은 어떻게 제기되는가'에 다다르자 윤

생명의 시인 윤동주

동주의 반응에 미묘한 변화가 나타난다. 유물론자다운 계급사관이 드러나는 대목에서 윤동주는 다음과 같이 읽고 반응한 것이다.

　　즉, 부르주아지가 진보의 주역이고 역사의 발전에 따라 생겨나는 현실적인 계급일 수 있었던 시대에는 위대한 현실적인 예술이 생겨나 부르주아 사회에 계급적 모순이 발생하고, 부르주아 계급이 반동화한 시대에는 부르주아 예술이 퇴폐화한다는 방법에 의해 분석되고 서술되어야 비로소 문예의 역사가 일관되게 평가되는 것이다. (중략)
　　이 방법을 모르는 부르주아 문예사에서는 현상이 그냥 나열적으로 기술되어 있을 뿐, 역사적 가치 비판은 거의 없고, 모든 작가에 걸쳐 그 개인적 특징이 과장적으로 찬미되고 있을 뿐이다. (중략)
　　나의 방법은 예술을 계급적인 사회의 생산으로 취급하고, 그 예술적 가치를 역사적으로 파악하게 하는 유일한 방법이다.

　　다카오키가 주장한 논지에서 이 부분이 중요하다는 것을 윤동주도 충분히 알고 있었으리라 생각된다. 그렇기 때문에 많은 곁줄이 그어져 있다. 인용한 내용의 시작 부분 위쪽 여백에는 '◎'도 표시되어 있다. 그런데 놀랍게도, 윤동주는 그 위에 의문부호 '?'도 써넣었다.
　　이 부분은 주목을 요한다. 중요한 곳에 표시해두는 차원을 넘어 윤동주의 심리가 미묘하지만 분명히 나타나고 있기 때문이다. 예술의 본질, 예술의 가치를 읽으면서 깊이 공감한 듯한 모습을 보인 윤동주였으나, 어느 의미로는 유물론자인 다카오키 요조의 면모가

『예술학』 중에서

가장 생생하게 드러나는 이 대목에서, 논지상에서의 중요성을 인정하면서도 동시에 의문부호를 표시할 수밖에 없었던 것이다. 다카오키의 계급사관적인 견해에 대해 의문이 들었던 것일까?

그 뒤 몇 쪽이 조용히 넘어가고, '예술정책론에 대한 시도' 장에 들어가 그 제1절 '문예통제의 역사적 개념'에 다음과 같이 곁줄을 친 부분이 등장한다.

시와 문학은 신비의 천공을 비상하는 독수리가 아니라 땅 위를 낮게 난비하는 나비이다. 일단, 권력을 쥐고 있는 '거미'에 걸려들면 그녀는 사활을 제압당한다. 오늘날, 부르주아 사회에서의 예술과 정치의 관계는 바로 이 나비와 거미의 관계를 가지고 있다.

문예와 권력 간 긴장은 군국주의 파시즘이 강화되던 시대, 식민지라는 사회 환경 속에 있던 윤동주에게 충분히 이해되었을 법한 부분이다. 단국대학교 왕신영 교수는 『예술학』의 이 부분이 윤동주의 「위로」라는 시에 영향을 주었다고 지적했다. 1940년 12월 3일 자로 기록된 「위로」는 1년여 공백을 거쳐 오랜만에 쓴 시 가운데 하나였다. 원고지가 아닌 하얀 용지에 쓰여 같은 시기에 썼다고 여겨지는 「팔복」이 쓰인 종이의 뒷면과 「병원」의 초고가 적힌 뒷

　　　　　　　생명의 시인 윤동주

면에 각각 동공이곡(同工異曲)의 시가 남아 있다. 확실히 이 시에는 '거미'와 '나비'가 등장한다. 다카오키 요조가 말하는 '거미'는 정치권력의, '나비'는 그 통제를 받는 문예의 상징이라는 도식이 그대로 들어맞는지 여부는 차치해두고라도, 양자가 대립하는 구도는 답습하고 있다고 봐도 될 것이다.

慰勞(위로)

거미란 놈이 흉한 심보로 病院(병원) 뒤뜰 난간과 꽃밭 사이 사람 발이 잘 닿지 않는 곳에 그물을 쳐놓았다. 屋外療養(옥외요양)을 받는 젊은 사나이가 누워서 쳐다보기 바르게——

나비가 한 마리 꽃밭에 날아들다 그물에 걸리었다. 노—란 날개를 파득거려도 나비는 자꾸 감기우기만 한다. 거미가 쏜살같이 가더니 끝없는 끝없는 실을 뽑아 나비의 온몸을 감아버린다. 사나이는 긴 한숨을 쉬었다.

나이(歲)보담 무수한 고생 끝에 때를 잃고 病(병)을 얻은 이 사나이를 慰勞(위로)할 말이—— 거미줄을 헝클어 버리는 것밖에 慰勞(위로)의 말이 없었다.

이 시의 뒷면에 「병원」의 초고가 있다는 것, 그리고 이 책 제2장 끝에 인용해놓은 시 「병원」을 자세히 보면 알 수 있듯이 「위로」는 「병원」이라는 시를 낳는 데 이정표가 된 작품이었다. 「병원」에서는 '거미'가 사라졌지만 '나비'는 남았다. 그리고 이미 언급했듯 '병원'은 『하늘과 바람과 별과 시』가 완성되기 전에 예정된 시집의 원래 제목이기도 했다. 다카오키는 '나비'가 '땅 위를 낮게 난비한다'고 보고 '천공을 비상하는 독수리'는 아니라고 했다. 그 말대로라면 『병원』이라는 제목으로 정리될 수 있었던 시집은 역시 '땅 위를 낮게' 머문다. '천공'으로 해방되지 못하고 있는 것이다. 독서 경험의 영향을 받으면서 윤동주는 최종적으로 그곳에서 바야흐로 천공으로 비상할 정도로 뚜렷하게 성장하고 비약한 것이었다. 오늘날 우리가 아는 윤동주라는 시인은 그런 '자기 해방'을 수반하는 높은 차원에까지 올라가 말을 자아내고 날아오를 수 있었던 것이다.

다카오키 요조의 『예술학』은 이어서 제2편 '예술학설사'로 접어든다. 아리스토텔레스 이후 유럽의 철학·미학을 이끌어온 거성들이 소개되면서 그 예술관이 설명되는데, 여기서 윤동주의 독서는 곁줄만이 아니라 윗부분 여백에 항목을 써넣는 등 학습을 위한 표시를 거듭하면서 이어진다. 그런데 '칸트 미학의 본질' 절에 이르면, 윤동주의 체크는 다시 이해하기 어려운 양상을 보인다.

자유의 왕국을 이념의 세계로 쫓아버린 칸트 철학에서 현실의 왕국은 인간의 의지가 자연의 법칙에 불가항적으로 종속해야 하는 현상세계뿐이다. 이리하여 인간 세계는 오성(悟性)이 갖고 있는 필연의 왕국과 이성이 갖고 있는 자유의 왕국 두 가지로 나뉘어버렸다. (중략) 만일, 비참한 필연의 세계에 관계하고 있는 것이 오성이며 관념적인 의지의 세계에는 이성이 관계하고 있다 한다면, 판단력의 원리는 자연의 합목적성의 세계이고 미와 예술의 영역이다.

생명의 시인 윤동주

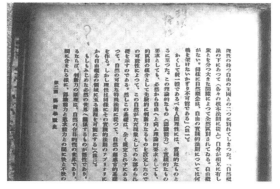

『예술학』 중에서

중략한 부분의 위 여백에 '이성과 오성'이라는 메모가 있다. 논자의 취지를 정리한 것이다. 곁줄도 쳐 있는 것을 보면 중요한 대목으로 인식한 것이 분명하다. 그런데 '만일'의 곁줄 친 부분 위에는 물음표가 기입되어 있다. 칸트가 설명한 '이성과 오성'을 이해하기란 좀처럼 쉽지 않다. 필자에게 이를 충분히 해설할 자격이나 능력은 없지만, '오성'이란 독일어의 'verstand', 영어의 'understanding'에서 나온 번역어로, 칸트는 이를 인간이 직관에 의한 표상을 행하는 감성과 공동으로 행하는 인식, 개념 파악의 능력이라고 말한다. 현대에는 '지성'으로 번역하기도 한다.

한편 '이성'이란 추론하는(reasoning) 능력으로, 감성 및 오성과 구분되며, 오성의 관념적 작용을 통일·체계화하는 인식 능력을 가리킨다고 한다. 감성으로 직관된 현상이 표상화되고 오성(지성)에 의해 통제된 뒤 판단력으로 도식화된다는, 대략 그런 내용이 된다.

윤동주가 이 부분을 이해하기가 너무 어려워 '포기'의 의미로 '?'를 붙인 것인지, 아니면 칸트에 대해 또는 칸트를 이렇게 말하는 다카오키에 대해 의문을 나타낸 것인지는 단정할 수 없다. 후자라면 '미와 예술'이라는, 윤동주에게 가장 절실한 문제를 두고 납득이 되지 않는 무언가를 느낀 것이리라. 여하튼 『예술학』의 독서 중 두 번째 '옐로카드'가 나온 것이다.

그리고 이 뒤에 윤동주의 독서 흔적은 점차 엷어지는데, 그래도 칸트에서 헤겔로 옮겨진 곳까지는 나름대로 체크가 드러나지만, 이후 갑자기 사라진다. 전체의 절반 정도 되는 부분이다. 그때까지 열심히 계속 읽어왔지만 이후로는 훑어보지 않았는지, 또는 체크할 필요를 느끼지 못했는지, 독서 흔적은 썰물 빠지듯 사라져버린다.

4. '자신에게 돌아가라', 『맹자』 인용이 말하는 것

그런데 다카오키 요조의 저서 『예술학』에 표시된 윤동주의 흔적 중에서 사실 가장 양이 많은 동시에 의미를 내포하고 있다고 여겨지는 것은 본문의 페이지와는 다른 곳에 남겨져 있다. 1937년에 비에이도(美瑛堂)에서 출판된 이 책은 상자에 들어 있었는데, 이 상자 표지에 윤동주가 검정색 잉크로 쓴 한문 흔적이 지금껏 남아 있다. 서양 예술사를 다룬 책에 윤동주가 어떤 이유에서인지 『맹자』의 한 구절을 써넣은 것이다. 우선 그 문장을 그대로 인용해보자. 상자 표지 제목 아래 여백 부분 오른쪽에서 중앙까지 다음과 같은 문구가 쓰여 있다.

孟子曰愛人不親反其仁治人不治反其智禮人不答反其敬行有不得者
皆反求諸己其身正而天下歸之詩云永言配命自求多福

이를 구두점을 추가해 문어문으로 고쳐 쓰고, 여기에 현대어 번
역도 더해보자.*

孟子曰 愛人不親이어든 反其仁하고, 治人不治어든 反其智하고, 禮
人不答이어든 反其敬이니라. 行有不得者이어든 皆反求諸己니, 其身이
正而天下歸之니라. 詩云 永言配命이 自求多福이라 하니라.

맹자께서 말씀하셨다. "내가 남을 사랑해도 그가 나와 친해지지 않으

---

* 여기에 실린 『맹자』의 한국어 번역은 사단법인 전통문화연구회의 동양고전DB
에서 인용한 것임. ─옮긴이

면 자신의 인(仁)을 반성해야 하고, 내가 남을 다스리는데도 그가 다스려지지 않으면 자신의 지혜를 반성해야 하며, 내가 남에게 예(禮)를 베풀어도 그가 답례하지 않으면 자신의 공경을 반성해야 한다. 어떤 일을 했는데 만족스러운 결과를 얻지 못함이 있으면 모두 돌이켜 자신에게서 그 원인을 찾아야 하니[反求諸己], 자기 자신이 바르게 되면 천하가 돌아온다. 시경에 이르기를 '길이 천명(天命)에 부합할 것을 생각하여 스스로 많은 복(福)을 구한다' 하였다."

『맹자』의 '이루장구(離婁章句)'에 실린 '반구저기(反求諸己)'라 불리는 한 구절이다. '돌이켜 자신에게서 찾으라'고, 모든 것을 제쳐놓고 먼저 자신의 삶을 되돌아보라고 가르치는 내용이다. 상자 표지 왼쪽 하단에 적힌 장구(章句) 역시 같은 '이루장구'에서 취한 것이다.

孟子曰人有恒言皆曰天下國家天下之本在國國之本在家家之本在身

문어문과 현대어 번역은 다음과 같다.

孟子曰 人有恒言하되, 皆曰 天下國家라 하나니, 天下之本은 在國하고, 國之本은 在家하고, 家之本은 在身하니라.

맹자께서 말씀하셨다. "사람들이 늘 하는 말이 있으니, '천자의 영역인 천하(天下), 제후의 영역인 국(國), 경대부(卿大夫)의 집안인 가(家)'

생명의 시인 윤동주

라고 한다. 그런데 천하의 근본은 국(國)에 있고, 나라의 근본은 가(家)에 있고, 집의 근본은 내 몸에 있다."

마지막 부분을 보면 분명해지듯이, 이 구절 또한 앞의 '반구저기'와 마찬가지로 자신에게 돌아가 먼저 자기 몸가짐을 수련하라고 말한다. 즉, 뚜렷한 어떤 메시지성을 띤 인용이라는 말이 된다.

그럼 윤동주는 왜 『맹자』의 이 대목을 인용해 메모를 남겼을까? 이 인용을 근거로 윤동주가 맹자의 영향을 받았다고 설명하는 연구자도 있다. 「서시」의 첫머리 "죽는 날까지 하늘을 우러러 한 점 부끄럼이 없기를"을, 맹자가 말한 "하늘을 우러러 부끄럽지 않고(仰不愧於天)"(「盡心 上」)의 문맥에서 이해하려고 하는 방향까지 있다. 그러나 필자는 여기서 그러한 방향으로는 들어가지 않는다. 맹자의 영향보다 여기서 훨씬 중요한 것은 왜 이 구절이 다름 아닌 다카오키 요조의 『예술학』 표지에 적혀져야 했는가 하는 것이기 때문이다.

'반구저기'의 의미를 이해하고 나서 그 이유를 생각해보면, 다음과 같은 두 가지 해석이 가능하리라 여겨진다. 하나는 자기 수련의 각오를 기록했다는 견해다. 지금은 헛되이 말하는 것을 삼가고, 차분히 자신의 몸을 가다듬고 학습한다. 지식을 쌓고, 그것으로 자신의 시를 심화시킨다는 생각이다. 이것이라면 시가 쓰이지 않았던 시기에 『예술학』을 읽은 것과 맞아떨어진다. 이 경우에 『맹자』 메모는 독서를 시작하기 전이나 읽기 시작한 지 얼마 안 된 이른 시기에 기입된 것이 될 것이다.

다른 하나는 다카오키 책을 읽어나가는 중에 무언가 주저함, 위화감을 느끼며 그 안티테제(반정립)로 맹자의 말을 가져왔다는 해석이다. 메모 두 곳의 물음표에 담긴 의문이 확대된 결과로 보고 싶다. 많은 서양 철학자의 설에서 예술의 본질과 가치를 가려내려 노력했지만, 이윽고 스스로를 깊이 응시하며 자신의 안에서부터 시를 엮어낼 필요를 절실히 느꼈다는 말이 될 것이다.

이 경우에 '반구저기'는 자기 수양이라기보다는 바로 자신에게 돌아가는, 자신을 다시 응시하는 것에 중점이 놓인다. 그리고 고금의 철학자들이 나열한 서양의 지(知)의 전당에 대해 동양철학의 지언으로써 날린 강한 카운터펀치로도 작용한다. 물론 안티테제로서 『맹자』의 구절을 인용해 메모한 것은 독서를 중단한 뒤라는 말이 된다. 단정할 수는 없겠지만, 필자의 이해는 후자로 기울고 있다. 두 곳의 물음표가 필자의 뇌리에도 의문부호를 띄웠다는 말인가? 하나의 추정 자료가 되는 것은 다카오키의 저서를 구입한 1939년, 거의 시가 쓰이지 않았던 그해 9월에 『하늘과 바람과 별과 시』에도 수록된 「자화상」이 읊어졌다는 사실이다.

自畵像(자화상)

산모퉁이를 돌아 논가 외딴 우물을 홀로 찾아가선 가만히 들여다봅니다.

우물 속에는 달이 밝고 구름이 흐르고 하늘이 펼치고 파아란 바람이 불고 가을이 있습니다.

그리고 한 사나이가 있습니다.
어쩐지 그 사나이가 미워져 돌아갑니다.

돌아가다 생각하니 그 사나이가 가엾어집니다. 도로 가 들여다보니 사나이는 그대로 있습니다.

다시 그 사나이가 미워져 돌아갑니다.
돌아가다 생각하니 그 사나이가 그리워집니다.

우물 속에는 달이 밝고 구름이 흐르고 하늘이 펼치고 파아란 바람이 불고 가을이 있고 追憶(추억)처럼 사나이가 있습니다.

다카오키 요조의 『예술학』을 통해, '자신에게 돌아간다'는 것의 필요를 통감하고 그 결과로 태어난 시가 「자화상」이었던 것은 아닐까. 원래 이 시는 윤동주의 두 번째 정서 보존용 시고 노트였던 '원고 노트 창'의 마지막에 그 원형이 된 시가 쓰였다. 시의 결말부 (마지막 연)는 미완이지만, 그 제목은 「외딴 우물」이라고 되어 있다. 시의 제목이 「자화상」으로 바뀌고 시가 지금 보는 형태로 변모하며 성장해가는 과정에서, 『예술학』의 독서 경험과 그곳에서의 비약이 반드시 크게 작용했을 것이다.

한편 다카오키 요조의 『예술학』을 비롯한 윤동주의 일본어 소장 서적에는 시집, 시론 외에 철학이나 미학, 사상 관련 책이 몇 권 있다. 번역서를 제외하고 일본인 저자가 쓴 서적을 들면, 다카오키의 앞의 책 외에도 미키 기요시 『구상력의 논리』, 가와이 에이지로의 『학생과 역사』, 하야시 다쓰오의 『사상의 운명』 정도다.

여기에 나온 학자들은 분명히 일정한 사상적 경향이 엿보인다. 다카오키가 공산당에 입당해 치안유지법 위반으로 체포·투옥된 것은 앞서 언급했는데, 마르크스주의를 철학으로 이해하려는 시도를 계속한 미키 기요시 역시 공산당과 관련되어 체포되었고, 1945년에는 치안유지법 위반자를 자택에 숨겼다는 이유로 투옥되어 종전 후 곧 옥사했다. 사회사상가인 가와이 에이지로는 마르크스주의와는 입장을 달리했지만, 역시 파시즘의 대두에 반대해 1939년 교편을 잡고 있던 도쿄대학에서 쫓겨났다. 서양 정신사를 전문으로 하고 유물론연구회의 간사이기도 했던 하야시 다쓰오는 체포되지는 않았지만 군부 파시즘에 대해 비협력으로 일관했다.

이렇게 보면, 어느 학자든 반파시즘 자세를 관철하고 대부분 체포되거나 직장에서 쫓겨나기도 하는 등 희생을 강요당했음을 알 수 있다. 윤동주가 이런 반파시즘 일본인 학자들에게 연민을 가진 것은 분명해 보인다. 이런 경향은 윤동주가 예의 "미를 구하면 구할수록 생명이 하나의 가치임을 인정한다"라는 월도 프랭크의 말을 일본어 그대로 인용해 메모로 남긴 고마쓰 기요시 『문화의 옹호』까지 이어진다. 파리 유학 당시 앙드레 말로라는 지기를 얻은 고마쓰 또한 행동파의 좌익 문화인으로서 파시즘과 사상 통제에 반대하고 문화 옹호에 노력했다.

생명의 시인 윤동주

고마쓰의 서적이 윤동주의 장서에 존재하지는 않지만 인용 메모가 남아 있다는 점에서 학우에게서 빌렸으리라고 짐작할 수 있다는 것은 앞서 언급했다. 그리고 이 점에서 더 추측할 수 있는 것은 이러한 독서 경향, 반파시즘 인사에 대한 경향은 윤동주만의 것이 아니라 그와 같은 지적 서클에 소속된 학생들의 공통된 점이었다는 것이다. 아마도 그 서클의 필두 격이 송몽규였을 것이다.

윤동주는 두 가지 친화성을 가지고 있었다. 하나는 앞서 들었던 것과 같이 반파시즘 문화인에 대한 친화성이다. 그리고 또 하나는 그런 경향을 공유함으로써 맺어진 학우들과의 친화성이다. 이 두 가지 친화성 속에서 드디어 윤동주의 개성이 움트며 도드라진다.

미키 기요시의 책에도 나름대로 표시한 흔적이 있다. 다만 각 절의 머리에 개요를 붙이듯 1~2행으로 정리한 내용을 써넣거나 논지를 항목으로 상단 여백에 남기거나 하여 아무래도 학습적 태도에서 나온 것으로 보기는 어려운 것들이다. 그것조차도 다카오키 요조의 『예술학』을 정독했을 때와 같은 열의와 밀도에는 못 미친다. 가와이 에이지로의 책에는 몇 군데인가 곁줄을 친 흔적이 있는데, 내가 보기에 이를 윤동주가 직접 표시한 것인지는 의심스럽다. 윤동주의 메모는 아주 작은 글씨로 씌어 시인다운 꼼꼼함이 엿보이는데, 이 책에 남은 흔적에서는 상당히 거친 힘이 느껴진다. 하야시 다쓰오의 책에는 표시한 흔적이 없다.

미키의 책이나 가와이의 책은 『하늘과 바람과 별과 시』를 정서한 1941년 가을에 구입된 것이다. 반파시즘 문화인에 대한 친화성, 그리고 학우들과의 친화성을 윤동주는 이 시기까지도 무너뜨리지 않고 있다. 윤동주 혼자 그 친화성의 고리에서 빠져나가는 일은 있을 수 없다. 하지만 두 가지 친화성을 유지하는 가운데서도 독서 체험을 거듭해 윤동주는 '자신에게 되돌아간다'는 것을 잊지 않는다. 거기에서 드디어 윤동주는 시인에게 핵심이 되는 것, 흔들림 없는 자신의 광맥을 발견해가게 되는 것이다.

5. 발레리에 대한 사랑, 시론으로 살피다: '포에지'

일본어 서적 27권 중 절반은 시집이나 시서, 또는 시인이 직접 쓴 시론이다. 그중 프랑스 시인 폴 발레리의 책이 세 권이나 된다. 윤동주가 발레리에게 큰 관심을 두었던 것은 분명하다. 다만 『시학서설』, 『문학론』, 『고정관념』은 모두 시집이 아니다. 발레리는 지식의 거장이며 시부터 소설, 평론 등 광범위한 문학 활동에 걸쳐 발자취를 남겼다. 윤동주가 남긴 장서에 발레리의 시집은 없지만, 그 시를 읽지 않았을 리는 없다. 우선은 시인으로서의 발레리에 대한 관심, 경의를 품었기에 더욱 그 저서를 사서 펼쳐보았을 것이다.

그렇지만 윤동주의 독서 흔적은 결코 많지 않다. 단순한 학습을 넘어 윤동주의 공감이 어렴풋이 보이는 곳을 들자면, 예컨대 『시학서설』에서 다음 대목에 연필로 곁줄이 그어져 있다.

하나의 시는 **지금 있는 소리**와 **다음에 올 소리**와 **다음에 와야 하는 소리**(굵은 글씨는 원문 번역 그대로—지은이) 사이에 계속된 하나의 연결

을 요구하는 동시에 그 연
결을 이어주는 한 계열의
말입니다. 그리하여 그 소
리는 사람에게 귀를 기울
이게 하고, 또한 원문이
말에 따른 유일한 표현인
감정 상태를 갖게 하는 그

발레리의 『시학서설』, 『문학론』, 『고정관념』

러한 소리여야만 합니다. 시험 삼아 지금 있는 소리와 다음에 올 소리
를 빼고 보십시오. 모든 것은 임의적인 것이 될 것입니다. <u>시는 기계적
으로 나열되기 때문에 연결된 것에 지나지 않는 한 계열의 부호로 변화
할 것입니다.</u>

시에는 지금 있는 소리, 다음에 올 소리, 다음에 와야 하는 소리
사이에 계속적인 연결이 있어야 한다고 하면서, 그것이 결여되면
시는 단순한 기계적인 말의 나열로 추락해버린다고, 발레리는 그렇
게 말한 것인데, 윤동주는 특히 후반의 좋지 않은 형태를 말한 부분
에 표시를 함으로써 자신을 향한 가르침으로 삼고 있다.

『문학론』은 대부분 아포리즘과 같은 경구로 쓰여 비평 정신이
넘친다. 여러 자극적인 문장 속에서 윤동주는 다음 부분에 예리하
게 반응했다.

시인이 운문과 산문의 거리를 드디어 크게 벌리고 있다고 나는 생각
한다. 흥분하거나 감동한 인간은 자신의 입에서 나오는 말을 운문이라

믿는다. 그리고 그가 상태에 따라, 들떠서, 야심에 이끌려서 자신의 말속에 넣은 것이 모두 그곳에 들어가 있고 또한 타인으로 느껴진다고 믿는다. 그러나 이는 포에지와 관련한 가장 일반적인 오류다. 좋지 않은 시구도 감탄하는 마음가짐으로 만들어지는 것이다. 이것이 미리 정해진 법칙의 지식도 없이 사람에게 시를 만들겠다는 마음을 일으키도록 하는 과오의 토대가 되는 것이다. 세상에는 <u>열중해서 만들어진 좋은 시구보다 냉정하게 만들어진 좋은 시구가 있으며</u>, 또한 냉정하게 만들어진 나쁜 시구보다도 열중해서 만들어진 나쁜 시구 쪽이 더 많이 있다.

윤동주는 인용한 이 대목 첫머리 위에 붉은색 동그라미를 쳤다. 후반부의 곁줄도 역시 붉은색으로 그어놓았다. 포인트는 두 가지인데 서로 얽혀 있다. 하나는 소설과 시의 차이다. 흥분한 채로 짓는다 해도 운문이 안 된다, 시가 안 된다고 발레리는 단언한다. '포에지'라는 말에는 각별한 주의가 필요하다. 다른 하나는 바로 곁줄을 친 부분, 즉 분위기에 휩쓸리면 안 되며 좋은 시구에는 냉정함이 필요하다는 설명이다. 윤동주의 시는 대체로 내성적이고 평온해 어떤 절망이나 분노가 밑바닥에 있어도 소리를 높이는 법이 없다. 필자는 이것이 윤동주의 타고난 천성이지 특별히 발레리에게서 배운 것은 아니라고 생각하지만, 윤동주는 분명 이런 대시인의 지언을 접하고 뜻을 더욱 강하게 했을 것이다.

『문학론』을 구입한 시기는 1941년 2월 28일인데, 『하늘과 바람과 별과 시』를 수놓은 명시들은 바로 그해 봄부터 여름, 가을까지 계속 읊어졌다. 말할 나위도 없이, 그 시들은 모두 "열중해서 만들어진 좋은 시구보다 냉정하게 만들어진 좋은 시구"가 실제로 구현된 작품이었다.

윤동주가 1941년 10월 3일에 구입한 발레리의 『고정관념』에는 표시한 흔적이 전혀 없다. 발행된 지 한 달도 되지 않아 일부러 신간으로 구입한 책이었는데, 시론이 아니라 노년의 사랑을 그린 연극 작품이어서 윤동주의 기대에 어긋난 것이었을까?

사실 또 한 가지, 의외의 곳에서 발레리의 시론과 만나게 되었다. 모더니즘의 계보를 잇는 시인인 모모타 소지가 저술한 『시 작법』이 그것이다. 윤동주는 이 책을 1941년 9월 9일 서울의 고서점인 호산방에서 구입했다. 그 책 가운데 '시론과 문학론' 절에서 발레리의 문장을 인용한 부분이 있으며, 여기에도 윤동주는 곁줄을 그으면서 일찍이 경험해보지 못한 공감의 진동을 진하게 느끼고 있다.

— 시(포에지)는 활동의 근원으로 환원된 문학 바로 그것이다. 문학으로부터 모든 종류의 우상과 현실적인 일루션과 '진실(베리테)'의 언어와 '창조(크레시옹)'의 언어 사이에 일어날 수 있는 의문 등을 제거한 것이 곧 시(포에지)이다. (폴 발레리)

파도를 그리듯 격렬한 필치로 그어진 곁줄은 윤동주로서는 드물게 감정을 드러내며 발레리의 글에 대한 압도적인 공감을 보여주고 있다. 여기서 말하는 '포에지'란 단순히 세상 사람들이 형태로서 부르는 '시'를 말하는 것이 아니다. 시 정신, 시의 핵심이 되는 것을 말한다. 시가 태어나게 되는 영감의 샘물이 되는 것, 시가 시가 되기 위해 없어서는 안 되는 영혼 같은 것······.

시(포엠)와 포에지는 엄밀히 말하면 다르다. 포에지가 파악되어야 시가 태어나는 것이다. 다카오키 요조의 『예술학』에서 윤동주가 한결같이 고집한 것은 예술의 본질, 예술의 가치였다. 그것들을 시인인 윤동주에게 가장 어울리는 핵심적인 말로

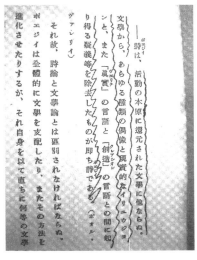

모모타 소지의 『시 작법』에 실린 발레리의 글

바꾼다면 '포에지'가 되지 않겠는가.

모모타 소지의 『시 작법』에서는 이 발레리의 인용문 외에도 몇 가지 기쁜 발견을 할 수 있었다. 이 책은 시와 관련된 짧은 이야기들을 모은 형태로 되어 있는데, 목차를 보면 '미요시 다쓰지'라는 절과 '『ambarvalia』의 광고문'이라는 절 등 두 곳에 붉은색 연필로 '✓'가 표시되어 있다. 목차가 시작된 시점부터 이미 그 부분에 주목한 것이다. 미요시 다쓰지에 대한 윤동주의 높은 관심은 여기에서도 분명하다. 수필풍의 본문에는 표시한 흔적이 없지만, 미요시에 관한 것이라면 훑어보고 싶었던 것이다. '『ambarvalia』의 광고문' 절은 다음과 같이 시작한다.

생명의 시인 윤동주

니시와키 준자부로의 시집 『ambarvalia』 속의 「희랍적 서정시」 몇 편이 '척독(尺牘)'에 게재되었을 때, 간행자 주위의 젊은 시인들은 뜻하지 않게 서로 놀랐다. 솔직히 말하면, 그것은 허를 찌르는 놀라움이자 이런 시의 세계가 있었던가 하는 놀라움이었다.

'ambarvalia'는 헬라어로 '축제'라는 의미인데, 1933년 전쟁 전의 모더니즘, 초현실주의를 대표하는 시인이었던 니시와키 준자부로가 발표하면서 시단에 충격을 준 시집에 붙은 제목이었다. 즉, 모모타 소지의 『시 작법』 목차를 본 단계에서 윤동주가 주목한 것은 미요시 다쓰지와 니시와키 준자부로에 관한 부분이었던 것이다. 여기서 연상되는 것은 제2장에서 다룬 우에모토 마사오의 증언 가운데 1935년 윤동주와 처음 평양역에서 만났을 때, 윤동주가 보들레르나 니시와키 준자부로를 애독하고 있다고 말했다는 대목이다.

내가 아는 한, 윤동주의 니시와키 준자부로에 대한 관심을 말한 자료는 이 우에모토 증언 이외에는 없지만, 1941년 가을에 구입한 모모타 소지의 『시 작법』을 볼 때, 윤동주가 니시와키에게 관심을 둔 것은 명백하다. 뜻밖의 곳에서 우에모토 증언의 신빙성을 뒷받침하는 결과가 나온 것이다.

이 모모타 소지의 『시 작법』 본문에서는 체크한 흔적이 거의 보이지 않는다. 그러나 예외적으로 '시인과 작가'라는 절에서 윤동주는 다음과 같은 부분에 곁줄을 그었다.

현실에서 벗어난 소설은 존재하지 않는다. 이는 어디까지나 현실과 동시에 있는데, 이를 따르는 곳에 소설의 강점이 있고, 예술로서 그 순수함을 유지하기 어려운 이유가 있다. 시는 이와 반대로 그 <u>모티브는 현실에서 출발해도, 그것에서 벗어나면 벗어날수록, 멀어지면 멀어질수록 그 순수성을 유지할 수 있다.</u>

소설과 시의 차이를 말한 대목이지만, 발레리의 『문학론』 중에 곁줄이 그어진 부분, "<u>열중해서 만들어진 좋은 시구보다 냉정하게 만들어진 좋은 시구가 있으며,</u> 또한 냉정하게 만들어진 나쁜 시구보다도 열중해서 만들어진 나쁜 시구 쪽이 더 많이 있다"와도 일맥상통하는 의미일 것이다.

시는 현실에서 모티브를 얻고도 거기에 빠지지 않고 오히려 철저하게 분리됨으로써 순수함을 유지할 수 있다. 들뜨지 않고, 냉정하게 말을 자아내지 않고는 좋은 시가 태어나지 않는다. 이렇게 설명되는 시의 작법, 심오한 경지에 윤동주가 공감을 보였다는 것은 그의 시를 알고 사랑하는 사람들이라면 충분히 수긍할 수 있을 것이다. 비록 식민지의 어둡고 비참한 현실이 시를 배태시키는 연원이 되었다고 해도, 윤동주가 시를 노래할 때 그것은 이미 피상적 현실을 훨씬 뛰어넘어 인간의 본질, 진실로까지 승화된다. 저 높은 곳에 도달하고 있기에 윤동주의 시는 시대와 국경을 넘고 언어의 벽마저 넘어선 것이다.

소장 도서 중 시서나 시론에 대해 윤동주가 남긴 반응으로서 마지막으로 살펴볼 것은 일본시인협회에서 엮은 『쇼와 16년 춘계판 현대시』다. 이 책은 1941년 12월, 학우 정병욱으로부터 졸업 기념

생명의 시인 윤동주

선물로 받은 두 권의 시집 중 한 권인데, 안자이 후유에(安西冬衛)와 구사노 신페이(草野心平), 미요시 다쓰지 등 총 29명에 이르는 현대 일본 시인의 시 작품과 세 편의 시론이 실

쇼와 16년 춘계판과 추계판 현대시

렸다. 그중에 기타조노 가쓰에(北園克衛)의 「신시론(新詩論)」이 있는데, 여기에 윤동주가 표시한 흔적이 남아 있다.

　　즉, 시인은 갑자기 거의 순간적으로 나타나는 바의 전혀 다른 지각의 충격에 의해 그려지는 사고의 순수한 포름(forme: 형태)을 정확히 파악하고 이를 '포에지'의 에너지로 적용할 수 있을 때까지 훈련해야 한다.

　이 책에서 곁줄이 그어진 부분은 여기뿐이다. 윤동주의 마음을 상당히 사로잡은 것은 분명하다. 시기적으로는 이미 『하늘과 바람과 별과 시』를 완성하고 일본으로 떠나기 전에 읽은 것이다. 이 시기가 되면서 윤동주는 시인이란 무엇인가라는 명제에 더욱 집착하는 모습을 보인다. 시의 심오한 경지에 대해 더욱 깊이 생각해보고자 노력하고 있다. 도쿄 유학 후 1942년 6월 3일에 쓴 「쉽게 씌어진 시」에서 "시인이란 슬픈 천명인 줄 알면서도"라고 되어 있고, "인생은 살기 어렵다는데 시가 이렇게 쉽게 씌어지는 것은 부끄러운 일이다"라고 되어 있는 것은 여기에 곁줄을 그은 윤동주의 심중

을 헤아려보아야 진정으로 이해가 가능해질 것이다.

윤동주가 천부적인 시적 재능을 가지고 태어난 것은 두말할 필요가 없지만, 동시에 그는 근면·성실하고 항상 자기 시의 깊이를 다지는 데 정진했다. 더욱이 그곳에 시선을 멈추게 한 것은 '포에지'를 말하고 있기 때문이기도 하다. 큰 공감을 드러낸 모모타 소지의 『시 작법』 속 발레리 인용문에서도 문장의 주어는 '포에지'였다. 시집 『하늘과 바람과 별과 시』의 완성이 가시권에 들어온 1941년 가을 이후, 시를 향한 윤동주의 창작 정신의 핵심에 이 '포에지'가 놓여 있었다고 봐도 좋을 것이다.

소설과 시의 차이 또한 현실을 넘어선 순수 포에지가 있느냐 없느냐의 차이다. 윤동주는 나름의 포에지를 응시하면서 그 모습을 확인하기 위해 몇 권의 시론과 시서에 새로운 띠를 두르며 얇은 막 너머로 아른거리는 모호한 실체의 윤곽을 확고히 하려 했던 것일까. 자세히 보면 발레리가 설명한 '포에지'론에는 포에지를 주어로 하여 그것이 무엇인지를 설명하는 문장으로 되어 있었다. 격렬한 곁줄 너머에는 그 답을 열심히 찾고 있는 윤동주가 있었다.

하지만 기타조노 가쓰에의 「신시론」에서는 포에지란 무엇인가라는 차원에, 이제 윤동주는 없다. 포에지에 관한 시인의 각오와 이를 위한 훈련을 자기 자신에게 부과하는 내용이다. 즉, 포에지에 대해 똑같이 강한 집착을 보이면서도 한 단계를 끌어올리고 있다. 그런 정진과 성장의 흔적을 눈앞에 놓고 보자 윤동주가 갖고 있던 가능성을 더욱 생각하지 않을 수 없고, 27년이라는 짧은 기간에 끝나버린 그 생애가 또다시 너무나 가슴 저리도록 안타깝게 느껴진다.

6. 생의 철학, 딜타이에게 기대하다

윤동주가 남긴 일본어 서적 중, 다카오키 요조의『예술학』과 함께 가장 많은 독서의 흔적을 남긴 것은 딜타이의『근세 미학사』다. 곁줄이나 메모 등 매우 섬세한 체크의 흔적이 남아 있으며, 정독한 모습이 엿보인다. 1941년 5월, 윤동주는 유길서점에서『근세 미학사』와 마찬가지로 딜타이의 저서인『체험과 문학』이라는 두 권의 책을 샀다. 이것은 딜타이에 대해 상당히 의식적인 태도를 가지고 있었다는 것을 의미한다. 적극적인 관심을 보이며 집중적인 구매에까지 이른 것이다.

이 시기에 윤동주는 시집『하늘과 바람과 별과 시』의 핵심을 이루는 명시를 차례로 읊었다. 집필한 시기를 정확히 알 수 있는 것만으로도 5월에는「또 태초의 아침」,「새벽이 올 때까지」,「십자가」,「눈 감고 간다」를, 6월이 되면「돌아와 보는 밤」,「바람이 불어」를 썼다. 충실한 시 쓰기의 결실을 보여준 이 시기에 윤동주는 왜 딜타이에게 각별한 관심을 기울였던 것일까? 그리고 2년 전에 다카오키 요조의『예술학』을 읽었을 때와 같이 극히 학습적인 태도로 독서에 임했던 것일까?

빌헬름 딜타이는 19세기 후반부터 20세기 초까지 활약한 독일의 철학자로, 협의의 철학뿐만 아니라 문예나 미학도 섭렵해 정신과학으로서 철학을 규명한 학자였다. 다카오키의『예술학』에서도 '독일 문예론의 사적 전개'라는 장에서 딜타이에게 한 절이 할애된다.『근세 미학사』는 1892년에 쓴 책으로(현재는『근대 미학사』로 번역

딜타이의 『근세 미학사』와 『체험과 문학』

되는 경우도 많다), 원래 제목은 『근세 미학의 세 시기와 오늘의 과제』이며, 이는 도쿠나가 이쿠스케(德永郁介)가 옮긴 역서의 표지에도 부제처럼 부기되어 있다.* 제1장 '전통적 미학의 세 가지 방법'과 제2장 '현대 여러 문제의 해결에 관한 여러 이념' 등 2개 장으로 구성되어 있다. 제목에 기록된 '세 시기', 즉 17세기부터 19세기에 이르는 미학의 과제를 밝히며, 예술 사상사의 경향을 띤다.

딜타이 자신이 직접 쓴 서문의 첫머리부터 윤동주는 곁줄을 그었다. 본문 앞에 실린 실러의 인용문, 그리고 본문 시작 부분은 다음과 같다.

마침내 미의 요구가 포기되어 완전히 진리의 요구로 대치될 수 있으면 좋겠으나

— 실러

미학 사상을 촉진함으로써 예술과 비평과 떠들썩한 공중(公衆) 상호

* 이 책의 독일어 원제는 'Die drei Epochen der modernen A sthetik und ihre heutige Aufgabe'이며, 본문에 언급된 일본어 번역서에는 '近世美学の三畫期と今日の課題'로 표기되었다. — 옮긴이

생명의 시인 윤동주

<u>간 본연의 관계를 회복하는 것은 현대 철학의 가장 살아 있는 과제 중 하나다.</u>

딜타이는 철학과 미학을 융합해 논고할 필요성을 첫머리부터 선언했다. 실러의 말은 미를 부정한 것이 아니라, 단순히 감각에 호소하고 얄팍한 만족에 그치지 않으며 깊은 감동과 함께 누려야 할 고차원의 미를 주창한 동시에 미와 덕의 합일을 역설적으로 말한 것이다.

<u>공중(公衆)에는 높은 목표를 향해 노력하면서 예술가를 지지하는 여론이 없다.</u> 이리하여 우리 사회의 지도자권 내에는 미적 사유와 미적 교육의 활발한 <u>소통</u>이 결여되어 있는 것이다.

시대와 사회를 한탄하는 곳에서 펜을 든 딜타이에게 다가서면서 윤동주의 독서는 이어진다. 19세기 말 유럽의 사상 상황을 놓고 그는 어떤 심정으로 1941년 식민지 조선의 현실을 떠올렸을까. 또는 딜타이에게 무엇을 기대하면서 이 결코 쉽지 않은 독서를 해나갔던 것일까…….

딜타이는 '생의 철학'의 창시자로 불린다. 생의 철학이란 이성을 절대적인 것으로 하는 합리주의적 철학의 흐름에 대해 이성, 지성만이 아니라 정의를 포함한 삶의 본질, 정신적인 삶에 기초한 철학을 말한다. 이성에 대한 삶의 우위를 이야기한 것이다. 딜타이가 말한 '삶'은 독일어로는 'Leben'이다. 영어의 'life'를 말한다. 이는 다양하게 번역된다. 삶, 생활, 생존, 인생, 생명……. 윤동주는 분명 딜타이가 '생의 철학'의 사람임을 알고 이 책을 마주했을 것이다. 1941년 5월 딜타이의 저서 두 권을 한 번에 구입한 시점에도 아마 그랬을 것이다.

"시(포에지)는 활동의 근원으로 환원된 문학 바로 그것이다"라는, 포에지에 대한 발레리의 설명에 영혼이 심하게 요동친 것도 '생의 철학'에 끌리는 마음과 겹친다. 생의 철학자가 미에 관해 역사적으로 고찰하고 해석한 책이 있다면, 미의 진리를 계속 탐색하던 윤동주의 관심을 끈 것은 당연했을 것이다. 여기서 떠오르는 것은 일본 유학을 앞두고 쓴 시 「참회록」의 여백에 있던 메모다. '도항', '증명', '시란?'이라는 말에 맞춰 '생', '생활', '생존'이라는 'Leben', 즉 'life'와 관련된 말이 기록되어 있다.

얼핏 이 말은 창씨개명이라는 굴욕을 견디면서까지 삶을 이어가야 하는 현실적 숙명을 말한 것처럼 들리지만, 단순히 생활의 차원으로 일관한 말은 아니다. 딜타이에 대한 관심과 함께 '생의 철학'을 이끌어온 윤동주에게 그것은 시의 진리, 그 핵심부에 놓인 말이기도 하다. 그렇기 때문에 더욱 '시란?'이라는 물음과 함께 나열된 것이다.

『근세 미학사』를 좇는 윤동주의 독서는 계속된다. '서문'에 이어 제1장 '전통적 미학의 세 가지 방법'으로 들어간다. 그리고 그 제1절 '17세기 미적 법칙의 자연적 체계와 미학의 방법'에는 그보다 앞서 곁줄만 긋던 것에 더해 위 여백에 글씨를 쓴 흔적이 나타나기 시작한다. 라이프니츠에 관한 대목에서 '의미적 대상(意味的対象)'이

생명의 시인 윤동주

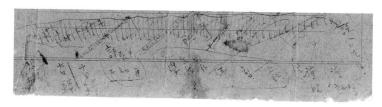

윤동주가 「참회록」을 쓴 종이 여백에 남긴 메모

라고, 데카르트에 관한 대목에서는 '감성적 인상의 문제(感性的印象の問題)'라고, 각각 윤동주가 직접 쓴 일본어 메모가 등장한다. 그리고 이어, 라이프니츠가 창조한 '유리적(唯理的) 미학'(지금은 일반적으로 '합리주의 미학'으로 번역된다)을 말한 대목에서 윤동주가 일본어 소장 서적에 남긴 반응의 정점을 보는 듯한 결정적으로 중요한 메모를 보게 된다.

　우리는 지금 라이프니츠의 말을 빌려 앞으로 나아가고자 한다. 이 일정한 '통일'은 '일치', '질서'로 나타난다. "이 질서에서 모든 미(美)가 생겨나며, 그리고 미는 사랑을 불러일으킨다." 다시 한번 설명해보자. 미의 희열은 그 희열로 인해 심적 힘 속에 존재하는, 많은 것 가운데 통일을 이루는 법칙을 따르는 심적 힘이 강해진 활동의 의식적 결과다. 그리하여 "다른 인간의 미, 그리고 그 외에 아마도 동물의 미, 그뿐 아니라 무생물이나 회화 내지는 예술작품의 미"는 "그 영상이 우리에게 각인된다." 이렇게 됨으로써 높아진 완전한 존재와 그것에 의해 맛보게 되는 희열을 우리 가운데 "마음에 새기도록 불러일으킨다"는 말이 된다. 그러고 난 다음 '우리의 심경'은, 오성이 아직 이를 이해하는 것은 아니지

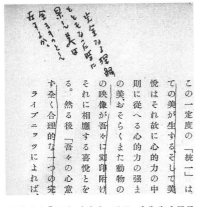

만, 그럼에도 완전히 합리적인 하나의 완전성을 '느낀다'는 것이다.

딜타이의 『근세 미학사』 본문 여백에 윤동주
가 일본어로 적어둔 메모

곁줄도 상당히 집중해서 그은 느낌이다. "미는 사랑을 불러일으킨다"는 분명 윤동주의 마음속 깊이 공감을 일으킨 부분이었을 것이다. 하지만 그보다 더 놀라운 것은 인용 부분 후반부 난외에 다음과 같이 일본어로 ― 항목과 같은 단어나 말이 아니라 ― 제대로 된 문장의 메모가 나타나는 점이다.

完全なる理解をともなつた時に果して美は全きものとして存するか.

완전한 이해를 동반했을 때, 과연 미는 완전한 것으로 존재하는가.

중요한 것은 이 메모가 의문문이라는 사실이다. 윤동주는 자문하지 않을 수 없었다. 오성(크게는 지성과 바꾸어도 좋을 것이다)으로 이해되지 않아도 우리의 마음은 미의 완전성을 희열과 함께 느낀다고 한다. 그렇다면 오성으로 완전하게 이해되었을 때, 과연 미의 완전성은 유지될 것인가? 오히려 미가 흔들리는 것은 아닐까?

282   생명의 시인 윤동주

미란 무엇인가? 미의 진리를 찾아 독서를 해온 윤동주는, 아직 책 전체의 3분의 1 정도만 읽었을 뿐이지만, 라이프니츠의 이런 윤리적 미학에 관한 설명에서 영혼을 울리는 자극을 받은 동시에, 그곳에 서술된 이론에서 한 걸음 더 나아가 자기 자신에게 적극적으로 물었던 것이다. 이어지는 딜타이의 서술에서는 '오성'의 이해를 거치지 않고 미를 완전하게 느끼는 좋은 예로서 음악의 미적 인상을 말한 라이프니츠의 말이 인용된다.

<u>비록 눈에는</u> 보이지 않으나, (중략) 이렇게 해서 균형을 이룬 질서는 이러한 진동에 의해 균형을 이룬 흥분을 가져오고, 이 흥분은 다음에 또 다시 우리 안의 청각을 통해 하나의 공명적 반향을 일으키며, 이 반향에 의해 우리의 생명 정신 역시 흥분한다. 그러므로 <u>음악은 생명 정신을 움직이는 데 적합한 것이다.</u>

미의 본질을 푸는 열쇠를 구하면서 윤동주의 뜨거운 독서는 이어진다. '생명 정신'이라는 말이 거듭 등장한다. 음악의 아름다운 점은 '생명 정신'을 움직이는 것이라고 설명하는 라이프니츠의 말에 윤동주는 공감의 곁줄을 표시하고 있다. 이 부분은 『근세 미학사』에서 윤동주가 가장 열심히 읽었을 것으로 여겨지는 곳으로, 곁줄 등 표시한 흔적이 따로 없을 정도로 집중하고 있다. 딜타이는 다시 라이프니츠를 인용해 설명을 이어간다.

이리하여 이제 예술적 창조라는 것 또한 분명해진다. (방점은 원문

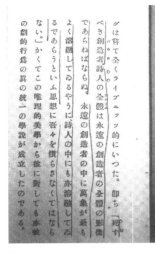

그대로-지은이) "사람은 모두 무한을, 전체를 안다. 그러나 불분명하게 안다. 내가 해안을 소요하며 바다의 높은 소음을 들을 때, 내가 그 소음 전체의 합성 부분인 파도의 하나하나를 다른 파도의 소음으로부터 일일이 구별하지 않고 들을 수 있도록 우리의 불분명한 표상은 전 우주가 우리에게 주는 인상의 결과다."

『근세 미학사』 중에서

그리하여 레싱은 일찍이 완전히 라이프니츠적으로 말했다. 즉, "죽어야 하는 창조자, 시인 전체는 영원한 창조자 전체의 그림자여야 한다. 영원한 창조자 안에 만상이 가장 잘 융합되어 있듯이, 시인 속에도 역시 융합되어 있을 것이라는 사상으로 우리를 관철시켜야만 한다."

이 가운데 '죽어야 하는 창조자, 시인'에는 검정색 밑줄뿐 아니라 각각의 글자에 붉은색 동그라미도 표시되어 있다. 상당히 중요하다고 의식한 결과일 것이다. '죽어야 하는'은 비난받을 만한, 존재를 부정받아 마땅한, 그런 사람답지 않음에 주어진 형용이 아니다. 번역어로서는 세련되지 않지만, 이 '죽어야 하는' 시인이 '영원'한 창조자와 대비를 이루는 것에 주목하기 바란다. 즉, 이것이야말로 'mortal'과 'immortal'의 대비, 바로 그것이기 때문이다. 죽어야 하

생명의 시인 윤동주

는 유한한 육신의 삶을 사는 시인이 가져야 할 창조성은 영원한 우주의 창조주와 함께 호흡하며, 서로에게 융합되지 않으면 안 된다는 것이다. 윤동주는 미의 진리를 둘러싼 논의의 절정이라 할 수 있는 곳에서 다름 아닌 'mortal'과 'immortal'을 만나고 있다. 표시가 집중되는 것도 무리는 아니다. 독서 체험의 농밀함이 시대를 뛰어넘어 전해진다. 인용한 글은 절을 뛰어넘어 다음으로 나아간다. 제2절 '윤리적 미학의 가치' 첫머리에서도 윤동주의 표시가 이어진다.

> 윤리적 미학은 <u>논리적인 사상이 감성적인 사상으로 나타난다</u>. 그 나타난 것을 미(美)라고 보고, <u>예술을 조화적 세계관련의 감성적 실현으로 해석한다</u>. (방점은 원문 그대로임－지은이) 이 세계관련을, 예술가의 감성적 직관은 확실하지 않으나, 동시에 감정적으로는 생생하게 보는 것이다. 또한 이 관련은 유일한 것이기에 그 안에 지배하고 있는 제반의 감성적 관계는 결국 하나의 원리로 표현할 수 있다. 그래서 자연미와 예술미란 이 관련을 각각 자신의 말로 표현한 것이다.

자문하는 메모까지 남긴 윤동주의 흥미와 관심은 완전한 이해가 과연 미에 만전을 기하게 할 수 있는가 하는 의문으로 불붙고, 여기에 곁줄을 그은 문장을 통해 일단은 이해가 되는 방향성을 발견한 듯 보인다. 예술가의 감성은 '불분명'한 상태로 '조화적 세계관련'을 '생생'하게 터득하고 미로서 표현한다. 아울러 'mortal'인 몸을 지닌 시인은 'immortal'인 창조주, 우주의 조화와 융합되어 그 질서, 조화적 세계관련을 감성적으로 실현하는 역할을 맡은 존재인 것이다.

무언가 아주 귀중한 것이 윤동주 안에서 무르익고 있다는 생각이 든다. 마침내 윤동주가 윤동주로서 깊은 자각에 이른 듯 보인다.

이후로도 윤동주가 『근세 미학사』를 읽으면서 남긴 흔적은 책이 끝날 때까지 곳곳에서 이어진다. 다만 자필로 문장을 남긴 부분 전후만큼 밀도가 높은 곳은 없다. 미에 대한 진리를 구하고 학습을 거듭하며 시인으로서 성숙되는 것을 지켜보면서, 윤동주는 결정타가 될 대답을 기다리고 있었던 것이 분명하다.

『근세 미학사』와 함께 산 『체험과 문학』에는 웬일인지 독서의 흔적이 남아 있지 않다. 하지만 윤동주는 드디어 답을 찾게 된다. 그가 풀고자 애쓰던 의문에 답해주는 결정적으로 보석과 같은 문장을 찾아낸 곳은 뜻밖에도 딜타이의 저서와는 무관한 곳, 친구로부터 빌린 책이었다. 고마쓰 기요시의 『문화의 옹호』, 그중 월도 프랭크의 글이 그것이다.

월도 프랭크
미를 구하면 구할수록 생명이 하나의 가치임을 인정한다. 왜냐하면 미를 인정하는 것은 생명에 대한 참여를 기꺼이 승인하고 생명에 참가하는 것과 다름없기 때문이다.

윤동주는 무릎을 치게 하는 생각에 가슴이 떨리면서 시집 『하늘과 바람과 별과 시』의 정서용으로 준비한 '고쿠요 표준규격 A4'의 원고지에 메모를 했다. 미란 생명에 있다. 생명에 대한 참여이자 참가인 것이다. 딜타이의 '생의 철학'에서 윤동주는 '생명'이라는 지

생명의 시인 윤동주

고의 말, 개념을 발견함으로써 탁월한 시 정신을 일궈낸 것이었다.

그리고 이때, 다른 한편으로 윤동주가 수많은 시론을 훑어보면서 생각을 거듭해온 '포에지'의 문제에 대해서도 동시에 결론을 봤을 것이다. 윤동주의 '포에지' 역시 생명에 대한 참가, 바로 그것이기 때문이다. 생명의 발견은 윤동주의 독서 체험을 양분해온 철학서와 시서·시론이라는 두 계통을 통일하는 것이었다. 책을 읽을 때마다 생각을 사로잡은 예술의 가치와 시의 진실이라는 문제에 대해 윤동주는 하늘의 계시를 받은 빛 속에서 지양*했던 것이다.

7. 하늘을 우러러본 윤동주

윤동주의 일본어 소장 서적 중에서 시집류에 표시한 부분이 적다는 것은 앞에서도 밝혔다. 그런데 『하늘과 바람과 별과 시』가 완성되고 나서 갖게 된 시집 속에 윤동주의 독특한 메모가 보이는 부분이 있다. 1941년 12월, 학우 정병욱이 선물한 두 권의 시집 중 한 권인 『쇼와 16년 추계판 현대시』가 그것이다. 28명에 이르는 일본 시인의 시 작품과 세 편의 시론을 싣고, 그 뒤에 해외 시·논문의 번역도 게재하고 있다. 그중 '미국근대시초(アメリカ近代詩抄)'에 미국 시인의 작품 7편이 소개된 것이 눈길을 끈다. 군국주의와 국수주의

• 여기서 말하는 지양(止揚, Aufheben)이란 변증법의 개념으로 "모순·대립하는 것을 고차적으로 통일해 해결하면서 현재의 상태보다 더욱 진보하는 일"(국립국어원 표준국어대사전)을 가리킨다. —옮긴이

가 강해지고 미일 간 전쟁 개시가 가까워지던 와중에 미국 시를 소개한 것만으로도 발행자의 용기와 기개가 느껴진다.

안도 이치로(安藤一郎)가 번역한 이 미국 시 중에 조이스 킬머(Joyce Kilmer)의 「나무들(Trees)」이라는 시가 있는데, 윤동주는 이 시의 여백에 한글로 메모를 덧붙여두었다.

나무들

나는 생각한다, 나무처럼 사랑스러운 시를
결코 볼 수 없으리라고.

대지의 단물 흐르는 젖가슴에
메마른 입술을 바싹 대고 있는 나무.

온종일 하느님을 우러러보며
잎이 무성한 팔을 들어 기도하는 나무.

여름에는 머리카락 사이에
울새의 둥지를 틀어주는 나무.

가슴에 눈 가득 안고,
비와 함께 정답게 사는 나무.

생명의 시인 윤동주

시는 나 같은 바보가 짓지만,

나무를 만드실 수 있는 분은

오직 하느님뿐.

윤동주가 "나는 생각한다"라고 번역
해 써넣은 흔적

"私は思う로 시작하는 이 시
의 첫 행 아래 여백에 윤동주는
한글로 "나는 생각한다"라고 연
필로 쓴 뒤, 위에서부터 선을 그
어 지웠다. 윤동주가 쓴 한글은
문자 그대로 "私は思う"를 한국
어로 옮긴 것이다. 아무래도 윤
동주는 이 시에 시선을 고정하고
일단은 번역을 해보고자 했던 것 같다.

조이스 킬머는 미국 뉴저지 태생의 가톨릭 시인으로, 제1차 세계
대전에 참전했다가 프랑스 전장에서 총에 맞고 쓰러져 31세의 나
이로 전사했다. 「나무들(Trees)」은 1913년 작품으로 미국을 비롯
한 영어권에서는 지금도 매우 친근한 명시다. 이 한 편의 작품이 킬
머를 세상에 알렸다 해도 과언이 아니다. 번역을 결심했을 만큼 윤
동주는 분명 이 시에 공감했을 것이다. 오늘날 우리의 눈으로 보면
이 시는 윤동주와 너무나 흡사하게 느껴진다. 철학서나 시론의 난
해한 문장을 읽어본 뒤라면 더욱더 그렇다. 평이함 속에 생명에 대
한 깊은 공감이 깃들어 있다. 나는 윤동주가 한글로 쓴 메모를 발견
했을 때 너무나 반가웠다. 윤동주가 생전에 킬머의 이 시와 만났던

것이 기뻤고, 시선을 멈추고 번역을 결심했던 것에도 감격했다.

시의 여백에 번역을 이어가지는 않았지만 어쩌면 윤동주가 어딘가 다른 곳에 번역을 해둔 것은 아닐까 하는 생각이 들었다. 그리고 그 번역을 일본어가 아닌 영어 원문을 가지고 했을지도 모른다는 생각도 들었다. 여기에 우리가 아는 윤동주가 있다. 사진이 전해주는 그 따뜻한 미소를 띤 조용한 청년 시인이 있다. 장서 안에서도 바로 그 윤동주가 살아 있었던 것이다. 독서의 흔적을 통해 우리는 윤동주와 만나고 호흡을 하나로 모은다. 킬머의 시에 대한 윤동주의 공감은 그러한 감격을 느끼는 윤동주를 향해 우리가 보내는 공감이기도 하다. 킬머가 나무를 쳐다보고 하늘을 우러러본 것처럼, 윤동주도 다시 나무를 쳐다보고 하늘을 우러러보았다.

나무가 춤을 추면
바람이 불고,
나무가 잠잠하면
바람도 자오.

이는 1937년에 쓴 것으로 추정되는 「나무」라는 제목의 동시다.

나무가 있다.
그는 나의 오랜 이웃이요, 벗이다.
(중략)
誕生(탄생)시켜준 자리를 지켜 無盡無窮(무궁무진)한 營養素(영양소)를 吸取(흡취)하고 玲瓏(영롱)한 햇빛을 받아들여 손쉽게 生活(생활)을 營爲(영위)하고 오로지 하늘만 바라고 뻗어질 수 있는 것이 무엇보다 幸福(행복)스럽지 않으냐.

집필 연도는 정확히 알 수 없지만, 연희전문학교 시절에 쓴 산문시「별똥 떨어진 데」의 한 구절이다.

돌담을 더듬어 눈물짓다
쳐다보면 하늘은 부끄럽게 푸릅니다.

이 시는 1941년 9월 말에 쓴 시집『하늘과 바람과 별과 시』에 수록된「길」의 한 구절이다.

죽는 날까지 하늘을 우러러
한 점 부끄럼이 없기를,
잎새에 이는 바람에도
나는 괴로워했다.

같은 해 11월 20일에 쓴「서시」의 한 구절이다.

윤동주가 남긴 모든 시 가운데 지금까지 전해지는 마지막 시는 도쿄에서 쓴「봄」이라는 시다. 서울의 친구 강처중에게 편지와 함께 보내졌으나, 이 시에 바로 이어지는 편지 내용에 당국의 눈에 띄면 좋지 않을 만한 내용이 있어 해당 쪽은 버려지고, 시는 편지지가

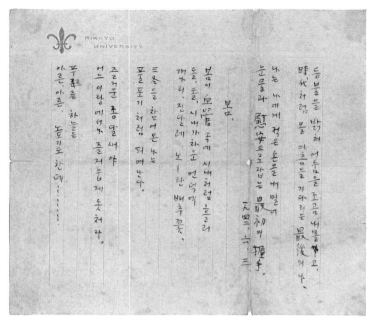

중간에 끊긴 「봄」

바뀌는 부분에서 끊긴 형태가 되었다. '절필'된 「봄」 가운데 지금
남아 있는 부분은 다음과 같다.

봄

봄이 血管(혈관) 속에 시내처럼 흘러

돌, 돌, 시내 가차운 언덕에

개나리, 진달래, 노—란 배추꽃,

　　　　　　　　　　　　　　　　　　　생명의 시인 윤동주

三冬(삼동)을 참아온 나는
풀포기처럼 피어난다.

즐거운 종달새야
어느 이랑에서나 즐거웁게 솟쳐라.

푸르른 하늘은
아른, 아른, 높기도 한데……

　윤동주는 절필의 마지막에서조차 하늘을 우러러보고 있었다. 땅에는 개나리, 진달래, 노란 배추꽃이 피어 있다. 하늘은 높고 푸르며, 거기에는 환희의 종달새가 지저귀며 춤추고 있다…….

　윤동주가 일본어 장서 속에 남긴 독서의 흔적을 더듬으면서 추체험을 해보고자 했다. 명시를 잇달아 낳은 윤동주에게 독서란 나무들을 성장시키는 지하의 수분과 영양소와 같은 것이었으리라. 시인의 독서에 눈을 포개어봄으로써 발견한 것은 윤동주가 영락없는 생명의 시인이라는 것이었다.

　암흑의 시대 한복판에서, 윤동주는 생명의 시인이고자 했다. 그것이 그가 끝까지 밝혀낸 미의 진리이자 포에지이며 그의 시를 빛낼 힘이기도 했다. 거듭 언급하겠다. 윤동주는 평생 한 권의 시집조차 세상에 내지 못했던 시인이다. 끝내 그 자신의 생명마저 빼앗고 멸망시키고 만 시대의 어둠 속에서도 윤동주는 흐트러지지 않았고 시의 길을 걸어가기를 게을리하지도 않았다. 시집을 낼 수 없었던 상황 속에서도 시인이란 천명이라고 자각한 그 의의는 너무도 크다. 민족으로서나 인간으로서, 생명을 소홀히 하고 파괴하려는 거악에 신음하면서도 그는 시를 통해 진실하게 살고자 한 것이다.

윤동주는 하늘을 우러러본다. 높은 곳을 향해 날아가는 종달새처럼, 곧게 뻗어나가는 나무들처럼……. 공허하고 어리석은 현실을 넘어 맑고 푸른 하늘 저 높은 곳에는 부끄러움을 모르는, 흠 없는 생명이 빛나고 있다. 이윽고 그는 새로운 포에지를 얻어 펜을 꺼내 든다. 영혼의 말이 빚어지고, 시가 태어난다. 윤동주의 시는 영원한 생명의 메아리인 것이다.

✳ ✳ ✳

『하늘과 바람과 별과 시』의 마지막에 놓인 시 「별 헤는 밤」에는 윤동주가 걸어온 길이 집대성되어 있다. 어린 시절의 그리운 기억 속 풍경 하나하나가 밤하늘의 별빛 속에 겹쳐 떠오른다. 이 또한 하늘을 우러르는 시다. 독서 체험이 결정체를 이룬 작품이기도 하다. 프랑시스 잠, 라이너 마리아 릴케 등 그가 소장했던 서적에 포함된 시인의 이름이 등장하는 것만이 아니다. 다양한 시론으로 단련된 윤동주 시의 독자적인 미학이 평온하면서도 뜨겁게, 그리고 그립게 광활한 우주적 시 공간을 조성했다.

모모타 소지의 『시 작법』에 실린 '소학교'라는 제목의 절을 보면, 절 제목 옆에 한 글자씩 붉은색 동그라미가 표시되어 있다. 이 절에서는 다른 곳에도 붉은색 동그라미를 친 부분이 있다. "괴로움이

생명의 시인 윤동주

퇴적되어"에서의 '퇴적', '즐겁다?', '인사'……. 윤동주가 남긴 시 가운데 소학교가 등장하는 것은 이「별 헤는 밤」뿐이다. 붉은색 동그라미를 친 부분은 윤동주 자신의 추억과 겹친 부분이었는지도 모른다. 이 시가 "밤을 새워 우는 벌레는 부끄러운 이름을 슬퍼하는 까닭입니다"까지로 일단 완성되었다가 마지막 4행이 추가되어 큰 전환을 보여주었다는 점은 제1장에서 언급했다. 시인의 생애 마지막에, 하나의 시를 뽑게 된다면 역시 이「별 헤는 밤」이다. 윤동주의 시를 영원한 생명의 메아리라고 결론지었는데,「서시」와「별 헤는 밤」두 편의 시 역시 생명을 둘러싸는 원을 그리듯 서로 메아리를 나누고 있다.

별 헤는 밤

季節(계절)이 지나가는 하늘에는
가을로 가득 차 있습니다.

나는 아무 걱정도 없이
가을 속의 별들을 다 헤일 듯합니다.

가슴속에 하나 둘 새겨지는 별을
이제 다 못 헤는 것은
쉬이 아침이 오는 까닭이요,
來日(내일) 밤이 남은 까닭이요,

아직 나의 靑春(청춘)이 다하지 않은 까닭입니다.

　별 하나에 追憶(추억)과

　별 하나에 사랑과

　별 하나에 쓸쓸함과

　별 하나에 憧憬(동경)과

　별 하나에 詩(시)와

　별 하나에 어머니, 어머니,

　어머님, 나는 별 하나에 아름다운 말 한마디씩 불러봅니다. 小學校 (소학교) 때 冊床(책상)을 같이 했던 아이들의 이름과, 佩(패), 鏡(경), 玉(옥) 이런 異國少女(이국소녀)들의 이름과 벌써 애기 어머니 된 계집애들의 이름과, 가난한 이웃사람들의 이름과, 비둘기, 강아지, 토끼, 노새, 노루, '프란시스 잠' '라이너 마리아 릴케' 이런 詩人(시인)의 이름을 불러봅니다.

　이네들은 너무나 멀리 있습니다.

　별이 아스라이 멀듯이,

　어머님,

　그리고 당신은 멀리 北間島(북간도)에 계십니다.

　나는 무엇인지 그리워

　　　　　　　　　　　　　　생명의 시인 윤동주

이 많은 별빛이 내린 언덕 위에

내 이름자를 써보고,

흙으로 덮어 버리었습니다.

딴은 밤을 새워 우는 벌레는

부끄러운 이름을 슬퍼하는 까닭입니다.

(1941. 11. 5.)

그러나 겨울이 지나고 나의 별에도 봄이 오면

무덤 위에 파란 잔디가 피어나듯이

내 이름자 묻힌 언덕 위에도

자랑처럼 풀이 무성할 게외다.

맺음말

1년에 한두 번, 정해놓기라도 한 듯 같은 꿈을 꾼다.

교토의 주택가 한 모퉁이에서 반세기도 지난 원고가 발견되었다는 꿈이다. 기와지붕을 이고 토담으로 둘러싸인 낡은 민가에서 남몰래 잠들어 있던 윤동주의 시고가 나왔다는 것이다. 일본에 유학한 이후 도쿄와 교토에서 읊어졌던 그 시들이 원고지에 만년필로 씌어 한자가 섞인 한글로 엮여 있다…….

꿈꾸는 동안은 한껏 들뜨다가도 꿈에서 깨어나면 이내 마음이 쓰려온다. 일본에서 윤동주가 남긴 발자취를 찾기를 바라며 나름대로 노력을 거듭해왔지만, 일본에서 읊어진 시는 새로운 것이 한 편도 발견되지 않았다. 경찰에 압수되어 되돌아오지 않았다 하지만, 적어도 사본이라도 어딘가에 잠들어 있을 가능성은 없는 것일까.

27세의 젊은 나이로 목숨을 잃은 것에 대한 억울함이야 이루 말할 수 없지만, 한 청년의 육신을 떠나 시인의 생명이라는 차원에서 생각하면, 일본에서 쓴 시가 사라진 것이 참으로 안타깝기만 하다. 가슴에 큰 구멍이 뚫린 듯한 기분 탓에 같은 꿈이 반복된 것이리라.

시집 『하늘과 바람과 별과 시』가 완성된 뒤 도쿄에서 쓴 다섯 편의 시가 보여준 시인의 뚜렷한 성장 모습에, 도쿄 시절뿐 아니라 교토 시절까지 그가 일본에서 남긴 시들을 보고 싶은 마음이 더욱더 간절해진다. 이제는 기적을 바라는 것인 줄 알면서도, 여전히 그 꿈을 버리지 못하고 있다.

20대 무렵 처음으로 윤동주의 시를 알게 된 지 30년이 넘는 세월이 흘렀다. 연세대학교에 있는 시비를 처음 찾아간 것은 1985년으로, 당시 한국에서는 민주화를 요구하는 학생운동이 한창이었다. 캠퍼스에 들어서자마자 경찰이 뿌린 최루가스의 강렬한 냄새에 금세 눈과 코를 얻어맞고는 눈물과 콧물로 범벅이 된 채 시비 앞에 섰던 일이 마치 어제 일처럼 떠오른다.

윤동주는 일본으로 유학을 와서 일본에서 죽은 시인이다. 더욱이 그의 죽음은 심상치 않은 죽음이다. 일본인으로서 할 수 있는 것은 없을까……. 젊은 날에는 그런 생각들이 윤동주의 발자취를 좇게 하는 원동력이 되었다. 그 연장선상에서 1995년 시인의 50주기를 계기로 NHK 스페셜을 제작해 방송할 수 있었다.

이윽고 윤동주는 나 자신의 삶에서 소중한 보물 중 하나가 되었다. 삶의 근간에 새겨진 이정표가 되었다. 삶이 어둠에 갇히고 뿌리가 흔들릴 때, 어둠을 찢기라도 하듯 한 줄기 빛을 던져주는 존재가 된 것이다. 마치 바흐의 음악 같다. 윤동주가 일본에서 남긴 발자취를 밝히고 싶어 하는 내 마음의 중심에는 이제, 시인에게 가까이 가고 싶다는 마음, 그 영혼에 다가서고 싶다는 마음이 자리하게 되었다. 무엇보다 윤동주 그 사람과 그 시에 대한 사랑이 모든 것을 이겨냈다.

이는 어쩌면 내가 나이를 먹고 세계 이곳저곳을 다니며 쌓은 경험을 통해 성장했기 때문인지도 모르겠지만, 그보다는 윤동주가 저 높은 곳에 선 사람이었기 때문이다. 일찍 세상을 떠났지만, 윤동주라는 시인이 도달한 차원은 그만큼 높고도 깊다.

윤동주가 일본에 남긴 발자취와 관련해, 이 사람을 만난다면 분명 무언가가 나올 것임을 알면서도 좀처럼 그 만남을 이룰 수 없어 안타까워한 인물이 있다. 바로 윤동주의 판결문에도 등장한 백인준이다. 그는 연희전문학교를 거쳐 릿쿄대학에서 배운 뒤 학도병으로 출정했으며, 전후에는 북한에서 문화 분야의 고위직에 오른 한편, 시인으로서도 활약해 수많은 영예를 얻었다.

NHK 스페셜 취재를 진행하던 1994년, 도쿄의 조총련을 통해 취재 신청을 했지만 허가가 나지 않았다. 윤동주의 도쿄 시절을 밝히는 데 중요한 인물임은 명백하지만, 그 후에도 그와 접촉할 수 있는 방법을 찾지 못했고, 결국 그는 1999년에 타계했다.

북한에서 발표한 시집의 어딘가에서 윤동주의 옛 모습을 찾을 수 있지는 않을까 싶어 서울의 국립중앙도서관에 있는 북한자료센터에서 백인준의 시집 몇 권을 훑어보기도 했다. 하지만 윤동주, 혹은 내가 아는 시라는 것이 거의 다른 이념으로 쓰인 것을 보면서 절망감에 빠졌을 뿐이다.

그러던 중 2012년 봄, 나는 한국 작가 황석영의 북한 방문기 『사람이 살고 있었네』(시와사회사, 1993)에 황석영이 북한에서 만난 원로 작가 백인준으로부터 "도쿄에서 윤동주와 같은 하숙집에 살았었다"라는 말을 들었다는 글이 있는 것을 발견하고 크게 놀랐다.

생명의 시인 윤동주

그동안 윤동주의 도쿄 하숙에 관해 알려진 바가 거의 없었던 데다, 릿쿄대학 학적부에는 하숙을 옮기기 전 조선기독교청년회관이 있었던 간다사루가쿠정(神田猿楽町) 주소만 적혀 있어 윤동주가 도쿄 어디에서 살았는지는 밝혀내지 못했었다. 백인준의 하숙집 주소는 학적부에 기재되어 있어 이로써 윤동주가 살던 곳을 확인할 수 있게 되었다. 이 정보를 '시인 윤동주를 기념하는 릿쿄회' 대표 야나기하라 야스코에게 전하자, 그는 바로 학적부의 주소를 토대로 정확한 위치를 짚어냈다. 주택의 모습 등은 달라져 있었지만, 다카다노바바(高田馬場)역에서 멀지 않은 곳이었다. 「쉽게 쓰여진 시」에 등장한 '육첩방'의 소재가 마침내 판명된 것이다.

그렇기는 해도 백인준을 만나 직접 취재할 수 있었더라면 윤동주가 체포된 사정 등 더 많은 것을 구체적으로 확인해볼 수 있었을 것이다. 두고두고 아쉬움이 남지만 애써 미래지향적으로 마음을 다잡는다면, 이는 지금껏 조사가 미치지 못했던 북한 혹은 옛 북간도에서 앞으로 새로운 자료가 나올 가능성이 여전히 존재한다는 것을 시사하는 것이기도 하다.

예컨대 시인이 사망한 지 반세기도 더 지난 2000년에는 중국 연변조선족자치주 용정시에 사는 심호수라는 이가 보관해온 윤동주의 스크랩북이 공개되기도 했다. 거기에는 ≪조선일보≫에 실린 150점이 넘는 시와 문학 관련 기사의 스크랩이 담겨 있었다. 윤동주에 관한 새로운 자료의 발견은 결코 꿈에서나 볼 수 있는 이야기가 아니라고 믿고 싶다. 일본에서 쓴 시 원고도 언젠가는 기적처럼 되살아나기를 간절히 기도해본다.

일본에서 지금까지 윤동주와 관련해 어떤 책이 나왔는지 간단하게 관련 도서 정보를 전하고자 한다.

일본어로 읽을 수 있는 윤동주 시집은 이부키 고가 번역한 『하늘과 바람과 별과 시: 윤동주 전시집(空と風と星と詩―尹東柱全詩集)』(影書房, 초판 1984)이 정본적 위치에 있다. 일반인이 손쉽게 접할 수 있는 것으로는 김시종이 편역한 『윤동주 시집: 하늘과 바람과 별과 시(尹東柱詩集―空と風と星と詩)』(岩波文庫, 2012)가 있다. 이 책에는 일본어 번역과 함께 한국어 원본 시도 수록되어 있다. 그 밖에 우에노 준(上野潤)이 번역한 『하늘과 바람과 별과 시: 윤동주 시집』(詩画工房, 2003), 우에노 미야코(上野都)가 번역한 『윤동주 시집: 하늘과 바람과 별과 시』(コールサック社, 2015) 등이 있다. 일본에서는 구하기 어렵겠지만, 한국에서 나온 이은정 번역의 『새로운 길: 윤동주 일어대역시집』(서시, 2012)이라는 책도 있다.

윤동주의 전기나 평전은 송우혜의 노작을 아이자와 가쿠(愛沢革)가 번역한 『윤동주 평전: 하늘과 바람과 별의 시인(尹東柱評伝―空と風と星の詩人)』(藤原書店, 2009)이 기본이 된다. 윤동주의 생애를 출생에서 죽음까지 기록한 대작으로, 개정을 거듭하면서 새로운 정보를 추가했지만, 유감스럽게도 교토 시절과 관련해서는 일본인 동급생과의 이야기 등이 빠져 있다. 송우혜의 책과 졸저를 함께 읽는다면 일단은 윤동주의 생애를 빠짐없이 파악할 수 있을 것이다.

송우혜가 쓰고 이부키 고가 번역한 『윤동주 청춘의 시인(尹東柱青春の詩人)』(筑摩書房, 1991)은 앞서 언급한 『윤동주 평전』의 축약판이며, 김찬정의 『저항시인 윤동주의 죽음』(朝日新聞社, 1984)은 비교적 초기에 나온 윤동주 관련 르포 형식의 책이라 할 수 있다.

윤동주시비건립위원회(尹東柱詩碑建立委員会)에서 엮은 『별을 노래하는 시인 윤동주의 시와 연구(星うたう詩人－尹東柱の詩と研究)』 (三五館, 1996)에는 필자도 NHK 스페셜에서의 취재를 통해 알게 된 사실을 「윤동주, 사후 50주기의 취재 보고」라는 글로 정리해 발표했다.

그 밖에 우지고 쓰요시(宇治郷毅)의 『시인 윤동주로의 여행: 나의 한국·조선 연구노트(詩人尹東柱への旅－私の韓国·朝鮮研究ノート)』 (緑蔭書房, 2002), 『죽는 날까지 하늘을 우러러: 기독교 시인 윤동주 (死ぬ日まで天を仰ぎ－キリスト者詩人·尹東柱)』(日本キリスト教団出版局, 2005)라는 책도 나와 있다. 또한 읽는 것뿐 아니라 귀로도 감상하고 싶은 이를 위해 일본어와 한국어로 된 낭독 CD 『윤동주 시집』(キングインターナショナル, 2009)도 있다.

이렇게 보면 1984년 이부키 고가 번역한 『하늘과 바람과 별과 시: 윤동주 전시집』이 나온 이후 30여 년 동안 일본에서 윤동주가 널리 알려지게 되었다는 것을 깨닫게 된다. 윤동주를 알게 된 계기나 그의 시와 생애를 마주하는 자세는 사람마다 다양하겠지만, 억울하게 죽은 일본 땅에서 이러한 '부활'이 일어나는 것은 무엇보다 그의 시가 지닌 힘 때문이라고 믿는다. 그 시를 사랑하는 사람은 민족과 국경을 넘어 앞으로도 확실히 늘어날 것이다.

2017년 시인의 탄생 100주년을 기념해 일본 각지에서 추모 행사나 이벤트가 기획되었다. 우지에서는 여러 해 동안 숙원이었던 시비가 어렵게 세워졌다. 이로써 일본에 세워진 윤동주 시비는 교토에 두 개, 우지에 한 개로 모두 세 개가 되었다. 시비에 새겨진 시로는 「서시」와 더불어 「새로운 길」도 등장했다. 물론 시비를 세우는 것만이 추모 본연의 모습은 아니겠지만, 1994년 과거 동급생의 앨범에 잠들어 있던 소풍 사진을 발견한 것이 우지에서 뜻있는 사람들이 시비를 건립하기로 결심한 계기가 된 것을 생각하면, 사진을 발견한 나로서 감회가 새롭다.

시집이든 시비든 필자가 바라는 것은 그것을 통해 윤동주에 대한 사랑이 펼쳐지는 것이다. 윤동주의 시를 알게 되면 인생이 깊어진다. 타인을 돌아보게 된다. 생명의 숨결에 민감해진다. 윤동주에 대한 사랑이 인류에 대한 사랑, 생명에 대한 사랑으로 이어지는 것이다.

윤동주는 암흑기를 살았던 가장 순수한 영혼이었다. 어둠 속에서 빛을 구하고 그곳에서 올곧게 걸어가고자 했다. 돌이켜보면 내가 처음 윤동주를 알게 된 것은 일본이 거품경제에 들떠 있던 무렵이었다. 그 광분에 익숙해지지 못한 채 고독만을 느끼던 상황 속에서 윤동주의 시와 만난 것이다. 시대는 다르지만 또 다른 어둠 속에서 윤동주와 만나 마음이 끌리게 된 것이다.

오늘날에도 여전히 시대의 어둠이 있다. 정치적인 것만을 말하는 것이 아니다. 인터넷 시대에 인간은 한없이 가벼운 존재가 되어 비관용이 퍼지고 있다. 새로운 어둠의 출현이다. 인간사회가 꿈틀거리는 한, 어둠은 다양한 모습으로 바뀌어 끊임없이 나타나는 듯하다.

생명의 시인 윤동주

어떤 어둠이라 하더라도 윤동주는 그곳에 한 줄기 빛을 비춰준다. 맑은 별빛처럼 흠 없는 세계를 사람들 마음에 되살려준다. 그의 시, 그리고 순교자의 삶을 고스란히 옮긴 듯한 그의 27년 짧은 생애는 어떤 시대에도 마르지 않는 샘물처럼 인간성의 개선가가 되고 영원한 길잡이로서 우리의 가슴을 울릴 것이다.

이 책 제1장부터 제6장까지는 한국의 동인지 ≪창작산맥≫에 2년에 걸쳐 연재한 원고를 토대로 했다. 주재자인 김우종 선생과 번역을 맡은 이은정 씨께 감사하다는 말 외에 다른 표현이 없을 정도로 깊이 감사드린다. 한 권의 책으로 묶으면서 구성도 바꾸고 원고도 상당 부분 수정했다. 또한 제7장은 새롭게 썼다.

그의 시에 매료된 지 30년이 넘었다. 그동안 윤동주에 관해 더욱더 깊이 이해해가는 과정에서 일본, 한국을 가리지 않고 많은 분께 신세를 졌다. 여기에 그 이름을 다 열거하지는 못하지만, 오랜 세월 동안 이뤄진 여러 만남의 결과로 이 책이 만들어졌다. 다시 한번 감사의 마음을 전하며 윤동주를 둘러싼 인연의 고마움을 되새긴다.

윤동주 시인의 유가족들께는 이 자리를 빌려 다시금 감사의 말씀을 드리고 싶다. 시인을 잃어버린 나라에서 찾아온 나를 싫은 내색하나 없이 언제나 마음을 열어 따뜻하게 대해주셨다. 시인의 동생 윤혜원 님, 오형범 님, 그리고 동생 윤일주 님의 부인 정덕희 님은 최근에 고인이 되셨지만, 눈을 감으면 그 맑은 웃음과 목소리가 떠오른다.

필자와 같은 세대이기도 한, 윤혜원 님의 따님 오인경 씨와 윤일

맺음말

주 님의 아들 윤인석 씨와는 지금도 서울에 가면 여전히 즐겁게 환담을 나누곤 한다. 윤인석 씨께는 자료를 찾는 일로 여러 번 신세를 졌다. 두 분 모두 정말 윤동주의 혈육답게 조용하고 온화한 분들이지만, 내면은 실로 굳건하다. 아마 이것도 시인이 물려준 것이리라.

그리고 마지막으로 누구보다 윤동주, 바로 그분께 감사를 표하고 싶다. 그의 시는 나처럼 본래 유약하고 나태한 사람에게도 "나한테 주어진 길을 걸어가야겠다"라는 기개를 심어주었다. 인생을 살아가면서 얻기 어려운 보물이자 영원한 지침으로서 여전히 나의 근간을 떠받쳐주고 있다.

다고 기치로

윤동주 연보

본문을 읽으면서 시간의 미아가 되지 않도록 윤동주의 연보를 덧붙인다. 본문에서 상술한 우에모토 마사오와의 관계와 교토 도시샤에서의 나날 등 자세한 정보는 여기에는 싣지 않는다. 유족분들에 대한 경칭은 생략했다.[*]

1917년 12월 30일, 북간도(당시 중화민국)의 명동촌에서 태어남. 부친은 윤영석, 모친은 김용. 사촌(윤영석의 누이동생의 아들) 송몽규가 같은 해 9월 28일에 태어남.

1923년 누이동생 윤혜원이 태어남.

1925년 송몽규와 함께 명동소학교에 입학함.

1927년 남동생 윤일주가 태어남.

1931년 명동소학교 졸업. 명동에서 남쪽으로 10리쯤 떨어진 대랍자(大拉子)의 중국인 소학교 6학년에 송몽규와 함께 편입함.

---

[*] 연보는 윤일주 교수가 작성한 연표를 바탕으로 민음사에서 발행한 『윤동주 자필 시고전집(사진판)』(1999)에 실린 것을 참고해 필자가 정리한 것이다. ─옮긴이

1932년 윤동주 일가가 명동에서 북쪽으로 30리 정도 떨어진 소도시 용정으로 이사함. 송몽규와 함께 은진중학교에 입학함. 같은 해에 만주국이 건립되며 북간도도 그 일부가 됨.

1933년 남동생 윤광주가 태어남.

1935년 4월경, 송몽규가 중국 난징에 있던 독립단체로 감. 9월, 윤동주가 평양의 숭실중학교 3학년으로 편입함.

1936년 3월, 숭실중학교가 신사참배 거부 문제로 폐교되자 용정으로 돌아와 광명학원(光明學園) 중학부 4학년으로 편입함. 송몽규가 중국에서 돌아와 본적지인 웅기(雄基) 경찰서에 구금되어 취조를 받음. 이후에도 요시찰 인물로 경찰의 감시 대상이 됨.

1937년 광명중학교 농구 선수로 활약함.

1938년 광명중학교를 졸업하고 서울(당시 경성)의 연희전문학교 문과에 입학함. 송몽규도 함께 입학해 기숙사에 거주함.

1940년 연희전문학교에 입학한 정병욱과 친교를 맺음. 이화여전 협성교회에서 케이블 부인이 지도한 영어성서반에 다님.

1941년 5월, 정병욱과 기숙사를 나와 누상동에 살던 작가 김송의 집에서 하숙함. 9월, 경찰의 감시가 심해져 김송의 집을 나와 북아현동으로 하숙을 옮김. 12월 27일, 전시 학제 단축으로 3개월 앞당겨 연희전문학교를 졸업함. 졸업 기념으로 시집『하늘과 바람과 별과 시』필사본 세 부를 제작해 이양하 교수와 정병욱에게 한 부씩 증정함.

1942년 일본으로 가기 전인 1월, 연희전문학교에 창씨개명계를 제출함. 일본식 이름은 '히라누마 도주(平沼東柱)'. 4월, 도쿄의 릿쿄대학 영어영문과에 입학함. 10월, 교토의 도시샤대학 영어영문학과에 전입학함.

1943년 7월 14일, 교토 시모가모(下鴨) 경찰에 체포되어 구금됨. 7월 10일, 송몽규도 같은 곳에 체포됨. 12월 6일, 모두 검찰로 송치됨.

1944년 3월 31일, 교토지방재판소에서 치안유지법 위반 혐의로 징역 2년형을 언도받음. 미결 구류 일수 120일 산입. 4월 13일, 송몽규가 교코지방재판소에서 징역 2년형을 선고받음. 후쿠오카형무소에 투옥되어 독방에 수용됨. 송몽규도 같은 곳에 수감됨.

1945년 2월 16일, 후쿠오카형무소에서 옥사함. 유해를 인수하러 형무소를 찾은 윤영석과 윤영춘이 송몽규를 면회함. 송몽규에게서 이름 모를 주사를 맞고 있다는 말을 들음. 3월 6일, 용정에서 장례식 거행. 동산교회묘지에 묻힘. 3월 10일, 송몽규가 옥사함. 5월경, 고향의 묘에 가족들이 '시인 윤동주의 묘(詩人尹東柱之墓)'라고 새긴 비석을 세움. 8월 15일, 일본 패전, 한국 광복.

1946년 동생 윤일주가 서울로 옴.

1948년 2월, 유고 31편을 모은 첫 시집 『하늘과 바람과 별과 시』가 발행됨. 12월, 윤동주의 중학 시절 원고노트를 가지고 1년 전에 고향을 떠난 누이 윤혜원 부부가 서울로 옴.

1955년 88편의 시와 4편의 산문을 모은 『하늘과 바람과 별과 시』(증보판)가 발행됨. 현재 윤동주 시집의 기본이 됨.

부록: 「반한 그 73」, 「풍경」, 「눈사태」원문

본문에 인용한 우에모토 마사오(上本正夫)의 「반한 그 73(其の七
十三)」(62쪽)과 「풍경(風景)」(119쪽), 그리고 「반한 그 73」에 윤동
주가 관심을 보인 시로 언급되어 역시 본문에 인용한 기쿠시마 쓰
네지(菊島常二) 「눈사태(雪崩)」(126쪽)의 일본어 원문을 소개한다.
독해를 돕기 위해 필자의 판단에 따라 어려운 한자에는 후리가나를
달았다.

半韓 其の七十三
※ 日本の潰えし年に獄死せる我が友・尹東柱 ※

嗚呼 イマ半世紀ヲ過ギテ耳ヲ聾スル如キ我ガ呻キハ何デアルノ
カ 遠キ未ダ青年ノ初メノ期ノ日々ノ幻惑 康徳六年春、満州国交
通部局委任官ノ私ハ間島省延吉ノ郵政局監査ニ立会シテイタ

ソレハ全朝鮮ノ文学仲間デ計画シテイタ超現実主義詩学詩「緑地
帯」ノ一人デアッタ「尹東柱」ノ故郷ヲ見ルタメデアッタ

생명의 시인 윤동주

然シ　反日　反帝ノ坩堝デアリソシテ抗日戦ノ反帝分子ガ渦ヲ巻イテイルコノ辺境トモ見ラレル地帯ハ私ノ役務ノ外ノ情報ノ蒐集ハ危険デアリ絶望的ナ様相ヲ呈シテイタ　同行シテイル関東軍憲兵司令部員ハ　提示要求ノ調査ヨリモ　左翼詩人トシテモ　まーくシテイル私ノ動向ヲ気ニシテイルヨウデアッタ　軍部ノ情報機関ハ隈ナク局子街ヲ包囲シテイタガ　彼ハソレデモ日本人ノ詩人ヲ信用シテイナイヨウデアッタ　ソレハ何故ナノカ　彼「尹東柱」ハ朝鮮平壌ノみっしょん系ノ崇実中学生デアッタカラダ　ソレハ　コノ中学ガ日帝ノ教育指導ヲ拒否シテ閉校処分ヲ受ケ学生ハ暴発シカネナイ思想ヲ抱イタ儘四散シテシマッテイタガ私自身はるびん駐察憲兵隊ノ要注意者デアッタノデ　彼等ノ不穏分子トノ結合ヲ警戒シテイルノデアッタ　伝エラレタトコロデハ総督府ノ役人ハみっしょん系ノ学校ニ朝鮮神宮ノ参拝ヲ強制シタトイウノデアル　コノ蒙昧ノ日本帝国主義ノ思想ハきりすと教ノ教義ヲモ踏ミ躙ルモノデアッタ　崇実中学生ガ北間島ニ潜入ハ当然デアル

　コノ間島省一帯ノ反帝斗争ガ処ッテクルトコロハ何デアルノカ　私ハコノ同行シテイル憲兵士官ニ多分ノ憐憫ヲ持タザルヲ得ナカッタ「詩人は怖しい思想の持主だね」多クノ情報ヲ持ッテイル彼ハ絶エズ拳銃ヲ握リシメテイタ　私ハコノ十二月カラ兵役ニ服スルコトニナッテイタ　或ル事件ニ依ッテ私ハ懲罰的ニカ　国際法デ禁止サレテイル或ル部隊ニ入隊スルコトニナッテイタ　二年余リノ所在不明ノ儘ノ彼ハ或ル日　突然ニ　新京ニ居ル私ノ手許宛ニ手紙ヲヨコシタ　立教大学英文科ニ入学スルトイウノダ　恰カモ其ノ時ハ「緑川貢・菫川千童」ト共ニ「満洲文芸」ナル文学誌ヲ刊行シテイタ

時デアル「緑地帯」ノ発禁ハ何故カ コノ地帯ニ波及シタ事ニナル

私ハ片道的ナ彼ノ言葉ト通信ニ暗号的ナ自ラノ氏名、変造ニ異変

ヲ察知シテイタ 十七年四月二十日 私ハ馬来作戦ニ従軍 九死ニ一

生ヲ得テ群馬県沼田陸病ニ居タ 八月末 アル日 突然ニ彼ガ現ワレ

タ 白衣ノ儘ノ私ニ彼ハ憐憫トモツカナイ微笑ヲ向ケテ私ヲ抱キシ

メテクレタ 嗚呼 彼ノ詩ヲ読ンデ 以来 実ニ七年ノ歳月ガ流レテ

イタ 彼ハ九月カラ京都ノ大学デ学ブノダト云ウ 端正ナ彼ノ風貌

ハ心ナシカ或ル歪ミヲ見セテイタガ 其レガドノヨウナ意味ヲ持ツ

モノカ愚鈍ナ私ニハ不明デアッタ 彼ハ私ノ戦友デアル高中尉ノ令

弟ガ託シテクレタ出刊シタバカリノ日本詩集ヲ手ニシテ居タ「ド

ン・ジュ」ヨ 良カッタラ其ノ詩集ハぷれぜんとスルヨ 彼ハ「菊島常

二」ノ作品ニヒドク心ヲ惹カレテイタヨウダ コノ作品ハ彼ノ詩抄「わ

が神の小さな土地」デアッタカ ソノヨウナ彼ノ詩心ノ滴リデアッ

タ 軈テ私ハ赤城山ヲ望ム病舎カラ去ッテイッタ 戦傷ガ一応ノ原

状回復ニ入ルヤ 回復シタ視力ヲ隻眼ニ託シテ 京都ニ思イヲ託シ

ナガラ私ハ朝鮮海峡ヲ渡リ 金海ノ生家デ十日間ヲ過シ、京城・平

壌ニ泊シテ 新京ニ向カッタ 満洲国ノ首都ハ約五年ノ歳月ノ流レ

ノ中デ著シク変貌シテイタ 十八年四月 嘗テノ流残ノ都 哈爾浜ハ

変ラナイ駘蕩ノ相貌ヲ呈シテ居タ ソレハ僻土残歌ニ似タ日本帝国

ノ凋落ノ姿デモアッタノカ 一夜ノ哈爾浜ほてるハ海峡ヲ渡ル関釜

連絡船ヲ米潜水艦カラ秘匿スルタメ燈火ノ洩レヲ閉ザシタ貝ニ似

テイタ「私ハ其ノ時 東柱ガ暗黒ノ洞穴ノ中ニ在リ乍ラ猶モ一条ノ

灯リヲ索メテイル夢ヲ見タ 何故ニ日帝排撃ノ灼熱シタ思惟ヲ抱キ

ツツ日本ノ古都ニ潜モウトシテイルノカ 思エバ日帝カラ逃避シテ

北間島ニ出生シタ東柱ハ徹底シタコノ地域ノ民族主義ニ染メラレ
少年期ノ終リニ彼ハ遂ニ日韓ノ少年詩人ガ集ウ平壌ノ都ニ出向イ
テ来タノダロウ」康徳十年 ツマリ昭和十八年 首都新京 初夏ノ爽
カナ官舎ニ在ッタ私ニ届ケラレタ高槻発ノ電文ハ「ドン・ジュ」ノ逮
捕デアッタ 一瞬 目ノアタリヲ黒イ幕ガ蔽イ 私ハコミ上ゲル憤怒
ニ嘗テ戦車砲ヲ我ガ友軍ノ司令部ニ向ケテ発射シタ思考力ノ乱酔
ヲ 我ガ精神ノ分裂ト共ニシタノデアッタ 私ノ眼裏ニ美シク鮮ヤ
カニ花火ノヨウニ消エテハ現レル彼姿 治安維持法違反トイウノハ
何デアルノカ 嘗テ出征前ノ秋ニ哈爾浜きたいすかやデ私ニ加エラ
レタ死ノ鞭 軈テ彼ハ祖国ノ解放ヲ寸前ニシテ獄中死シタ「ユン・
ドン・ジュ」ヨ 君ハ絶エザル拷問ト尋問ニ屈スル事ハ無カッタデア
ロウ 恐ラク当局ノ手ニ依ッテ暗殺サレタニ違イナイ 私ハ寒中ノ
季節ニハ君ヲ思ウ 君ノ詩作品ハコノ五十年間 見ル事ハナイ 君ノ
祖国ノ心アル知識人ニヨッテ 君ノ不屈ノ愛国心ヲ公ケニスルコト
ハ天運デアロウカ

　今モ思イ出スノハ新京日々新聞社長ノ城島舟礼ガ君ノ詩ヲ見テ
涙グンダ事デアル 四十四年モ遠イ日ノ事デアル

— 83・2・1 —

　(注) 91・4・27 著作者 金永三氏贈の韓国詩大辞典により、尹東
柱詩集の刊行を知る。汎友社刊87・『空と風と星と詩』

風景

白い径は

胸みちるまで濡れてゆこう

白い巡洋艦には

サキソフォンの郷愁が翳っているのか

天使のダンテルはふるえ

緑のリボンは睡っている

疲れた瞼にしみるのは

ミルクのような女の襟足か

白痴美の女の胸にやどるは

海の騒乱か

エスカレーターに花ひとつ

エスカレーターに花ふたつ

ドレミファソラ——

白い径は泪ぐんでいる

—— 5・27 ——

雪崩

黒百合の花は落ち茎はすでに傾いて

胸のなかに硬直した思考を揺すぶり

虚空のなかに屹り立つ山嶽を揺すぶり

幻の樹木の根を断ち古い土を踏んでくる

白い生きものの群の足音がする

それを牽くものの実体を誰も知らない

それを牽くものの実体を見たこともない

白い生きものの群が動かぬ闇のなかに

激しく骨を打ちあう音がする

轟轟と

未明の天と地の狭間に落下してゆく雪崩

放我した眼の底へ落下してゆく雪崩

それは

神の限りない愛もて

燈心草の剣を振り上げ立向う異端の上に

美しい彎曲に捕らえられた睡眠の上に

見知らぬ掌のように

次第に数を増し影を増してかぶさり

真白な斜面を嚥み

恐怖を包む夜を分け

ときに瀑布のように

ときに怒涛のように

ひとびとの背を馳る

背は磨かれ

骨は骨に固く結びあい

そこには逞しい岩石のみが残され

早くも招く光りの掌に

応えて緑の掌を延べる

歓びの呟きを洩らし蠢く若い芽もあるだろう

これら総てと天は

明るい青い鏡のなかに

光りの果実を放ち

いっぽんの樹を写し

ひとびとに

唯一の疎らな林を見せる

唯一の大きな森について考えさせるために

　　　　　　　　　　　— わが神の小さな土地 —

　　　　　　　　　　生명의 시인 윤동주

옮긴이 후기

윤동주 시인을 따라가다 보면 아름다운 사람들을 많이 만나게 됩니다. 윤동주 시인은 그를 사랑하는 사람들 마음속에서 함께 숨 쉬며 우리 각자의 삶을 돌아보게 하고 위로와 격려를 줍니다. 일본 도쿄의 릿쿄대학에서 매년 2월에 열리는 윤동주 시인 추모예배에서 알게 된 다고 기치로 선생은 오랫동안 뵈어왔지만 한결같은 모습으로 윤동주 시인과 늘 호흡하며 자신에게 주어진 길을 걸어가는 아름다운 분이십니다. 그리고 윤동주 시인의 시를 통해 알게 된 한국을, 한국인을, 한국어를 사랑하는 분이십니다. 역자 또한 『생명의 시인 윤동주』를 우리말로 옮기며 윤동주 시인을 새로운 길에서 만날 수 있었고, 좀 더 가까이에서 진지하게 고민해볼 기회를 얻었습니다.

이 책에는 다고 기치로 선생의 윤동주 시인에 대한 사랑과 열정이 오롯이 담겨 있습니다. 무거운 내용도 있어 번역 작업이 결코 쉽지 않았지만, 번역을 무사히 마칠 수 있었던 힘은 오직 그 진심이 전달되기를 바라는 마음이었습니다. 그리고 우리에게 놓인 시대 앞에서 어디를 향해 어떻게 살아가야 하는가라는 묵직한 울림과 함께 이제는 진지하게 자신을 돌아보는 일들이 남겨졌습니다.

너무나 부족한 사람에게 윤동주 시인이 일본에서 살아낸 삶에 관해 한국 독자들에게 알릴 기회를 주신 다고 기치로 선생께 먼저 깊은 감사를 올립니다. 번역에 많은 도움을 주신 김우종 교수님과 류양선 교수님, 그리고 한마음으로 번역을 응원해준 소중한 남편과 두 아들 의진, 의현, 그 외에 한 분 한 분 이름을 다 올릴 수는 없지만 기도해주신 많은 분께 고개 숙여 감사드립니다.

2018년 2월
이은정

생명의 시인 윤동주

지은이

다고 기치로(多胡吉郎)

1956년 도쿄에서 태어났다. 1980년에 NHK에 입사해 PD로 일하며 여러 프로그램을 제작했다. 1995년에는 NHK 스페셜 〈하늘과 바람과 별과 시: 윤동주, 일본 통치하의 청춘과 죽음〉(KBS와 공동 제작)을 연출했다. 2002년 영국 주재원을 끝으로 독립해 문필의 길로 들어섰다.

대표작으로는 『리리, 모차르트를 쳐주세요』, 『소세키(漱石)와 홈즈의 런던: 문호와 탐정가 백년 이야기』 등이 있다. 이 책 『생명의 시인 윤동주』는 열한 번째 저서다. 한국에서 지금까지 번역되어 출판된 책으로는 『또 하나의 가족: 어느 일본 작가의 특별한 한국 사랑』, 『야나기 가네코 조선을 노래하다』가 있다.

옮긴이

이은정

한국외국어대학 교육대학원에서 일본어 교육 전공으로 석사과정을 마쳤다. 문학을 사랑하는 남편과 두 아들 의진, 의현과 함께 서울에서 살고 있다. 한일합작회사인 한일리스에서 일본인 비서로, 롯데그룹 코리아세븐에서 일본어 통역과 잡화 MD로 오랫동안 일해왔다. 현재는 프리랜서로 MDRT 관련 국제행사를 비롯해 다양한 비즈니스와 문학 행사에서 통역을 맡고 있으며, 네이버와 라인플러스 등에서 일본어 사내 강의를 진행하는 한편, 소니코리아에서는 한국어를 가르치고 있다. 또한 창작산맥 윤동주기념사업회에서 일본홍보(통역) 위원으로 일하고 있다. 옮긴 책으로 『새로운 길: 윤동주 일어대역시집』이 있다.

생명의 시인 윤동주

모든 죽어가는 것이 시가 되기까지

지은이   **다고 기치로**

옮긴이   **이은정**

펴낸이   **김종수**

펴낸곳   **한울엠플러스(주)**

편집   **최규선**

초판 1쇄 인쇄   **2018년 3월 20일**

초판 1쇄 발행   **2018년 4월 9일**

주소   **10881 경기도 파주시 광인사길 153 한울시소빌딩 3층**

전화   **031-955-0655**

팩스   **031-955-0656**

홈페이지   **www.hanulmplus.kr**

등록번호   **제406-2015-000143호**

Printed in Korea.

ISBN 978-89-460-6460-7 03810 (양장)

ISBN 978-89-460-6461-4 03810 (반양장)